眼球堂谜案

[日]周木律 著

萧鸮 译

台海出版社

◇千本樱文库◇

文库，原本是指收纳书物的仓库和书库，也指收纳书与记事簿以及不常用物品的小箱子。以前者为例，京滨急行线的"金泽文库站"就是以前镰仓时代北条氏用来收藏汉书用的，"金泽文库"名字的由来便是如此。东京都的世田谷区也存在收集着珍贵汉书的"静嘉堂文库"。后者则更多地被称为"手文库"。

江户时代以来，可以放入袖袂的小开本书籍逐渐流行起来，被称为"袖珍本"。明治三十六年（1903年），富山房发行了小开本的丛书，起名"袖珍名著文库"。随后，明治四十四年（1911年），讲述战国时代猿飞佐助和雾隐才藏系列故事的讲谈社"立川文库"发行出版。讲谈是日本民间艺术，以口语化的方式讲述历史故事。而"立川文库"则是将讲谈收录成册集中出版的丛书，据统计，当时刊行量为200册左右。从那时起，文库就脱离了原本的释意，逐渐演变成了现在的类书集丛。

文库说法借鉴了日本出版业界的传统说法。而千本樱源自日本奈良县吉野山樱花盛开的奇景，世人皆以"一目千本樱"来形容樱花美景。千本樱文库的纳入作品皆为日系作品，题材包括推理、悬疑、幻想、青春、文化等类型，正如千本樱满山盛开的绝景。

现代日本，以"文库"命名刊行的丛书系列有200种以上，所谓"文库本"只不过是统称而已。日本传统的"文库本"常用的是A6尺寸的148mm×105mm，也叫"A6判"。千本樱文库的所有书籍将在"文库本"的基础上提升，达到148mm×210mm的开本标准。追求还原的前提下，力图带给读者更清晰的阅读体验。

从20世纪70年代以来，日系推理小说逐步进入中国读者的视野。随着时代更替，涌现出了各种不同风格的作家。日系推理能够长久不衰的原因之一在于设立的各种新人奖，这些新人奖能为日本文坛输送新鲜血液，不断地创作优秀作品。其中，梅菲斯特奖是讲谈社旗下的公募新人奖，其特色在于不限题材，不设字数限制，能够充分发挥作者的想象力和创作力。因此，获奖作品都具有鲜明个性。同时，如森博嗣、京极夏彦、辻村深月等人气作家也都成名于梅菲斯特奖。

周木律毕业于日本某国立大学的建筑学专业，他的笔名取自日文中同音的化学元素"周期律"，他擅长将自己所拥有的理科知识融于其作品之中。《眼球堂谜案》是周木律的处女作，2013年他凭借此书获得了第47届梅菲斯特奖，从此开启了"堂"系列的创作。超乎想象的恢宏建筑里，众多惊险刺激的谜团，都可以用最严密的逻辑一一攻破，欢迎各位读者前来挑战！

千本樱文库编辑部

MULTI-NEW ROUTES OF MYSTERIES

推理的多元新航路

如今，推理已经成为全世界都非常热衷的娱乐元素，冠以推理概念的动漫作品、影视作品、游戏作品更是层出不穷。

随着这些娱乐形式深入到生活的方方面面，作为原生土壤的推理小说却日益被边缘化。为了适应不同时代读者的需求，推理小说也会进行相应调整，因此，世界各国的推理小说都在探索新的内容与形式。

不同的时代会涌现不同风格的文学作品，推理小说也无法脱离时代背景。在经济全球化愈演愈烈的现在，推理也在多元化的大航海中不断开辟着新的航路。所以，我们不仅要挖掘深埋于历史中的名作，也要竭力推广优秀的新作品。

从某种程度来说，奖项和销量是衡量一部作品的重要指标，获奖作品与畅销作品代表着所处时代的文化趋势。但是，任何时代都有很多充满创作热情的作者，他们的作品或许没能满足当时市场的需求，却同样富有个性与魅力。

"推理的多元新航路"旨在敢为人先，在发现、传播新人佳作，为推理文化注入活力的同时，我们也想将埋藏于历史的杰出作品传递给热爱推理文化的读者。宛如大航海时代一样，联结古今文化，共享推理盛宴。

千本樱文库

真实——那是，永远指向真实的，神的指针。

目 录 ｜ CONTENTS

人物介绍

陆奥蓝子
初出茅庐的记者

十和田只人
流浪的数学家

翤木炀
世界顶尖建筑学家

善知鸟神
翤木之子、天才数学家

平川正之
眼球堂用人

深浦征二
精神医学家

三泽雪
艺术家

造道静香
编辑

南部耕一郎
物理学家

黑石克彦
政治家

12345678

第Ⅰ章　第一日

1

"你在公交车上看书，竟然跟没事人似的。"

蓝子正低头专注于手中的书，突然，身旁的男子大声地说起话来。

听见他那丝毫不在意车上还有其他乘客的巨大音量，蓝子不由得皱起眉头反问道："'没事'，是指哪方面？"

"这车摇晃得太厉害了。从刚才开始，震动的引擎、僵硬的悬挂系统再加上那些急转弯组成的合成波，就把我的胃折腾得翻江倒海。这种情况下你居然还能读书，要我来说这种行为几乎等同于自杀。"男子一副马上就要呕吐的样子，嘴里却喋喋不休。

巴士正沿着曲折的山道，左右盘旋着朝山顶行驶。

"事到如今，也没法把两个小时前吃的荞麦面退回去了。"听见这话，蓝子直起上身问道："晃得有这么厉害吗？话说十和田先生，万一有突发情况请务必记得用清洁袋哦。"

"清洁袋？那是什么？在哪里？"

"就在你面前啊。喏，不是夹在那儿吗？"

蓝子伸手，指向十和田座位前网袋里的白色纸袋。

十和田眯缝着眼睛，用手拈起纸袋，左看右看，他一会儿将袋子毫无意义地打开又合上，一会儿又往里吹气，活像第一次见到人类工具的大猩猩，翻来覆去地把玩着纸袋。

才一会儿的工夫，纸袋就被蹂躏得皱皱巴巴。蓝子叹了口气，对纸袋的遭遇表示同情后，将注意力再度转回自己刚才在读的书上。

"蓝子，你看的是什么书？"

十和田抓住绝妙的时机，打断了蓝子的阅读。

"真是的……"蓝子在心里嘀咕着，给不知为了什么，正在努力尝试把清洁袋套在脑袋上的十和田看了看书的封面，"我在看《希腊神话》。"

"希腊神话？哦，是'至高无上的独裁者'的故事。"

"独裁者？"

"就是所谓的神。原来你在看这么无聊的东西啊。"

高度近视的十和田把纸袋像土耳其毡帽一样戴在头上，伸手推了一下快要滑落到鼻尖的玳瑁边框眼镜，然后半眯着眼睛，透过镜片打量蓝子的书。

"嗯。最近对这种传说中的世界有点感兴趣，所以就去图书馆借来看了……但你说这是无聊的东西，有点过分了吧？"

"有吗？"

"就是很过分啊。既然这么说，那十和田先生最近又在看什么呢？"

"看什么……你指的是？"

"当然是书啊，看书。你有没有好好听人讲话呀？我现在才发现，虽然我们已经相处挺长一段时间了，但我好像从来没见过十和田先生读过书呢。所以，就想问问十和田先生，你平时都在看什么类型的书呢？"

蓝子充当十和田的跟屁虫，已经整整两年了。

说是"跟屁虫"，倒也不是每天二十四小时都黏在一起的意思。毕竟这个自由自在的男人只要一离开蓝子的视线，就会马上开始四处旅行。不过，蓝子和十和田待在一起的时间很长这点，也是毋庸置疑的。

即便如此，别说专业书籍或是小说了，蓝子甚至没有见过十和田翻阅报纸或杂志的样子。考虑到十和田的职业，读书应该是必不可少的。

"你说书啊……"大概是已经玩腻了纸袋，十和田将它揉作一团，随手抛在过道上，然后凑过来以极近的距离望着蓝子的脸说，"我不看书。啊……准确来说，是不再看了。以前倒是如饥似渴地看了很多书。"

"啊，那为什么现在不看了呢？"

"还用问吗？因为越来越没意思啊。"十和田瞪大眼睛，脸上的表情仿佛在问为什么要问这种愚蠢的问题，"书很无聊。不管是纪实类还是虚构类，都让人感觉不到任何乐趣。当然，这只是我的主观意见，并不是要否定所有觉得读书有趣的人。"

"那肯定啊。要是被否定的话，此时此刻，还在你面前看《希腊神话》的我，岂不就无地自容了？"

"而且……我也不是完全没有想读的书。如果有能保证千分之一千有趣的书，我也是想读的。"

"什么嘛。那你去读那本书不就好了。"

然而，十和田先说了一句"你根本不懂"，接着又说："我也想读啊。前提是能读到的话。"

"能读到的话？啊，是已经绝版了吗？"

"不。那本书绝不会绝版，也绝无可能绝版。"

"那……是因为价格太高所以很难入手吗？"

"也不是。不管价格有多昂贵，只要它能被摆在书店的架子上，哪怕付出生命我也会买下来。"

"付出生命？呃……听起来好危险啊。所以这本书，到底是谁写的什么书啊？"

"它没有书名。不过，硬要说的话就叫 *The book* 吧。"

"*The book*？"

"没错，这本书可以说正是'书本身'。而这本书的作者，正是……"十和田瞥了蓝子一眼，停顿几秒，仿佛要确认她的反应似的，然后轻轻地吐出一句话，"至高的独裁者——神。"

十和田只人。

今年三十八岁，与他的名字相反，不管从哪个方面来看，都不"只"是个普通的"人"。

他个子不高，身材消瘦，仿佛一阵风就能将他吹走。身上的衬衫因为反复洗涤已经褪色，袖口的纽扣也没有系好。衬衫外面，套着他唯一一件稍显正式但磨损痕迹依旧明显的灰色西装夹克。

蓬乱的头发、满是胡楂的下巴，过大的玳瑁框架眼镜后面，一双浅瞳色大眼睛，正炯炯有神地扫视四周。

谁能想到，这个外表看上去极为可疑的男人，竟是个二十岁就解决了当时某个著名未解难题的优秀数学家呢？

那时，十和田花费了很多精力在撰写论文、编著面向初学者的教材等事上，世人皆称他是"能担负起日本未来的数学家"。

然而，就在十年前，也就是十和田二十八岁的时候，不知为何，他突然失踪了。音信杳然，就连亲近的朋友和家人，都不知道他到哪里去了。

于是，人们不禁担心起来。难道十和田在不知不觉中患上了心理疾病，选择了结束自己的生命吗？毕竟，年轻的天才数学家自杀的案例，过去也曾经有过。

所幸，这种担心只是杞人忧天。因为没过多久，有关十和田的各种传闻就在人群中扩散开来。

有人发现他与新西兰的某学会发表了共同研究，有人在蒙古某学者的论文的共同作者栏里找到了他的名字，还有人说澳大利亚的某社会福利机构收到了来自他的捐款，等等。类似于这样的消息，不断地从世界各地传来。

随着那些传闻的"最大公约数"逐渐浮出水面，人们终于明白失踪的十和田到底在做什么了。

看来，十和田是只带上一个包就去周游起了世界。然后，他每到一个地方都不请自来地跑去造访当地的数学家，强行与别人进行共同研究。

得知这个情况以后，担心他的人们起初先是松了口气，然后马上惊讶不已。那位被看作日本数学界未来的年轻有为的学者，为什么会突然舍弃一切地位，去漂泊旅行呢？

有人认为，他打从心底里厌倦了这个国家；有人揶揄，他就是个天生的流浪汉；更有人摆出一副知情者的模样，说他是因为欠下巨款才逃跑的。

与此同时，有人赞许他有爱国之心，有人证明他严于律己，还有人打包票说他虽然没有存款但也绝对没有负债。

换句话说，没有一个人知道十和田为什么做出那样的举动。

不过，姑且不论动机，从那时起到现在整整十年间，十和田就这样凭借着自己手头不多的著作版税，以及在各地遇到的数学家们的善意，游走世界各地，继续着他的学术研究。只有这一点是毫无争议的事实。

于是，不知何时开始，数学家们给十和田起了这样一个称呼——"流浪的数学家"。

蓝子从两年前开始，就一直跟着十和田到处跑。

她全名陆奥蓝子，本是一名年轻的新闻工作者，去年正好迎来自己的第二个本命年。"新闻工作者"说起来好听，但实际上，她不过是个靠给杂志写些不值钱的文章来勉强糊口的新人记者罢了。

蓝子与十和田是在两年前的一场晚宴上相识的。

那时的蓝子，正在跟踪报道某个政治家的花边新闻。虽说是顶着新闻工作招牌的狗仔队性质的工作，但蓝子仍然敬业地伪装成相关人士，混进了那个政治家主办的"黑曜石之会"晚宴。然后，就是在那里遇到了十和田。

虽说十和田当时在场，但他其实也没有被邀请参加宴会。被邀请的是当时与他一同做研究的另一位学者，他只是出于兴趣才跟来的。

结果，两个不速之客在会场的角落里成了邻居，不知不觉，就互相交谈起来。

面对初次见面的蓝子，十和田唐突地说："随便什么都行，说一个四位数字。"

"啊？四位的数字吗？呃，那个……'1729'？"

"它的平方是'2989441'。以前连立方也能马上算出来，现在真是退步了啊。那么，你知道毕达哥拉斯的定理有几条吗？"

"你是说勾股定理吗？定理，不就只有那一条吗？"

"不对，是铷的原子序数，也就是三十七条。当然了，我全都知道。比如……"

莫名其妙的对话。

直到晚宴结束，十和田都在滔滔不绝地说着有关数学的话题，而蓝子则全程充当倾听者。不可思议的是，对于眼前这个奇怪男子自顾自的谈话，她竟一点也没觉得不耐烦。

于是，以那次相遇为契机，蓝子决定要赖上十和田了。

某天，蓝子对十和田说："作为一名新闻工作者，我找到了想要深入取材，编写成书，然后让世人知晓的最佳题材。那就是你，十和田先生。"

真实——蓝子认为该让世人更加了解并认可十和田这个超越常人的天才。

当时，听完这些话的十和田一脸不悦地挑起了眉毛。但是，从他们初次邂逅到现在的两年间，尽管时不时就会面临找不到这位流浪者行踪的挑战，蓝子仍然坚持不懈地缠着十和田，继续自己的取材。

"*The book* 这本书里，记载着这世间存在的无数定理。书里记录的证明是无限的，因此它的页数也是无穷的。"

"哦……"

蓝子含糊地点了点头。十和田是数学家，所以，这里所说的"定理"一般都是指数学范畴的定理。但是，要说那些定理是无限的，那就超出普通人的理解范围了。或许，就是因为那是超越常人理解范围的东西，所以他才说书的作者是神。

真实——所谓神，不就应该是指那些超越人类智慧的存在吗，蓝子心想。

"…… *The book*，如果真有这种书的话，倒想读读看呢。"蓝子漫不经心地说，然而——

"这种说法是不对的。"没等蓝子将最后一个音完整地吐出来，十和田就直接否定了她，"看来你有所误解。*The book* 不是什么模棱两可的东西，它是'真实存在'的呀。"

"啊？"

"当然，我没有资格议论神，因为展开讨论的前提条件太不充分了，没有公理就谈不上逻辑，所以我既不当信神的多数派，也不做支持无神论的少数派……不过，硬要说的话，我是有些质疑神的存在的。不过，即便如此，我对神持有的 *The book* 仍然坚信不疑。要问为什么？因为即使神不存在，每一条数学定理所对应的证明也是存在的。"

十和田不顾因为惊愕而合不拢嘴的蓝子，继续说道："听好了，*The book* 里写着所有定理的证明毫无杂质，明了、简洁、优雅、美丽、完美无瑕，而写下它们的，毫无疑问就是神本身。但是，那些证明本身与神并无关系。因为证明早在神存在之前，就存在很久很久了。诚然，把证明写入 *The book* 的是神，但是那位神所做的，也只不过是把已经存在的论证挑选出来罢了。论证并不是由神创造而来的。换句话说，*The book* 里记载的内容，是比神更加原始的东西。总而言之呢，蓝子，就连神都只能充当它的记录者，这就是 *The book*。所以，暂且不论神存在与否，你最好也试着相信 *The book* 是真实存在的。不，是必须得相信。"

一口气说完这些，十和田扬起嘴角，露出了得意的微笑。

2

从下车到现在，已经过了大约三十分钟。

两个人仍然在薄雾中前行。

这是一条未铺水泥的、狭窄的砂石路。丛生的杂草间，两道深深的车辙顺着小路平缓地蜿蜒向上，它的终点被吞没在乳白色的雾霭之中。

蓝子气喘吁吁，努力试图追赶上走在前面的十和田。他正迈着近似于一蹦一跳的奇妙步伐，但却异常快速地前进着。

"最多再走十分钟，就能到达目的地了。"

十和田那句话，也太敷衍了吧。蓝子一边这样想，一边用哀怨的目光瞪着十和田清瘦的背影。

那封邀请函，是大约一个月前收到的。

一个信封仿佛理所当然似的，被送到了没有固定住所、随心所欲地周游世界的十和田手中。

寄件人是一位有着"矗木"这样奇特姓氏的人，信的内容则是邀请十和田前往他的新居。

"说实话，我很惊讶。矗木先生竟然能准确地将航空信寄到我这里来。他究竟是怎么做到的？知道我住处的人，除了我自己，就只有你了吧？"

十和田发出好像被呛到一样的笑声，蓝子却在心里念叨着这可是天大的误会。十和田的住所，就连我这个整天跟踪他的人，也总是找不到。

"不过……没想到会收到那位矗木先生的邀请函啊。我和矗木先生虽然有过一面之缘，但算不上是熟人。可是……为什么……是有什么特别的事吗？"

矗木炀——能够代表日本，不，代表世界顶尖水准的建筑学家。

现年五十五岁的他，因为其独具一格的建筑设计而闻名于世，包揽了包括普利兹克奖在内的世界各大建筑奖项。真实——也就是所谓的天才。

他设计的建筑，完美克服了细腻结构与大胆创新的二律背反[1]。此外，构成其理论根基的复杂思想被人们称为"建筑主义"，甚至发展成为一大学派。该学派的特征是，将针对思想结构的思考方式，带入了既有的号称艺术却始终未能脱离工业设计领域的日本建筑学。这一尝试被拿来与康德哲学带来的重大突破相比较，最后还被评价为"建筑领域的哥白尼式革命"。

作为天才，矗木的评价非常之高，但另一方面，认识他的人却都私下表示他是个难以相处、性情急躁、孤僻排外、脾气暴躁、性格恶劣的人。

事实上，矗木确实经常因为鼓吹"建筑学才是立于所有学科顶点

1　二律背反（antinomies）：德国哲学家康德提出的哲学概念，指同一个对象或问题所形成的两种理论或学说虽然各自成立但却互相矛盾的现象，又译作二律背驰，相互冲突或自相矛盾。——译者注

的存在，世界上的一切都是为建筑学服务的"，而与其他学者发生小冲突。尤其是近几年，年逾半百的他心胸变得更为狭窄，甚至背后还被人揶揄为"建筑原理主义者"。

当然，即便如此，这也没有动摇他作为天才建筑家的地位，毕竟他的才华有目共睹。

总之，这样一位个性十足的建筑学家骉木炀，究竟为什么要邀请专业领域完全不同的数学家十和田，去参观自己的新居呢？

其中的原因，似乎就连十和田自己也不太明白。

诚邀您前往鄙人新居"眼球堂"做客，日程为三天，届时还会有其他许多来自各界的精英光顾，相信一定不会让您失望。

十和田给蓝子看的邀请函上大概就简略写着这样几句话，至于邀请十和田的理由，则一句也没有提到。

"眼球堂……真是奇怪的名字啊，竟然用眼珠子命名。"

听到蓝子如此直白的感想，十和田用鼻子哼了一声说："这名字确实奇怪，但也很耐人寻味。"

"耐人寻味吗？嗯，反正我是理解不了……话说，这里写的'各界精英'，不知道都是指谁呢？"

十和田看着蓝子歪着脖子琢磨的样子，两手一摊，耸耸肩说："谁知道呢。不过就我个人而言，肯定是希望能有数学家参加，或者是差不多水准的人吧。那样的话……"

"那样的话？"蓝子反问。

十和田小声嘟囔道："就能做共同研究了……"

"哎呀，骉木炀还真是个了不起的建筑家啊。"蓝子一边气喘吁吁地爬着山路，一边冲着十和田的背影搭话，"我去查了一下才知道，他不仅设计了好多有名的建筑，还获得了许多国家的权威奖项吧？"

"是啊。"十和田头也不回地回答，"骉木建筑中最有名的，就是东京湾品川可动桥。"

"就是架在东京湾上的那座吗？开启的时候会发出哐哐哐的声音，总觉得有点可怕。"

"没错。那座桥的灵感来自正十七边形，设计中充满了丰富的数学思考。大胆且令人意外的可活动部分，超越单纯的实用桥梁领域的设计感，正可谓是骉木建筑的原型。这是让他获得了英国RIBA金奖[1]的成名作。不过，桥梁设计其实本不属于建筑领域，而属于土木工程哦。"

"哦。不过，十七边形吗？总觉得是个不够完整的形状。"

"不够完整？别说傻话了。十七可是氯的原子序数。"十和田终于回头瞟了蓝子一眼，反驳道，"没有比正十七边形更规整的形状

---

1 RIBA金奖：英国皇家建筑师学会金奖（RIBA Royal Gold Medal），世界建筑界最高的荣誉奖项之一，由英国女王陛下亲自批准，授予那些直接或间接对建筑进步产生重大影响的个人或团体。——译者注

了。在质数边的正边形中，它可是只用尺子和圆规就能画出来的稀有图形。居然说它不够完整……给我向正十七边形道歉。"

"道歉……又说得这么夸张。"

不过，十和田大概是想强调，即便是十七这个看上去不够完整的数字，在数学中其实有着深刻意义。

矗木建筑，集缜密的结构与大胆的意外性于一体。在这评价的背后，或许同样蕴含着数学上的意义。

"矗木炀还设计了其他许多以数学为主题的建筑。要我说，矗木先生不仅是建筑家，还是位了不起的数学家，或许这就是血脉相承吧。"

"血脉？"

"嗯。据说矗木先生的祖先，是那个关孝和的亲属，所以数学方面的才能早就刻在他的DNA里了吧。"

"那个关什么的，是谁啊？"

"你连这都不知道吗？愚昧无知也要有个限度。"

"对不起……"

"关孝和是十七世纪的日本和算家，也就是数学家。"

"是很厉害的人吗？"

"不是厉害不厉害的问题，他可是比戈特弗里德还要早发现行列式的天才。如果不是因为那时日本闭关锁国，他一定会成为世界闻名的数学家。"

"这样啊。总而言之就是，矗木先生的祖先是特别厉害的数学家，所以矗木先生也继承了那种厉害的数学才能呗？"

"没错。"

数学天赋是可以遗传的。蓝子记得自己之前读的某本书上确实是这么写的。

"厉害的可不只是他的祖先哦。"十和田继续说，"他的后代也很了不起。其实，矗木先生有个孩子，叫'善知鸟神'。"

"Utoukami？好奇怪的名字啊。汉字写作哪几个字？"

"善恶的善，知道的知，候鸟的鸟，这是姓氏。名字就是神明的神字。"

善知鸟，神。

"然后，读作'utou'？好难念的姓氏啊，而且那个名字……"

"神！"十和田无视蓝子复杂的表情，继续说，"如果用一句话来形容善知鸟神，那就是'天才数学家'。"

"善知鸟也是数学家吗？"

"没错。而且是十个我加起来都比不过的千年一遇的天才。"

"这么厉害吗？我怎么从来没听说过。"

"越是著名的学者，一般人就越不知道。就算是诺贝尔奖得主，比如那位南部先生的名字，你之前也不知道吧？就算他的名字不为世人所知，但只要你读过他的论文，就能理解那个人的伟大之处了。'千年一遇'的称誉，可不是瞎说的。"

那个不怎么夸人的十和田，对一个人如此大加赞赏，还真是少见。

蓝子顿了顿说："你对他的评价相当高啊……这个善知鸟，究竟是怎样的人呢？"

　　十和田微微颔首，回答了蓝子的问题："善知鸟神在幼年时期就展现出数学天赋，据说他两岁时就学会了复杂的四则运算，五岁赴美。在美国完成了义务教育和高等教育的善知鸟神很快就崭露头角，年仅十二岁时就以数学系第一名的成绩从哈佛毕业。然后，顺理成章地成为学者，并在十年前，也就是他十五岁的时候，发表论文，一举成名。"

　　"论文？"

　　"嗯。那篇论文中提出了关于数论的革新观点。读完那篇论文后，全世界的数学家……当然也包括我，都兴奋不已。大家都说，那篇论文一定能成为解决黎曼猜想的关键。"

　　"黎曼猜想？"

　　十和田看着一脸茫然的蓝子，露出无奈的神情："你啊，连这么基础的知识都不知道吗？黎曼猜想是十九世纪德国数学家波恩哈德·黎曼提出的一个假说，即'Zeta函数的所有非平凡零点的实数部分都是1/2'。数学家们大胆预测，如果这个猜想能得到证明，质数的奥秘就能被解开。但同时，这也是个极其复杂的问题，所以过了上百年直到今天，也还是没能被解决。"

　　而善知鸟神竟然在年仅十五岁的时候，就发表了能推动这一大胆预测的论文，确实担得起天才这一称谓。

　　"从那之后直到现在，善知鸟神一直没有停止优秀论文的创作。虽然数量不多，但每一篇的质量都极高。人们都认为他毫无疑问会是下一个菲尔兹奖得主。然而……"十和田把头向右边歪了六十度继续说，"善知鸟神，其实是一个非常神秘的人物，谁都没有见过他本人。听说是他父亲骉木先生的意思，他从小就几乎不跟除指导教授以外的人接触。他的照片，不管是现在的还是以前的，都不曾公开过。同为数学家的我，也从没见过他本人。关于善知鸟神的信息只有他现在大概住在日本，有时会向论文杂志投稿，还有就是他的母亲，骉木先生尚未正式结婚的妻子善知鸟理亚，是曾经当选'日本小姐'的美人，可惜年纪轻轻就去世了。善知鸟似乎和她长得很像，不过这都只是传闻罢了。唉，好想跟善知鸟神进行一次共同研究啊。"十和田望着天空，长叹一口气。

谜团重重的数学家——善知鸟神。照理来说，这样一个不知底细的人想要在素来注重权威的日本数学界发表论文，是非常困难的。但是，考虑到他十五岁就写出了具有划时代意义的论文，加之父亲是世界著名建筑学家这样的家族血统，学术圈似乎默许了善知鸟的特权。

忽然，蓝子想到十和田之所以答应骉木的邀请，也许是因为他期待着有机会能和善知鸟神见面呢。

邀请函上确实写着"届时还会有其他许多来自各界的精英光顾，相信一定不会让您失望"——这里的"各界"，说不定就包括了数学界的天才善知鸟神。十和田就是这么认为的吧？

蓝子似乎突然明白了，十和田为什么如此爽快地接受了这次邀约。

"对了，蓝子。"十和田突然回头道，"虽然有点啰唆，但是你懂吧？"

"啊，明白明白。如果因为我的原因，导致十和田先生不得不和别人同住一个房间的话，我就马上打道回府。对吧？"

"知道就好。毕竟能不能保证睡眠质量，对我来说可是关乎生死的大问题。"

对于一个四处流浪的男人来说，这似乎有些娇气，但事实就是十和田和别人共处一室的话就无法入睡。

不过在这一点上，蓝子也持相同意见，跟别人同住一室，而且还有可能因为那个人打呼噜的声音而睡不着，这种事情她可受不了。

话虽如此，但从根本上来说，对于他们接下来要去的场所，蓝子可没有对房间的分配安排提出意见的资格，毕竟和十和田不同，蓝子只是一个没有受到正式邀请的不速之客。

受邀前往骉木的新居是蓝子昨天晚上才听十和田说的。

作为一名记者，为了密切观察十和田的一举一动，蓝子有义务跟十和田一起行动，因此跟去骉木家是很有必要的。可是骉木送来的邀请函上没有写电话号码，无法与他本人取得联系。

于是，蓝子准备采取先斩后奏战术，强行跟着十和田一起去。也就是利用正式受邀的十和田，混入骉木的眼球堂。

"我也要去。"

听见蓝子的请求，十和田一脸嫌弃的样子颦起了眉头："啊？你说什么，你也要一起去？"

最终，十和田没有拒绝，而是答应带着她同行了。

毕竟十和田在别人家寄宿惯了，早就习惯于给人添麻烦了。他估计都没有考虑过，蓝子可能会给别人带来困扰。

但是，十和田只对蓝子提出了一个要求："有一点你要保证。你也知道，我必须自己一个人住，不然会睡不着的。如果因为你去了，导致我要跟别人共用一个房间，你就立马给我打道回府。明白吗？"

就这样，两人一同沿着山路，向那座建在半山腰的轟木新居眼球堂前进。

道路两旁，是大片灰绿色的原始森林。树木郁郁葱葱地蔓延开来，融进雾霭之中。四周杳无人烟，手机信号栏也变成了"无服务"状态，时不时地能从树与树的空隙间见到小小的池塘。根据车站前的地图显示，这座山不仅在山顶和山麓区域有大型湖泊，山顶到山脚之间也分布着星星点点的小池塘和沼泽，想必侧面山坡一带已经完全变成湖沼地带了。

话说回来，到底还要走多久才能到眼球堂呢？

五分钟，十分钟，还是三十分钟，甚至更久呢？

真是一趟漫长的旅程。而且对于蓝子这个不速之客来说，如果主人不允许她进入眼球堂，那她就不得不独自一人，再沿着这条漫长的山路走回车站，等待下山的巴士。可是今天还会有下山的巴士吗？如果没有车了，那蓝子……

嗖——

忽然，一阵冷风拂过正盯着自己脚下陷入沉思的蓝子的脸上。她不禁打了一个寒战。抬起头来，才发现山路两边那些从刚才起就一直没什么变化的风景，不知什么时候已经到尽头了。

3

一阵疾风由下而上地刮起，吹乱了头发。两人看着眼前蓦然出现的幻境中的光景，一时间相对无言。

从自然到人工，从杂乱到有序，又或是从现实到非现实，这种突兀的相变[1]给人一种不真实的感觉。

真是异想天开、闻所未闻、叹为观止——无论用什么词语来形容这座建筑，都显得那样庸俗，那样不匹配。

沉默足足持续了一分钟。终于，蓝子幽幽地吐出一句饱含惊叹的疑问："这里就是？"

"眼球堂。"十和田微微眯起玳瑁镜框后的眼睛，毫不迟疑地回答道。

他看起来正努力伸直双腿保持着身体的平衡，不知是因为风太大，还是因为被眼前这幅异样的景象所震撼。

这是一座巨大的建筑物。从古至今，地球上再没有第二处地方有这样的造型与设计。

这就是建筑家骉木炀的私人住宅——眼球堂。

"太厉害了！不……太了不起了！"十和田声音中带着颤抖，

1　相变：指物质在不同相之间发生状态的变化，如由液相转化为固相或气相。——译者注

"这个作品，完全超出了我的想象。"

"是啊。"蓝子想作出回应，但干燥的嗓子眼儿里却发不出声来，只有脑袋僵硬地上下摇动了一下。

十和田用既惊讶又愉快的语气说道："真是的，毳木炀这是造了个什么东西啊！"

的确，怎么看都不是寻常的建筑物。

面朝眼球堂的两人身后，耸立着如悬崖般陡峭的群山。

群山的影子朝着山的反方向，也就是更深处，平缓地延伸下去。眼球堂的地基，就建在这片被茂密森林环绕的山坡上。

把自己家建在这么偏僻的地方，确实让人吃惊。但更让人瞠目结舌的，还是它的设计和规模。

首先出现在他们眼前的是一间小平房。

它的长宽大约都是三米，整体像一个工业风的混凝土盒子，又仿佛一间牢房。从正面看，粗糙的灰色墙面上仅镶嵌着一扇黑色铁门，其余部分连窗户都没有。

单看这个就已经很奇妙了，但眼球堂里还不止这些。

视线越过混凝土小屋，能看到一块巨大的圆形洼地，那里想必就是眼球堂本馆所在。

从形状和材质来看，那很明显是一块经过精确计算后人工挖凿出来的洼地，直径约有百米，而深度则有十七八米。

洼地四周没有扶手，有点危险。蓝子认识到这点后，开始小心翼翼地朝它的边缘挪步。

"哇！"

炫目的光射来，让蓝子条件反射性地后退了一步。

由于那爆炸一般的强烈光线，蓝子没能看清那边究竟有什么。不过，待眼睛逐渐习惯之后，她终于理解了眼前的状况。

圆形洼地的内侧由某种光滑的白色材质构成。这种材质反射着太阳光，看起来仿佛是墙体自己在发光似的。隐隐约约地，还能看见它的表面有灰黑相间的斑点状纹理。

那是大理石。

这片巨大洼地的内侧，竟严丝合缝地贴满了大理石。

蓝子眯着眼睛，在心里发出感叹："原来这是用大理石堆砌而成的巨大白色容器！"

然后，在这个白色容器里，收纳着一些奇妙的几何体。

几十根细长的白色柱状物仿佛从容器底部生长出来似的，不规则地林立着。此外，还有一个巨大的扁平圆柱体建筑。

白色柱状物的形态各异，有圆柱、圆锥、四棱柱，粗细也各不相同。不过它们的表面也与洼地内壁一样，都被大理石所覆盖。柱子的长短虽有些微的差异，但看上去差不多都有十几米。

另一方面，那个扁平圆柱体建筑物的直径约为四十米，高度约为十三米。圆柱被设计成了能完美收纳在白色容器中的大小，仅边缘上一点与白色大理石内壁相接。建筑物的高度低于白色容器的深度，所以从蓝子现在的位置，正好可以俯瞰它的全貌。墙上有几扇窗户，屋顶的一部分被凿出了一个形状奇怪的通风井。

不过，最奇怪的是这座建筑物除了窗户，从天花板到墙壁的每一处，都被涂成了黑色，而且还不是普通的黑色，是如同流动的墨水般深邃的漆黑。

也许是因为和大理石容器那耀眼的白色形成了对比，这栋漆黑的建筑，仿佛突然出现在光之海中的一个不祥的黑洞。

黑色建筑与白色容器的交接点，正好是两人旁边的那间小屋。这间小屋大概就是通往下方那座漆黑圆柱形建筑物的入口。仿佛是为了证明这一点似的，整个白色容器的边缘上，再也找不到其他看起来能通往底部的设施。

望着眼前这前所未有的景象，蓝子深呼吸，闭上眼睛，然后在脑海里再次俯瞰眼球堂。

横穿山腰和森林的纯白色大理石容器。

矗立在其中的无数白色柱子和漆黑的建筑物。

庞大的规模，诡异的设计，超现实的色彩。

不管从哪个角度来看，它的设计都非比寻常。

蓝子不禁感慨："真是胡来。不过……"

真的很厉害，这点是无法否认的。

蓝子移开视线，往身旁看去，发现十和田不知道为什么正背对着眼球堂。

他把头仰起四十五度角，眼镜几乎快从鼻尖上滑下去，就那样目不转睛地看着山体表面那些肌肤纹理一般的褶曲。

那边能看到什么吗？蓝子朝同样的方向望去，却只看到天空、云

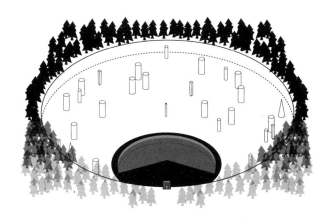

图一　眼球堂俯瞰图

朵、山峦。

"十和田先生？"

蓝子试探性地叫了一声，但十和田毫无反应。

"你怎么了？十和田先生、十和田先生……"

"是北面。"十和田闷闷地说。

"北面？"

十和田用左手食指将眼镜推回原位，点了点头："嗯。太阳在山的背面。所以，那边是南面，这边是北面。这片土地三面环山，也就是说，即使在太阳最高的正午，阳光也照不进来，这里永远是背阴之地。"

"哦……"蓝子眯着眼睛，歪着脑袋，好像在心里思考，"可是这又代表什么呢？"

十和田接着说："简单来说，就是矗木先生把自己的房子建在了一个整日晒不到太阳的地方。我还以为建筑家都会尽可能挑选采光条件良好的地方……是因为这里地价便宜吗，还是说这也是某种深远思想的体现呢？"

"这么说也是呢……"

蓝子叹了口气，再次环顾四周。

不知不觉间，雾已经散去。

"等……等等我呀，十和田先生。"

十和田一句话也不说突然开始迈步往小屋走，蓝子忙不迭地跟了上去。

这个人还真是我行我素。

"要进去的话好歹跟我说一声啊，真是的……话说，这里真的是矗木先生家吗？好一座莫名其妙的建筑。总觉得……"

不管是从地点还是设计来看，都不像是适合人居住的地方。居然把自己家建在这种地方。

"有种异常的感觉。十和田先生早就知道眼球堂是这样的吗？"

"不。"十和田摇了摇头，突然把手伸进胸前的口袋，哗啦哗啦地摸索了半天，掏出一张折成方块的纸片，"虽然事先也有某种程度上的想象，但是实物的魄力远远超出了我的想象。我打从心底认识到自己想象力的局限了。"说着，十和田把那张纸片递给了蓝子。

"这是什么？"

"图纸。"

"啊？图纸？"

蓝子小心翼翼地展开那张被胡乱折了三折的纸片。

这是一张横向的图纸，纸质很高级，最上面写着"眼球堂平面图·立面图"几个字。

"这，这是……"

"眼球堂的示意图。左边是整体的平面图和立面图，右边是黑色建筑物部分的放大图。"十和田用一只手扶住快要滑落下来的眼镜，另一只手指着图纸右下方的一个正方形说，"现在我们所处的位置，就是这个前室。GL（groundline）——地平线以上的建筑物只有这个，也就是那里。"

十和田用指着图纸的食指，指向两人面前的小屋。

"看这张图纸就能明白，眼球堂的入口只有这里。"

"原来如此。"

蓝子一边听着讲解，一边将那张带着一条横折痕、三条竖折痕的图纸举到与眼睛齐平的高度，认真地看了起来。

左图中画着一大一小两个正圆形，两个圆在最下方的一点相切。

大圆是眼球堂的白色容器部分，分布在四周星星点点的小圆和小方块，大概是代表那些白色柱子的位置和形状。小的黑色圆形是指那栋黑色建筑物。黑圆中的留白和房顶上通风井的形状相同。

这么一看，白色大圆和内侧的黑色小圆组合起来，简直就像——

"眼球……"

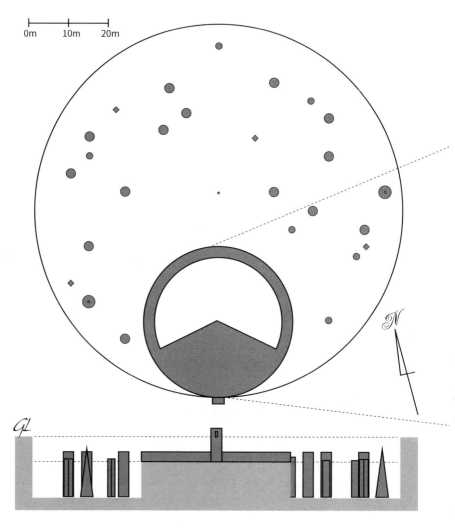

眼球堂平面图·立面图

图2　眼球堂示意图

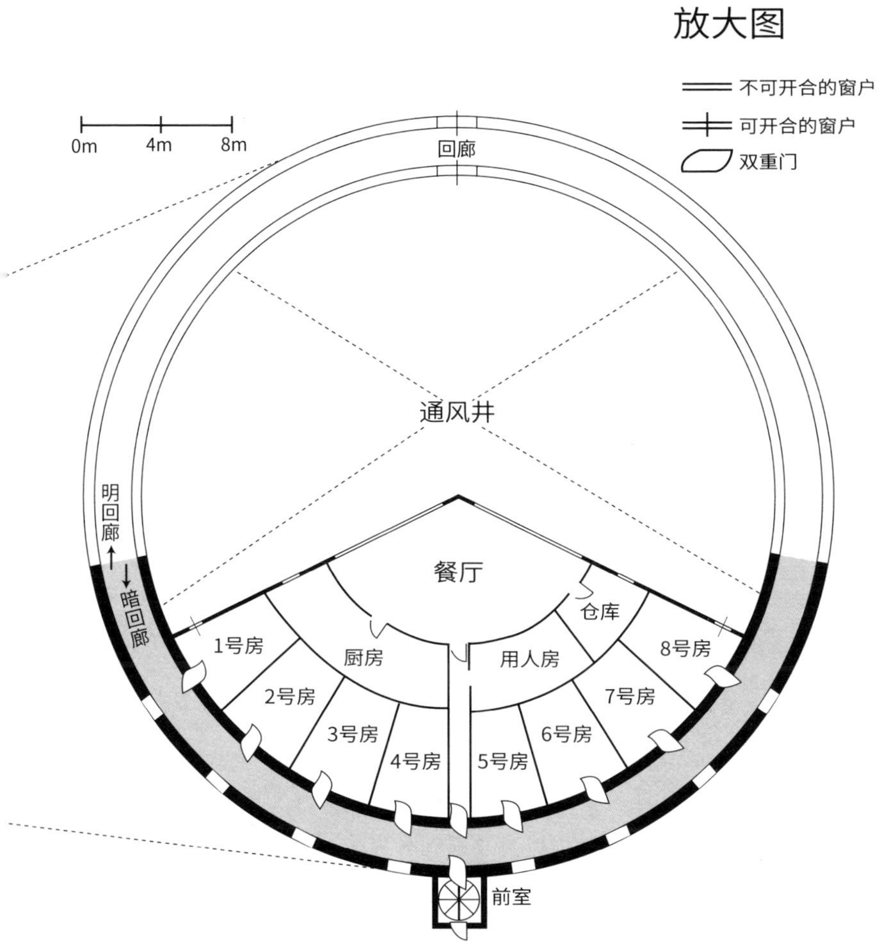

放大图

不可开合的窗户
可开合的窗户
双重门

0m　4m　8m

回廊

通风井

明回廊
暗回廊

餐厅

仓库

1号房
厨房
用人房
8号房

2号房
7号房

3号房
6号房

4号房　5号房

前室

图3　黑色建筑物放大图

没错，这是眼球，注视着入口，也就是前室方向的一颗巨大眼球。啊，原来如此，所以才是——

"眼球堂吗……"蓝子再一次小声地自言自语道。

眼球堂怎么听怎么诡异，但是仔细看过平面图，便会发现它确实像眼球。就连那些白色柱子，现在看上去也仿佛是眼白上的毛细血管。

蓝子一边点头，一边将目光投向右图——眼球堂"瞳孔"部分的放大图。

黑色建筑被一圈环形的通道——回廊包围。内侧是通风井，以及十几个独立的使用空间。

标注着一号房到八号房的部分，构造完全相同，按比例尺来算，是八个面积各为二十平方米左右的小房间。除此之外，图上还有标着"用人房"和"餐厅"的地方。由此可以推断，眼球堂不单单是为了居住，从一开始就是为了招待客人而修建的。否则，没有必要设置八个相同的房间和用人的房间。

另一方面，图上哪里也找不到馆主螽木的房间。也许，一号房到八号房当中的某个房间，被拿来作为螽木自己的房间了吧。

不管怎么说，邀请十和田以及其他"各界精英"前来访问的想法，看来早在设计阶段就已经决定了。

即便如此——

"那个……"蓝子缓缓将挡住自己脸的图纸放下来，略带诧异地眯起眼睛说，"十和田先生，你是从哪里得到这个图纸的？"

面对蓝子的质问，十和田面不改色地回答道："还能从哪里，和邀请函一起寄过来的。"

"咦？我怎么从来没听说过？"蓝子用抗议的口吻追问道，"为什么不提前给我看？要是先看了这个，我多少也能有一点心理准备啊。"

"啊？你在说什么莫名其妙的话。"十和田一脸不愉快的样子，眯缝着眼睛说，"我倒要反过来问你，我有什么理由必须提前给你看呢？是否将寄给我的信中的内容展示给别人，这个决定权在我手上。再说，我可一次都没听你提过'想看除了邀请函以外的东西'这种请求。"

"嗯，说得也对。"

"再说，就算事先给你看了图纸，又能怎么样呢？"

"提前知道这个建筑物的构造，会很高兴吧……"

十和田趁蓝子支支吾吾回答的时候，迅速将图纸夺了过来。

"啊！"

"这个我要收回了。"十和田飞快地把图纸按照原样折起来，放回胸前的口袋里，严厉地说，"比起图纸，你更该担心的是，你今晚能不能留宿在眼球堂，或者我能不能分到一个独自入睡的安稳环境，不是吗？"

"呜……"

一时找不到话来反驳，蓝子只好不甘地咬住下嘴唇。

确认对手陷入沉默后，十和田从鼻子里"哼"了一声，继续朝前方的小屋——前室走去。当然，还是迈着那种奇特的步伐。

蓝子冲着那个逐渐远去的背影，用尽全力地吐了吐舌头。

4

嘎吱，嘎吱嘎吱嘎吱——

十和田急促地按了好几次前室的门铃。

虽然在这里只能听见按钮被按下时发出的声音，但眼球堂里一定正回荡着痉挛发作般的响铃声。

嘎吱嘎吱嘎吱，十和田还是一个劲地对门铃发起攻击。蓝子忍不住叹了口气，忽然，只听吱呀一声，铁门打开了。

"欢迎您远道而来。"

门的另一侧，站着一名身着黑色西装的男子。

男子身高约有一米八，体形瘦长，脖子上系着和西装同样质感的黑色领带，显出一种老成的气质。不过，看上去也就二十五岁出头的样子，眼睛像是没睡醒似的，又让人觉得他有些不可靠。

男子恭恭敬敬地朝十和田鞠躬道："您是十和田只人先生吧？恭候多时。"

"嗯？为什么你知道我就是十和田只人？"

听到十和田抬高音调的反问，男子微微一笑道："受邀前来的客人，除十和田先生之外，都已经到齐了。"

"原来如此，排中律[1]啊。那么，你又是谁？"

"真是抱歉，还没有自我介绍。我是这里的用人平川正之，请多多关照。"瘦长的男子平川，再次殷勤地行了个礼，"对了，呃，这位小姐是……"

平川终于注意到了蓝子，投来了有些诧异的目光。

蓝子马上摆出一张客气的笑脸说："啊，您好。我是十和田先生的助手陆奥蓝子，今天是陪同十和田先生一起来的。"

"助手？"平川露出有些困惑又有些怀疑的表情。

喂，你什么时候变成我的助手了？

十和田投来抗议的目光，但蓝子没有理会，继续说："很抱歉这么突然。我知道自己没有受到正式的邀请，但是能不能让我跟十和田先生一起进去呢？"

蓝子一口气说完，低下头，深深地鞠了一躬。

这可是最高级别的礼仪了。以蓝子作为记者的经验来看，这种程度的强硬，反而容易让人答应一些看似勉强的要求。

然而，平川虽然一副看起来不太可靠的样子，却意外地不好对付。

"那个，虽然您不辞辛苦地来到这深山里，但毕竟您没有受到正式的邀请……"

"不要这么说嘛，还请您通融一下。"

"话虽这么说，但是，没有骉木先生的许可……"

1　排中律：指在同一思维过程中，两个互相矛盾的思想不能都为假，必有一真。——译者注

还是请回吧……就在平川快要说出这句无情的话语时，蓝子旁边突然出现了意想不到的帮手。

"你是叫平川吧？我问你，眼球堂里还有空余的房间吗？"

"空余的房间是吗？这个嘛……嗯，还有一间。"

"那就别这么死板，让她住在那个房间不就好了？"

"可是……"平川惴惴不安地朝身后瞟了好几次。

"你是在担心没有得到矗木先生的许可吗？"

"呃，嗯，是的。"

十和田感觉出平川笑容里的勉强，紧接着说："那么，矗木先生那边就由我来说明。这样可以吗？"

"不，可是……"

"如果他责备你，你就把所有责任都推到我身上。况且，就算让她回去，也不能把一位女性丢在这种深山老林里。这个道理你应该明白吧？"

"嗯……好吧，既然您都这么说了……"

平川一副难掩困惑的样子，来回扫视着十和田和蓝子。最终，他似乎放弃了赶蓝子走的念头，耸了耸肩。

蓝子松了口气，捋着胸口，凑到十和田耳边道谢说："刚才真是谢谢了，多亏十和田先生帮我说话，我才没吃闭门羹。"

十和田好像什么事也没发生似的，一脸平静地说："那就好。不过，老实说，我只是突然想起一件事罢了。"

"想起一件事，是指什么？"

"这附近会出现那个呢。"

"出现……什么东西？"

"熊。"

"熊……欸？熊！熊？"

十和田用半分担忧、半分幸灾乐祸的口吻对蓝子说："这附近山林不是很茂密吗？不知道是不是这个原因，从以前起就一直有熊频繁出没，听说还会袭击人……唉，虽说蓝子你挺烦人的，但如果真有熟人被熊吞进肚子里的话，我多少也会寝食难安啊。"

"所以，你刚才帮我说话……"

"就是这么回事。"十和田弯着腰咻咻地笑了。

也就是说，十和田似乎只是担心她变成凶残的熊的盘中餐，从而导致自己心情不好而已。但是，这不就说明在刚才的路上，两人搞不好就已经和危险擦身而过了吗？

"这种消息，才应该事先共享一下吧……"蓝子用颤抖的声音抗议道。

"行李就交给我来拿吧。"

一旦认同蓝子是客人，平川对她的态度也客气了起来。

平川似乎比外表看上去更有力气。他右手提着蓝子沉甸甸的行李箱，左手拿起十和田的手提包。"咦，十和田先生的行李好轻啊。"平川不停地掂着手里那个作为"旅行用"似乎太过小巧的手提包说道。

十和田轻咳一声说："嗯。里面没放什么贵重物品。或者说，我本来就不习惯持有贵重物品。"

"贵重物品是指和服之类的吗？"

"那个也算。除此之外，还有装饰品啊，车子啊，房子啊，证券啊，现金啊，各种东西。法国一位社会学家曾经说过，私有财产就是盗窃，对我来说，私有财产就是麻烦和累赘罢了。"

"也就是说，钱也算？"

"当然。拿着那个会让我心情郁闷，尤其是纸质的钱。"

十和田没有固定职业，其收入大部分来自科教书等出版物的版税。虽然是固定收入，但数额并不算大，除去他环游世界的旅费，自然所剩无几了。

"所以，我马上就会把钱捐掉。"十和田说完扬起嘴角。

"原来如此……啊，让您一直站在门口也太失礼了。两位，请跟我到里面去吧。"

平川用上半身抵住铁门，催促着十和田和蓝子。

两人像被前室吞噬了一般，钻进小门，朝它的深处走去。

昏暗的前室中央，有一段螺旋状的扶手。

"请从这边下来。"

顺着平川所指的方向，能看见下面是宽约两米的旋转楼梯。

"这里光线暗，台阶也比较陡，请一定小心脚下。"

平川在前方带路，十和田和蓝子紧随其后。

十和田仍然以一蹦一跳的奇特走路方式，轻快地下着楼梯，与死命抓住扶手的蓝子形成了鲜明对比。

不知道往下走了多久。忽然，眼前出现了一扇黑色的门。

"对了，平川先生。"蓝子忽然出声，叫住正要伸手打开那扇门的平川，"上面的入口，不用锁吗？我看你刚才好像也没有用钥匙之类的。"

平川微笑着回答："没关系的。其实，这座眼球堂里的门都没有设置锁。"

"欸，原来是这样。那防盗方面没问题吗？"

"无所谓吧。"十和田插嘴说，"不会有人特意来这种深山老林里偷东西的。"

没有小偷的话，自然就没有上锁的必要。或许是那些徘徊在山里的熊代替了门锁也说不定。

平川再次伸出刚才因为提问而停下的手："那么，这边请。"

平川徐徐拉开门。

"咦？"

门的里面，是一片看不见边际的黑暗。

虚无？不。

蓝子使劲揉了揉眼，然后努力让目光聚焦在那片黑暗中。终于，她看清了那里到底有什么。

"啊……这个是双重门吧？"

"您真敏锐。"

平川将左半身探进黑暗的空间之后，把左手放到里面可能有门把手的地方，然后紧握。

"吱——"的一声，光线照射进来，让人逐渐能看清眼前的景象。

漆成黑色的两扇大门相隔不到一米，平行排列着。蓝子这一侧的门是向外拉的，另一侧的门则是向里推的，这样两扇门就不会相互碰撞。

最开始打开外侧的门时看到的虚无——那片无限蔓延开来的空无一物的空间，其实是对面那扇门的黑色门板。

尽管如此，还是让人觉得这个构造很奇妙。

为什么要在这里设置双重门呢？

不过，在这个一切都脱离常规的眼球堂里提出这种疑问，或许太过愚蠢了。

"里面就是眼球堂内部了，两位请进。"

"啊，好的。"

在平川的催促下，蓝子跟在大步流星、毫不迟疑的十和田身后，战战兢兢地迈进了第二扇门。

两人就像穿墙而过似的，来到眼球堂内部。

首先是一条弯曲着向左右两边延伸的通道。

这条宽度和高度都仅有两米左右的狭长通道，不管朝左看还是朝右看，都呈现平缓的弧度。对面的墙壁上等距排列着几扇门，入口这侧的墙面上，则分布着一排小小的窗户。结合刚才的图纸来看，这里想必就是回廊了。

这弯曲狭长的回廊中，飘荡着一种难以形容的、令人心神不宁的闭塞感。

原因非常明显。

因为回廊里是清一色的漆黑。

天花板和墙面，贴着不会反光的黑色磨砂壁纸。地板上铺着纯黑色绒毯，仿佛会把人吸进去似的。

真想不到，一片漆黑的状况竟能产生如此强烈的心理效应。人类的大部分感觉都依赖于视觉。这种放眼望去都是黑色的状况，想必能直接作用于人类所依赖的视觉，煽动内心的不安。

"感觉怎么样？这栋房子果然很奇怪吧？"平川开口道。

虽然他可能是在问十和田，但蓝子还是忍不住接话："嗯，真的很奇……"

奇妙、奇怪、奇离、奇特、奇异——

"……真是耐人寻味的建筑呢。"

"是吧？其实，我也是最近才来这里的。不过这栋房子真的很有意思。应该说是耐人寻味呢，还是奇奇怪怪呢……说心里话，我还没有完全适应这里的氛围。"平川说完，苦笑了一下。

"那平川先生，你是从什么时候开始在这里工作的？"

"大概一个月以前吧。"

"在那之前，你在哪里呢？"

"呃，这个嘛……"一瞬间，平川露出了些许迟疑的表情，似乎不知怎么回答才好，"实不相瞒，我以前在东京当过厨师，但是发生了很多事情……终于，找到了这份包吃包住的工作。工作虽然烦琐，但薪水很高，所以我真的很感谢矗木先生。"

看来这个话题不宜深究，蓝子只好暧昧地点了点头。

然而，蓝子和平川说话的时候，十和田一直在旁边动来动去，一会儿低头一会儿抬头，一会张开手一会儿把手合起来，好像静不下来的样子。

平川注意到他的举动，轻轻咳嗽一声，开始介绍道："那么，我先来说明一下眼球堂的布局吧。请看这边的门。"

说着，平川抬起手掌，示意对面墙上的那一排门。

"首先是建筑部分，有一个很大的圆形回廊，它环绕着里面这些房间。"接着，平川的手指向正中央的那扇门，"从前室出来，顺着最近的这扇门往前走，就是餐厅。每日三餐都由我们提供。"

"每扇门看起来都差不多，感觉很容易弄错呢。"

听见蓝子的话，平川浅浅一笑说："起居室的门上都有房间编号，可以靠它来区分。顺便一提，我自己是通过'前室正对面就是餐厅的门'这个特征来记忆的。"

"原来如此。"

蓝子他们身后，就是刚刚出来的前室的门。

"还有，过一会儿七点就到晚餐时间了，届时请到餐厅集合。宴席上，骉木先生应该会来跟各位打招呼。"

蓝子瞄了一眼手表，现在刚过下午五点。

距离晚宴，还有将近两个小时。

"那么，这边请。"

稍作停顿后，平川面对回廊的左边，沿着顺时针方向朝前走去。

没走几步，眼前出现了另一扇门，尺寸与颜色几乎和餐厅的门一模一样，不过仔细看便能发现细微的差别。

门的正中央，装饰着一个小巧的金属牌。

那是一块长宽约为三厘米的正方形金属片。泛着深灰色光泽的表面上，刻了小小的数字"4"。也就是说——

"这里是四号房。"

原来这就是房间的编号。

平川继续说明道："眼球堂里，从一号房到八号房，总共有八间起居室。其中一间是骉木先生的房间，剩下七间则是客房。"说着，平川将四号房的门打开一半，然后以娴熟的动作把十和田的手提包放了进去，"十和田先生的房间，就是这间四号房。您的行李，我放在一进门的地方了。"

"餐厅左边就是我的房间啊，也不坏。"十和田摸着下巴，似乎在表达委婉的肯定。虽然蓝子并不明白他所谓的"不坏"到底是指哪方面。

平川又往前走了几步，在下一扇门前停下脚步。

门上刻着"3"的金属牌闪闪发光。

"这里是三号房。嗯……还有件事想跟您商量。"平川用有些抱歉的口吻对蓝子说，"陆奥小姐的房间就安排在这里可以吗？眼球堂里的空房间，只有这个了……"

"当然可以啊，这个房间有什么问题吗？"

"其实，我以为不会再有其他客人来了，所以只有这个房间没打扫，房间里可能有点灰尘……"

"完全没问题。"蓝子爽快地回答道。自己本来就是个不速之客，没有资格对房间挑三拣四。

"实在是抱歉。"平川松了口气似的，打开三号房的门，将蓝子的行李箱放了进去。

"能分到普通的房间真不错啊。"突然，十和田在蓝子耳边低语道。

"是啊。不过好像有点灰尘。"

"无所谓吧。反正你也习惯脏兮兮的房间了。"

这话是什么意思？蓝子想要发出抗议，但还是作罢了。毕竟十和田刚才进眼球堂的时候帮了她，而且，对于房间没有什么要求倒也是事实。

"那么，我再带两位去前面看看。"平川毫不在意两人的窃窃私语，径直沿着回廊前进。

蓝子也暂且不再斜眼瞪向十和田，继续跟在平川身后。

二号房，然后是一号房，经过这两个房间后，回廊的样子突然发生了巨大的变化。

之前，从天花板到墙壁都是一片漆黑，如今反而变为一片雪白。

天花板被涂成白色，地上也是白色的长毛绒毯。两侧的墙壁不见了，取而代之的是镶嵌在天花板和地板之间的，由整块玻璃构成的巨大弧形落地窗。

"哇……"突如其来的明亮让蓝子不由得眯起眼睛。

平川看见蓝子的反应，笑着回头道："怎么样，吓了一跳吧？其实，回廊分为刚才我们所在的黑色部分，以及现在所在的白色部分。矗木先生分别给它们命名为'暗回廊'和'明回廊'。"

原来如此，这里就是"明回廊"啊。蓝子保持着半睁眼的状态，朝外侧的玻璃窗望去。

窗外，形状各异的柱子林立着，白色容器的全景图在眼前徐徐展开。比起从上往下看，现在这样的平视角度更能感受到其立体感。

另一方面，从内侧的玻璃窗可以看到漆黑的通风井。

不论是内壁，还是约有十米深的底部，通风井整体都是黑色。要形容的话，就像一个漆黑的容器。

展现在面前的白色容器，回过头就能俯视到的漆黑容器。白与黑，明与暗，还有将这两种颜色分隔开的回廊。存在于此的正是二律背反的图式，而这个图式，或许就是矗木所提倡的建筑主义思想的一种直观体现。

原本应该互相对立、互不相容的白与黑、明与暗，在这座眼球堂里，伴随着某种强迫观念，浑然一体地存在着。同时存在于这混沌之中的，还有人类。或许，这便是矗木真正想向世人展示的。

面对这无论怎么解读都不过分的奇异光景，蓝子无意识地咽下一口唾液。

5

沿着弯曲的明回廊又走了一会儿，只见前方站着一男一女。

"下午好。"

听见平川的声音，两人都微笑着回过头。

"下午好。哎呀，旁边这两位，不知是？"

率先询问的是那个和蓝子差不多高，戴着银框眼镜的小个子中年男人。细长的单眼皮，薄薄的嘴唇，再配上彬彬有礼的语调，不知道为何给人一种淡然的感觉。就连他身上穿的灰色夹克，看起来颜色都很淡的样子。

平川向前一步，抬手指着十和田和蓝子的方向说："我来介绍一下，这位是数学家十和田先生。"

"你们好，我是十和田只人。"

"然后，这位是十和田先生的助手，呃……"

"我叫陆奥蓝子。"

蓝子见平川好像忘了自己的名字，马上接过话茬，行了个礼。

待她抬起头后，作为回应，中年男子也开始自我介绍道："是十和田先生和陆奥小姐对吧？你们好，初次见面。我叫深浦征二，在T医大教精神医学。"

精神医学……也就是说，他是医生吗？

深浦灵活地抬起一边眉毛，接着说："我研究的领域，被称为脑神经医学，主要是从弗洛伊德心理学的观点出发进行各种实证研究。虽说我既是精神医学的教授也是医生，但跟一般的医生可能还是有些不同。"

这个人会读心术吗？看见蓝子吃惊的表情，十和田小声在她耳边说："深浦教授可是弗洛伊德的第三代直系弟子，是在精神医学领域乃至世界范围内享有盛誉的学者。你不知道吗？"

"这，这样啊。对不起，是我孤陋寡闻了。"

"你还知道啊。"

"呃，大概知道……"

"那就更不对了。不学习本身不是罪过，但是明明知道却还是什么也不做，那就是大罪了。"

蓝子无法反驳。这时，旁边的女子开始自我介绍道："你们好，初次见面。我是三泽雪，画家。"

说完简短直白的自我介绍，三泽向两人微施一礼，蓝子的目光不由得被她吸引了。

因为，她是个令人眼前一亮的美人。

年龄大概三十来岁，身高应该有一米七，四肢纤细修长，皮肤白皙得仿佛能看见静脉似的。及腰的黑发，以及身上的白色及膝连衣裙，使她看上去宛如少女一般。而那对平直凛然的粗眉，却又展现出毋庸置疑的成熟女性气质。

十和田又凑到蓝子耳边，小声念叨："反正你肯定也不认识，我直接告诉你吧。三泽雪，日本画坛的代表人物，同时也是如今世界上最受瞩目的艺术家之一。"

"那我还真是谢谢你了。她是画什么的呀？"

"基本是油画，但硬要问是什么流派的话，我也回答不上来。因为她的作品既有写实的，也有抽象的，还有印象派的，画风本身也会频繁变化。当然，每件作品的艺术高度是毋庸置疑的。"

"哦，听起来像毕加索似的。"

从写实绘画到以蓝色时期为代表的那种反映人的内心世界的画风，再到后来立体主义时期的前卫尝试，毕加索也是这样一位不断探索新风格的大艺术家。

"没错，说她是毕加索级别的艺术家也不为过。不，画风上的独特性和多样性，她甚至可能已经超越了毕加索，再加上妙龄美人这个光环，今后她一定会成为比毕加索更受世界瞩目的人。"

"竟然是这么厉害的人啊……不过，深浦先生和三泽小姐这么有名，为什么会出现在这里呢？"

"那当然是蠡木先生请来的'各界精英'。"

确实，考虑到这里的主人是蠡木的话，能召集这种与他同级的精英人士前来做客，也不是什么奇怪的事情。

蓝子见自我介绍环节已经结束，便向两人问道："请问，两位都是被蠡木先生邀请来的吗？"

深浦苦笑着回答："没错，前几天收到了邀请函，不过是个相当挑衅的邀请。"

"挑衅？"蓝子不解地歪着脑袋。

三泽脸上露出赞同的笑容："是啊。寄到我那儿的邀请函，也很刺激。"

"你们说的挑衅、刺激，是什么意思啊？"

"咦，你收到的邀请函，不是那样的吗？"

"啊，不，那个……"

其实我根本就没收到邀请函——蓝子正语无伦次地组织语言，三泽用右手轻轻捋了捋自己飘逸的长发说："'负责建筑外包行业即艺术的三泽雪女士'……开头第一句就是这种感觉。早就听说过骉木先生看不起其他学科的传言，没想到果真如此。不知道为什么，愤怒到极点以后，反而开始觉得有趣了。"

"我收到的邀请函上，也写着不得了的话。"深浦这次又微微扬起另一边的眉毛说道，"'心理学不过是建筑的材料。对于您一直以来为处于上层建筑所做出的朴素贡献，我由衷地表示感谢'……虽然写得很客气，但我觉得，这就是表面恭维，实则轻蔑吧。"

"这，这真是太冒犯了……"

平川恐怕做梦也想不到，自己的雇主竟然寄出了这样的邀请函。深浦看着平川不知所措的样子说："不必担心，因为我已经接受骉木先生的挑衅来这里了。毕竟从心理学角度来看，像骉木先生这样扭曲到令人深感兴趣的素材可不多见啊。"

三泽也笑着赞同："我也是同样的想法。他这么看不起艺术，反而能带给我灵感，激发创作欲呢。"

"这……这样啊。"

平川摆出一脸暧昧的谄笑，点了点头。

不过如此说来——

与那两人收到的火药味十足的邀请函相比，寄给十和田的邀请函上并没有写什么过激的言语，只是一封普普通通的邀请函罢了。其中的差别，究竟有什么深意呢？

蓝子瞥了一眼十和田的表情。

当事人十和田却一副兴味索然的样子，不时地打个哈欠，然后，目不转睛地望着窗外。

"啊，大家一路上辛苦了。"

忽然，蓝子身后响起一个陌生的声音。

回头看，只见一位身材娇小的女子，单手拿着一个大大的笔记本站在那里。身高目测比蓝子矮一个头。

"大家在做什么呢？咦，这两位是？"

见她略带惊讶的神色，平川又开始说明道："啊，造道小姐。让我来介绍一下。这位是数学家十和田只人先生，旁边是他的助手，陆奥蓝子小姐。"

"十和田先生？"

突然被介绍到的蓝子慌忙低下头来行礼，女子也郑重地鞠了个躬："啊，初次见面。我是造道静香，从事编辑工作。"

身穿灰色西服套装的女子——造道，是一位身高不到一米五的瘦小女性，看上去没有化妆，但饱满的脸上一双圆溜溜的大眼睛十分有特点，茶色的头发束在脑后。年龄应该快三十了吧，笑起来时眼角带着笑纹，给人一种可爱的感觉。

和旁边的三泽一对比就会发现，虽然都是美人，二人给人的印象却完全不同。真是不可思议——蓝子一边在心里这样想，一边问造道："编辑……也就是说，造道小姐现在手头有正在做的书吗？"

"嗯。我在K社负责一本叫《建筑空间月刊》的杂志。"

"K社啊，是大公司呢。"

"跟某个小记者完全不一样呢。"十和田又在蓝子耳边低声挖苦道。

"吵死了。"

但是，十和田说得没错。

蓝子心里生着闷气，嘴上继续问道："造道小姐也是受骉木先生邀请前来的吗？"

"是的。他说等眼球堂竣工之后，希望建筑杂志的相关人士也能来替他宣传一下，一定会让我们看到有趣的东西。所以，我就恭敬不如从命了。"

"原来如此。"

看来骉木不仅邀请了各界精英，还邀请了所谓的媒体人。

不过骉木所说的"有趣的东西"，到底是什么？

从造道的语气来看，她收到的邀请函似乎和十和田的一样，没有出现攻击性的言辞。难道只是因为她是媒体相关人士吗？

"不过，这真是太荣幸了。我在大学一直学习建筑，进入社会后也一直负责建筑相关的报道。在我心中，骉木先生一直是我所仰慕的建筑家。这次能被邀请来参观他的私人住宅，真像做梦一样。"

造道的语气很克制，但话语中，不知为何能让人感受到热忱。

她内心一定是个很热情的人吧——正当蓝子这样想着，造道突然向她搭话道："话说，陆奥小姐是十和田先生的助手吧？"

"呃、呃……嗯，是的。"

其实只是个单纯的跟屁虫罢了——见蓝子含糊地点了点头，造道凑到她耳边用体贴的语气小声说："十和田先生的传闻，我也听说过。据说他到处流浪，很难找到他的住所。陆奥小姐作为助手肯定很辛苦吧？我能理解你。"

看来十和田的所作所为，在建筑界都已经人尽皆知了。

"话说回来，这儿的景色真是令人叹为观止。"

一旁的三泽忽然转过身去，再次面朝窗户，眺望起那令人目眩的白色容器，发出一声叹息。

"这个构造，究竟象征着什么呢？是收集自然能量的装置，还是女性与男性的性器官，又或在隐喻无秩序的生命力？不，在这之前，能够想到用如此庞大的规模来表现，这个想法本身就已经相当前卫了。"

听到三泽的话，深浦也开口了："没错。这里就像是无机与有机的结合，既有偏执狂倾向又有类分裂型人格障碍[1]的感觉。通透的黑白色，也会在无意识中发挥作用，对精神活动产生巨大的影响。如果这个效果是刻意为之，那真是太惊人了。"

两人一边喃喃低语，一边享受着眼前的绝景。

从他们的对话来看，眼球堂这座建筑不仅具有极高的艺术性，还能产生心理学方面的效果。

---

1 类分裂型人格障碍：英文schizoid personality disorder，缩写为SPD，其特征在于对社会联系缺乏兴趣，对人疏远而冷漠。——译者注

"这座眼球堂，即使在骉木建筑中也是别具一格的。"造道仿佛自言自语似的说道，"骉木先生之前在数学中寻找灵感时，更喜欢使用错综复杂的图形，比如奇异吸引子[1]或者龙形曲线[2]之类的。但是，眼球堂里使用到的圆弧、圆柱、圆锥、四棱柱，全部是基础图形。虽然听闻他近年来的主题有回归基础图形的趋势，但没想到会是这么简单的形状。"

——骉木曾经设计过一座正十七边形的建筑。

正多边形听起来简单，但实际绘制图纸时就会发现，这是一个内角无法整除的复杂图形。其复杂程度，起码比起圆弧、圆柱、圆锥、四棱柱这些形状高一个等级。

"单纯地将图形组合起来的设计，就像小孩子玩的积木，从某种角度看，容易显得幼稚且单调。所以世上的建筑家们才会努力构思更为复杂的设计，或是在质感方面下功夫。然而，我在这座建筑物里却完全感受不到这样的意图。"

"真的呢，这儿要不就是大理石，要不就是一片漆黑。"蓝子附和道。

造道点了点头："嗯。所以在某种意义上，这可以说是一种刻意

1　奇异吸引子（Strange Attractor）：又称混沌吸引子，是反映混沌系统运动特征的产物，也是一种混沌系统中无序稳态的运动形态，具有复杂的拉伸、扭曲的结构。——译者注

2　龙形曲线（Dragon Curve）：又称分形龙，是一种自相似碎形曲线的统称，因形似蜿蜒盘曲的龙而得名。——译者注

为之的幼稚。不过，从别的角度来解读的话，也可以说正是因为这些图形简单，才使得它们在数学意义上更为纯粹。由此看来，眼球堂才是骉木建筑中，最尊重数学结构的作品。数学图形与建筑主义的融会贯通，正可谓是骉木建筑的王道。"

"也就是说，这是他的集大成之作？"

"嗯，甚至可以称得上是最高杰作。就算把理论放在一边，也一看便知，这座建筑只能用'惊艳'一词来概括。"

造道面不改色地一口气说完，轻吁了一口气。

"平川，可以开一下窗户吗？"站在回廊里俯视外面的三泽，突然说，"我想不隔着玻璃，直接看看下面的景色。"

"可以是可以……但是很危险的。"

"没关系，稍微打开一点就好。"

"我知道了。那么，就先帮您打开一半吧。"

平川点头，将两手伸到回廊外侧的玻璃窗与地板的交界处，然后用力将窗户抬了起来。

宽约两米的玻璃滑动至平川胸口的高度。与此同时，外部的空气也一下子涌进来，形成看不见的团块，扑到每个人身上。

"哇！"蓝子条件反射地闭上眼睛。

"您没事吧？"平川忙关切地问了一句，"这里刚好是回廊尽头。回廊的窗户都是嵌死的，只有这一处，能够像这样上下推拉打开。"

仔细一看，被抬起的玻璃下方的接缝处，确实贴有用于堵住缝隙的透明垫片。

"顺便说一下，内侧的窗户也是可以打开的。"

"怎么开？钥匙在哪儿？"

"没有钥匙。想打开它，也只需要用手指钩住向上抬起即可。需要我演示一下吗？"

"不，不必了。"

十米的高度，弄不好可能会有生命危险。就算它足够安全，蓝子本身也不擅长待在高处。

三泽毫不犹豫地从外侧的窗户探出头往下看。旁边的十和田，也像一只在观察周围情况的乌龟似的，慢吞吞地朝外张望。

"两位注意安全，这里有时会刮大风，如果不小心把东西掉下去，是没有办法取回来的。"

"不要紧。"十和田回答。

然而，他的眼镜看起来仿佛马上就会掉下去的样子。

本来就是高度近视，如果再弄丢仅有的一副眼镜，那可怎么办？正当蓝子提心吊胆时——

"蓝子也来看看吧，很有意思哦。"

这个人完全察觉不到我的担心。"不必了。"蓝子果断拒绝道。

三泽将头缩回来，钦佩地说："这真是了不起的作品啊！虽然很不甘心，但它完全颠覆了我对建筑的印象。"

深浦紧接着三泽的话，说："我完全同意。在这个幻想世界里，单调孕育出复杂，个性孕育出和谐，整体回归于部分，所有的一切都融合得如此完美。对人的心理活动也能产生巨大影响，甚至可以说是一种催眠术了。"

"是啊。不过，从色彩学观点来看……"

两人的讨论逐渐升温。

看似在专业领域毫无交集的画家和心理学家，在研究人们心中所想这点上，他们感兴趣的对象可以说是一致的。一个是心灵世界的创造者，一个是心灵世界的解读者，难怪很是投缘。

为了不打扰两人交流，蓝子后退一步，开始观察起四周。

不知从什么时候起，十和田也不再看外面的风景了。他对深浦和三泽的讨论似乎并不感兴趣，用食指在空中画起了各种各样莫名其妙的图形。

另一方面，造道倒是在专注地听两人的交谈，还一边听一边拼命地做着笔记。看来她是位对工作充满热情的女性。

见大家似乎已经看腻了，平川将窗户重新关好，用催促的口气对十和田和蓝子说："接下来还有别的地方要给两位介绍，我们走吧。"

眼球堂右半部分的介绍还没有结束。

蓝子一把攥住举止可疑的十和田皱巴巴的西装下摆，拖着他再次跟在平川身后。

走在向右弯曲的回廊上，突然，十和田开口道："锰、铁、钴……没错，果然是二十七。好恶心啊。"

见十和田下巴前伸、表情扭曲的样子，蓝子忙问："怎么了？不会是现在才晕车吧？"

然而，十和田仍然一脸扭曲地回答蓝子的问题："不是，不是我身体不舒服，是柱子的数量。"

"柱子的数量？"

"对，柱子。"

十和田说完，点了点头。

柱子的数量是指，林立于白色容器中的那些白柱子吗？

面对一脸困惑的蓝子，十和田自说自话道："我刚数过了，从那边沿着回廊一路走来的时候数的。结果，意想不到的是，柱子竟然只有二十七根。"

"哦……所以，这怎么就让你不舒服了？"

"还没懂吗？二十七，差一根才是二十八啊。"

——差一根，才是二十八？

正当蓝子不知该如何回应时，平川替她开口了："柱子的数量，确实如十和田先生所说，是二十七根。我之前也数过。"

"那你总该明白没有比这更让人恶心的东西了吧？"

"那个，您是指……这个数字只差一就是'完全数[1]'了吧？"

完全数？

——突然从平川嘴里蹦出了数学术语。在歪着头的蓝子旁边，十和田微微扬起了嘴角："没错。你懂得还挺多嘛，平川。"

"嗯，因为数学以前是我的长项，不过，二十七也可以看作是三的三次方吧。这样不就让人心情舒畅了吗？"

---

1 完全数：如果一个数恰好等于它的所有真因子（即除了自身以外的约数）之和，则称该数为完全数，也称完美数或完备数。——译者注

"不，这样的话就不合逻辑了。你看，一、二、四、十四，然后是六。怎么看都和完全数有关。"

"四、十四、六……"平川偏着头思考了一会儿，对十和田说，"莫非这个数字，是指每种形状的柱子各自的数量吗？"

"没错。"十和田格外用力地点了点头，"按照种类来数的话，像旗杆一样细长的有一根，圆锥形的有两根，四棱柱有四根。较细的圆柱六根，较粗的圆柱十四根。总共二十七根，呈不规则分布。"

十和田将视线投向窗外，平川也跟着朝同样的方向望去。

"这样的话，细圆柱的数量是六而不是七，就更让人恶心了。"

"原来如此……您这么一说，嗯，或许是这样呢。"

面对十和田得意扬扬的视线，平川只得附和几句，然后闭上了嘴。

这之后，十和田也在不停地抱怨着他感到恶心的事。为了不再刺激到他，蓝子逃一般地向暗回廊走去。

绕回廊一圈后，又回到了最初的地方。平川站在餐厅门前，回过头，对十和田和蓝子说："眼球堂的大致介绍就到这里了，我接下来还要去准备晚餐。等晚宴时间到了，请来餐厅用餐。在那之前，就请在馆内自由活动吧。"

蓝子看了看手表，时间刚过下午五点半。

晚餐从晚上七点开始，那么还有将近一个半小时——

"对了平川，这里还有其他人吗？"十和田唐突地问道。

"您说的'其他人'是指？"

"还有其他受到邀请的客人吗？聶木先生、深浦先生、三泽女士、造道女士、你、我，还有蓝子，总共就这七个人吗？"

"啊，不是的，还有另外两位也在。"

"是谁？"

"南部先生和黑石先生，那两位也都是很有名的大人物。"

"这样啊。那，善知鸟神不在吗？"

"Utoukami？"

"算了……房间是怎么分配的？"

"这个嘛，呃……一号房是黑石先生，二号房是造道小姐，骉木先生在五号房，然后六号房是南部先生，七号房是三泽小姐，八号房是深浦先生，三号和四号是……"

"嗯，行了。我大概明白了。"

十和田打断平川的话，转身往回走。

"你要去哪里？"

听见蓝子的呼喊，十和田头也不回地说："回自己的房间。我要小睡一会儿，千万别来打扰我。"

我又不是十和田先生，才不会去打扰别人呢——蓝子正打算说几句讥讽的话，却发现十和田的身影早已消失在五米外的四号房的门里了。

一旁的平川小声地开口说："十和田先生，看起来有点失望的样子。"

"是呢。"

见蓝子回答得很含糊，平川继续问道："刚才，十和田先生提到的'Utoukami'是谁啊？好特别的名字。陆奥小姐知道这个人吗？"

"嗯，听说是矗木先生的孩子。"

"矗木先生的……孩子？"

见平川目瞪口呆，蓝子接着说："嗯。听说他是个天才数学家。十和田先生对这个人好像很感兴趣。对了，善知鸟之前有来过眼球堂吗？"

"嗯……"平川歪着头，回答说，"这里一直只有矗木先生和我两个人住。别说他的孩子了，就连亲戚什么的，我都从来没见过。不过，矗木先生原来有孩子啊？我还是头一次听说，太意外了。"

6

打开三号房的大门，只见里面一片漆黑。

突如其来的违和感让蓝子不禁皱起眉头，她尝试往里窥探，却只能看见脚边的行李箱，除此之外——

——黑暗。

深邃的黑暗挡住了去路。

蓝子不住地眨眼，她的眼睛还没有习惯黑暗。不过随着时间流逝，周围的情况逐渐清晰起来。

前方不是黑暗，而是一堵黑色的墙壁。墙壁右端，有一个仿佛悬浮在半空中的银色把手。

蓝子转动把手，往另一边推。随着合页吱吱嘎嘎的轻响，墙壁——门打开了，从对面透出一束暖橙色的灯光。

又是双重门。

黑暗的，原来只是门与门之间那一片狭小的空间。

话说回来，为什么起居室的入口要设计成双重门？

这简直是常人无法理解的构造。不过，眼球堂的设计师骉木炀是个天才，天才的思维方式，往往是常人难以揣摩的。

有人说，"先进的技术，与魔法没有区别"，意思是，天才创造的东西过于超前，在普通人眼里就像是魔法一样。

所以——或许，搞不好连房间里面都是难以理解的构造；或许，还有更加异想天开的东西在等待着我。

蓝子咽了口唾沫，摆好架势，踏进了起居室。

然而在那里等待她的，是只有一间一体式浴室、一张双人床、一把小木椅、一台冰箱，一个毫无特色、极其普通的房间罢了。

把沉重的行李箱拖进去后，蓝子很快又离开了房间。

她想去餐厅看看。

再次穿过双重门。

来到向左右延伸的暗回廊，蓝子左转，沿着弯曲的长廊慢慢前进，下意识地在前室的门前停下，再次向左转。

没有号码牌的黑色大门——是餐厅。

蓝子握住门把手，一边想象着某个画面，一边拉开门。

门的背后，果不其然，是另一扇门。

这里也是双重门。每次都要打开两扇门才能前进也太麻烦了吧。

蓝子在心里默默吐槽着，然后走进门内。

脚下是一条狭窄、短小的黑色走廊。

淡色的灯光下可以看见，走廊尽头在十米开外的地方。那里又有一扇门，右侧墙面上也有一扇门。

餐厅就在里面那扇门的另一边。

蓝子走到几乎快要碰到墙的位置，握住把手，一口气拉开了门。

门的另一边，是一个大房间。

看来，也不是所有的门都是双重门。

突如其来的明亮，让蓝子忍不住眨了好几次眼睛。眼球堂里，到处都是这种明暗差别很大的设计。

待眼睛逐渐适应后，蓝子开始环视餐厅的构造。

这是一片宽敞的扇形空间，面前的墙壁呈现一个巨大的弧形，两边的墙壁在最里侧交汇，形成钝角，墙上各镶嵌着一扇横向的大玻璃窗。窗上挂着的白色窗帘，反射出柔和的光。

透过大窗户，能看见漆黑的通风井。再往远处望，还能看见一条隐隐约约发光的带子，那是明回廊。

餐厅中央横放着一张长方形的餐桌，两侧各摆着几把椅子。角落里的三角形置物架上，孤零零地放着一部黑色电话。看来由于这个地方没有手机信号，想要与外界联络只能靠座机。

除房间形状有些奇怪之外，这里就是个普通的餐厅。蓝子心想。这时，她注意到有两个人正面对面坐在椅子上谈笑风生。

一位是头发浓密、看上去稍微有点年纪的男人；另一位是发际线已经后退至头顶、体形敦实的男人。

南部和黑石——这两个人，蓝子其实都单方面地认识，毕竟，他们可是——

蓝子放轻脚步、略带紧张地走上前去。察觉到她的出现，有点年纪的男人抬起头来："嗯？你是？"

"那个……初次见面您好，我叫陆奥蓝子，是一名自由记……啊，不对，我是十和田只人先生的助手。"

"十和田只人先生？"

有点年纪的男人皱起眉头，沉思片刻后，露出了笑容："啊，我想起来了。是那位被称作'流浪数学家'的十和田先生吗？咦，原来那位著名的学者也被邀请了啊。"

他面带微笑，徐徐地抚摸着下巴。对于蓝子作为区区一个助手，还要跟到眼球堂来这件事，似乎没有丝毫的疑虑。

蓝子松了口气，反问道："您是南部先生吧？去年获得了诺贝尔奖的。"

没错，蓝子对这个有点年纪的男人——南部，相当了解。

不光是蓝子，全日本的国民大概都认识他吧。因为南部现在作为日本科学家的代表人物，经常在电视上露面。

南部坐直身子，郑重地自我介绍道："没错，鄙人正是南部耕一郎，K大现任教授。虽然前段时间突然名声大噪，但我的本职工作依然是搞研究。"

南部耕一郎，去年被授予诺贝尔物理学奖。获奖理由是他对"N

理论"，即一种"能解决黑洞信息悖论难题的全新物理学"的杰出贡献——以上内容，曾被媒体大肆报道。不过，N理论极其深奥，听新闻的观众和写新闻的媒体是否能够完全理解，这还是个疑问。

三七分的灰白头发，修剪整齐的胡须，高大的身材，笔挺的棕色西装，俨然一副端正的学者模样。再加上他待人和蔼，又能够随机应变，正是那种"适合上电视"的学者。

这位如今全日本最著名的物理学家，也被邀请到眼球堂来了。还有——

蓝子将身体转向另一位比身材高大的南部还要大上一圈的秃顶男人，怯生生地自我介绍道："那个，我叫陆奥蓝子。请多多关照。"

"……"

有那么一瞬间，秃顶男人看向蓝子的眼神变得十分锐利。

蓝子下意识地移开目光，心想，这个男人不会还记得我吧。

秃顶男人皮笑肉不笑地向蓝子伸出右手："你好，我是黑石克彦。初次见面，还请多多关照。对了陆奥小姐，你现在住在哪个区？"

"啊？呃，那个……在练马区。"

"练马啊，我记得那里是高崎的选区吧。这次的众议院选举，请务必给高崎真投上一票。"黑石直勾勾地看着蓝子的眼睛，用沙哑的嗓音说道。

黑石克彦——他有好几个头衔，政治经济学家、律师，还有政治家。出身于政治世家，二十五岁首次当选后一直在执政党内身居要职，才三十多岁就被提拔为执行部干部，是一位相当有才干的政治家。他有着卓越的协调能力，性格冷静透彻，违逆他的人，即使是家人、亲戚也会毫不留情地被其舍弃。因此，这位铁腕议员又被称为"政界的年轻清道夫"。

"好，好的……"

蓝子躲避着他的视线，伸出右手。黑石用油腻的手掌紧紧握住了蓝子的手。

好色这一点，倒是表里如一。黑石是有名的绯闻专业户，不知道这算不算所谓的"英雄难过美人关"。黑石的花边新闻不断，据说部下经常为了帮他平息事端而到处奔走——这些事情，蓝子其实再清楚不过。

这也难怪，毕竟蓝子曾经跟踪报道过他的绯闻。作为取材的一环，她混入了黑石举办的晚宴现场，那正是她与十和田初次相遇的那场晚宴。

蓝子在心里念叨，再怎么说，黑石也不可能记得住近千名参加者的脸吧——见蓝子低头不语，南部指了指旁边的椅子说："哎呀，一直站着聊天也不好，总之先坐下吧。"

来自诺贝尔物理学奖得主的邀请，没有理由拒绝。蓝子行了个礼，将椅背往外一拉。可是——

"咦？"

椅子纹丝不动。

见蓝子弯腰往桌子下面张望，南部大笑："这里的桌子和椅子都是固定在地板上的。很奇怪吧？设计师是个怪人，做出来的东西也奇奇怪怪的。"

"这样啊。"

蓝子绕到椅子前坐下。南部接着说："不过还真是让人意外啊，想不到我会被邀请来那个骉木烆的地盘。"南部将全身重量靠在椅背上，苦涩地撇着嘴说，"他和我，可以说是不共戴天的仇敌。一边挑衅敌人，一边邀请他到自己家里来，这个人做事还真是大胆。"

南部从鼻子里发出"哼"的一声。蓝子小心翼翼地问："那么……南部先生也收到骉木先生寄的邀请函了？"

"是啊，我也收到了。内容嘛，也不好全都告诉你，总之就是些谩骂侮辱。什么'物理学日渐陈腐，现如今已经沦为构造建筑学的工具'，什么'诺贝尔物理学奖这种毫无意义的东西应该废除，改成诺贝尔建筑学奖'。十和田先生收到的邀请函，大概也是这种感觉吧？"

"啊，呃，是……是呢……"

这种情况下，自然不能讲实话。正当蓝子语无伦次时，一旁的黑石也往后一仰，腆着大肚子说："我呢，其实对这个叫骉木的盖房子的人不怎么了解，但邀请函上写了很多失礼的话，倒也是事实。用这个骉木先生的话来说，'政治结构不过是建筑结构中一个幼稚拙劣的部分'。不过，这种程度的诋毁对我来说早就是家常便饭，没什么大不了的。正好现在不是国会会期，感觉也挺有意思的，我就来了。偶尔也需要'微服私访'嘛……"

说完，黑石笑了笑，露出一口黄牙。

蓝子大概知道黑石在打什么算盘。他不是单纯地想要探访民情，而是把这当作一次机遇——通过结识矗木和他身边的文化人，给自己的人脉资源镀金。

不过，和怀有这种狡猾企图的黑石相反，作为一个纯粹学者的南部，似乎无法泰然处之："不行，我实在无法原谅那个人，至今为止，我被矗木先生抨击过无数次。本想着他是个建筑原理主义者，一些不痛不痒的诽谤，忍忍也就罢了，但现在我已经忍无可忍。所以说实话，我觉得这是个好机会，我和矗木炀，终于可以做个了断。矗木一定也是这么想的，才特地把我叫到家里来。算他有胆量。那我就接受他的挑战吧。"南部握紧拳头，大声说道。他的额头上甚至暴起了青筋。

这股愤慨，也间接证明南部的确受到了矗木相当频繁的攻击。

物理学本是与建筑学息息相关的学科。保证巨大建筑物不会轻易坍塌的技术，亦属于物理学。矗木对物理学的抨击尤为严重，或许恰恰是因为同类相斥。

比起这个，更令人觉得意味深长的是，矗木的矛头竟然还指向政治家黑石。

政治，一个和建筑学截然不同的领域。诚然，历史上有过一些通过建筑样式反映政治权威的例子，所以两者之间并不算完全没有联系，但是那种联系是极淡薄的。

关于这点，从矗木写给黑石的那句"政治结构是建筑结构中一个幼稚拙劣的部分"来看，矗木本人似乎不仅是从表面，更是从本质层面来理解各学科的。也就是说，矗木主张即使是不同的领域的学科，其本质中也存在相似性，因此可以互为比较对象。

拿物理学和艺术来与建筑学相比较，属于相对直观且容易理解的。但是，比较这一行为，本来就不应该只停留于表面，而是应深入本质。既然心理学和政治学在本质上都有与建筑学相似的地方，那么就可以判断出孰优孰劣——建筑原理主义者飂木，应该是这么想的吧。

不过，就算没有看见南部愤愤不平的样子也能够想象，一直受到这样执拗的攻击，换谁也无法忍受。

所以南部才会接受敌人飂木的邀请，希望借此机会结束这种莫名其妙的论战。这么想的话便可以理解了。

话虽如此，最根本的疑问还是存在。

飂木把像这样被自己贬得一文不值的各界精英——而且还是那些领域中最具代表性、最优秀的人——召集到自己家来，这一行为的目的究竟是什么？

是为了与论敌们来一场面对面、堂堂正正的辩论吗？

这或许是目的之一。但如果只是这样，没有必要特意叫他们到自己家来。费尽心思把他们请到自己的地盘，其中显然有什么意图。

那么，这个意图到底是什么？

身为局外人，且只是一个普通记者的蓝子根本没有必要考虑这种事情。真实——蓝子只想着如何在眼球堂里达成自己的目的。

但是，一旦开始对疑问追根究底，无论是谁，都会感觉到其背后隐藏着某些令人不安的东西。即使那只是会被当作错觉而忽略不计的、极其细微的东西。

7

忽然，蓝子听见动静，猛地一回头，原来是平川。

看来他刚才一直在厨房。身穿围裙，戴着白色厨师帽的平川，确实像曾经当过厨师的样子。

"咦，蓝子小姐，您已经来了啊。"平川笑眯眯地说。

"嗯。反正在房间里待着也没事做……来得太早，会不会给您添麻烦？"

"当然不会。眼球堂里没有电视也没有娱乐设备，一定很无聊吧。就连电话，都只有这一台。虽然作为用人这么说不太好，但是这简直就是苦行僧生活嘛。不过对于远道而来的客人们来说，聊天似乎就是最大的乐趣呢。"

确实，旁边的南部和黑石的讨论还在继续。不过与其说是讨论，不如说是南部在单方面进行热烈的演说，黑石只是在旁附和罢了。

"对了，十和田先生还在休息吗？"

"十和田先生吗？我想他应该快起来了吧。"

蓝子确认了一下时间，六点四十分，马上就要吃晚餐了。

"我差不多该准备把晚餐端上桌了，如果到时间十和田先生还没来，我就去房间叫他。"

"嗯，好……"

蓝子歪着头，话音刚落，以十和田为首的三个人，就走进了餐厅。

"哦？这里不是双重门呢。"

首先出现的，是十和田和他突然拔高的声音。

紧接着走进餐厅的是三泽，然后是造道。这么形容，听起来就像是十和田大摇大摆地带着两位美女来了，但实际上，他看上去更像祭典开幕时被耍猴人带来的猴子。

十和田大步走到南部和黑石跟前，猛地一鞠躬："南部先生和黑石先生吧？我是十和田只人。"

"哦，您就是十和田先生。您好，我是南部。"

南部伸出手，十和田与他握了握手，说："真是荣幸。没想到能在这里见到传闻中的南部先生。"

"哪里哪里，这是我想说的话。听说十和田先生一直在周游世界，难不成是为了这次聚会专程回国的？"

"没错。毕竟是那个磊木炀的邀请，怎么也得回来一趟。幸运的是，我手头的钱刚好够买回来的机票。"

"收到邀请函的时候，您在哪里？"

"巴库……阿塞拜疆。"

寒暄几句后，十和田他们也各自挑地方坐了下来。这时，黑石开口道："对了，不知道大家都多大年纪了？"

在桌前坐着三名女性的情况下，这个问题似乎有些不礼貌。所幸在场的女性并未表现出不快，大家依次说出了自己的年龄。

南部五十五岁，三泽三十二岁，黑石三十六岁，造道二十九岁，碰巧走到餐桌旁的平川也回答说自己二十九岁。

"我，我……二十五岁。"

蓝子的声音有些没底气。十和田紧接着她的话，说："我，五十亿零三十八岁。"

蓝子抢在所有人之前问："五十亿？你在开玩笑吧？"

"开玩笑？别胡说，我认为把自己的年龄看作五十亿零三十八岁是最合理的，所以才这么回答。"十和田扬起下巴，一脸严肃地说，"你知道吗，我小时候看的所有关于宇宙的书，上面都写着'宇宙诞生于距今一百亿年以前'。"

"原来如此，是短距离尺度下的哈勃常数[1]吗？"南部加入十和田突然开始的话题中来，"热拉尔·佛科留斯曾通过哈勃常数，倒推出宇宙年龄约为一百亿岁。十和田先生说的就是这个吧？"

"没错。"

"但这是基于旧数据的计算结果吧？"

"您说得没错，南部先生。"十和田用食指推了推眼镜，"现在，哈勃常数被修正，导致宇宙的年龄变成了一百五十亿岁。明明在我还是小孩子的时候，宇宙只有一百亿岁。为什么会发生这种事呢？对此唯一合理的解释就是，我自己穿越了五十亿年的时空。所以我的年龄应该是五十亿零三十八岁。"

"有意思。如此说来，我的年龄也应该是五十亿零五十五岁。"

1　哈勃常数：哈勃—勒梅特定律中，遥远星系的退行速度与它们和地球的距离的比值。——译者注

南部哈哈大笑，而其余人全都是一副丈二和尚摸不着头脑的样子。

至于蓝子，更是无言以对，只能在座位上发出深深的叹息。

终于，快到七点的时候——

"哎呀，大家都到齐了。我竟然是最后一个，真是不好意思。"

深浦慢悠悠地出现在餐厅。

他环顾左右，挑起一边眉毛说："我可以理解为，并没有指定的座位吗？"

"嗯，随便坐就行，不过，只有那个人的座位，好像已经定好了。"南部说完，狠狠地瞥了一眼餐桌另一端——长方形餐桌左侧的短边。只有那里，单独放着一把椅子。

"啊，确实是呢。"深浦找了个空位坐下来，"对了南部先生，您已经见过晁木先生了吗？"

"不，我还没有……诸位呢？"

没有人点头，大家都在左顾右盼，观察身边人的反应。

看来，还没有人见到晁木本人。

不知是不是因为大家突然意识到这件事，一股奇妙的紧张感蔓延开来。蓝子不由得挺直身子。

不知不觉间，其他人也都纷纷坐正，不再窃窃私语。

餐厅里的嘈杂声消失了，现在能听见的，只有平川分发餐具时发出的轻微碰撞声。然而准备完毕后，平川便回到厨房门前直直地站着，于是就连那一点声音也没有了，只剩下一片寂静。

这令人坐立不安的沉默，到底持续了多久呢？

回过神来——七点整。

"吱呀",一声门响后,眼球堂的主人驾临餐厅。

天才建筑家——矗木炀。

这个人进来的瞬间,空气变得刺骨起来。

他大步迈进餐厅,身上带着一种压倒性的存在感,凌驾于在场的所有人之上。

他外表精悍,年轻得完全不像五十多岁。

个子算不上高,但肩膀宽阔、体格健壮,身着深灰紫色和服。

肤色略深,灰白的头发一丝不苟地梳成背头。M字形的发际线下,是一对粗壮的倒八字眉和线条锐利的单眼皮。宽大的鹰钩鼻下,薄薄的嘴唇紧闭着。

如此相貌,当真像一种猛禽——鹰。

他周身散发出一种冷峻、将人视如草芥的气质。那是一种排斥异己的、不容许任何妥协的气场。

是的,真实——孤傲的矗木,只服从于自己所崇敬的神。

"欢迎诸位。"突如其来的大音量让众人不禁哆嗦了一下。矗木毫不在意,继续道:"我是这座眼球堂的主人,矗木炀。首先,我衷心地感谢诸位赏脸,接受了我的邀请。"

他的声音洪亮得像天上传来的雷声。然而,他的语气听起来却有些刻薄和刺耳。

回过神来，周围所有人，就连南部和黑石都紧张得绷着脸。

叠木行了个礼，移步到自己的座位前就座。然后，开始逐一确认每个人的脸。

南部、黑石、深浦、三泽、造道、十和田，还有——

"嗯？"与蓝子对视的瞬间，叠木的眉毛不对称地皱了起来，"没有印象的'人类'，你是谁？"

他神色自若，态度上也毫无破绽。蓝子张开干燥的嘴巴，然而一开口——

"呃……那个，我……我叫陆奥蓝子，那个……"

舌头突然不听使唤，是面对叠木就害怕了吗？

一旁的平川看不下去了，慌忙地伸出援手："叠木先生，这……这位是十和田先生的助手，是跟着他一起来的。实在抱歉事后才向您汇报，呃……"

说到这里，平川顿了一下，悄悄朝十和田的方向瞟去。

——那么，叠木先生那边就由我来说明，如果他责备你，你就把所有责任都推到我身上。

蓝子这才想起，进入眼球堂的时候，十和田就是用这样的花言巧语让平川妥协的。现在，相信了那些话的平川，正在试图向十和田求助。

然而，十和田完全不理睬平川，甚至看都没看他一眼。

平川期待的目光逐渐变得暗淡，到后来甚至带着一丝怨气，声音也越来越小。

现在，就只等聂木一句"请你出去"的逐客令了。可怜的蓝子，却从聂木口中听到了意想不到的话。

"罢了……就这样吧。不管经过如何，既然已经进来了，那也是没办法的事。平川，我记得还有一间客房空着吧？"

"是……是的。那个……三号房还空着。"

"知道了。是叫陆奥小姐吧，你就住三号房吧。不过，你应该已经住进去了吧。"

呵呵呵，聂木从喉咙里发出咳嗽般的笑声。

想不到那个聂木竟然如此爽快地就接受了不速之客的存在。在众人无声的惊愕中，愣在原地的蓝子忽然回过神来，猛地低下头说："谢谢您，聂木先生。"

仿佛觉得她这种冒失的举动很有趣似的，聂木笑道："无妨。事到如今就算赶你出去，也只会给我们双方都带来困扰。房子虽然没有看上去那么宽敞，但还请在此好好休息。那么，诸位……"聂木啪地拍了一下手，说，"虽然比预计的多了一个人，不过没关系，让我们开始享用晚餐吧。"

餐桌上摆着的，是以冷盘为前菜的法式料理。

虽然与正式的法式全餐相比菜品较少，只有五道，但是在这样的荒山野岭中，还能品尝到这么多精致的菜肴，仍然让大家忍不住啧啧称赞。

当然，五道菜都分成了八人份。从烹饪到上菜，都是由平川一人完成，足以看出他的手艺和技巧都相当了得。

就这样，正餐结束了。除了餐后咖啡，桌上的东西已经被收拾得干干净净。

于是，骉木不紧不慢地开始陈述此次集会的目的："好了……回到刚才的话题，对于今天在百忙之中来到我的眼球堂的诸位，我再次表示感谢。"

骉木的声音铿锵有力，"威风凛凛"这个词用在他身上再合适不过。

"我把诸位召集于此，是有着明确理由的。为了让这座眼球堂闻名于世，首先必须让诸位对眼球堂有所了解。为此，我需要占用你们宝贵的三天时间。因为你们是各领域公认的顶尖人物，同时也是能够理解眼球堂真正价值的人。我承认你们有这个资格。换句话说，最能理解建筑的至上性的，就是你们这些位于从属地位的人。"

——骉木炀，多么狂妄自大的男人啊。

嘴上说着"诸位""占用"之类的敬语，但话语间却满是对在场其他人的蔑视。毕竟从一开始，骉木就对十和田和造道以外的人使用了攻击性的言语。

也就是说，这果然是挑衅。

"诸位现在一定很震惊吧？心里一定有很多'为什么'吧？没错，这座眼球堂，正是为了唤起惊愕、冲击、怀疑等比喜怒哀乐更高层次的情绪而精心设计的。显然，这个尝试成功了。它是如此完美，就连身为设计师的我，至今仍然兴奋得难以自抑。"骉木看起来很愉快的样子，歪着嘴角又发出了呵呵的笑声，"咳咳……我是两年前开始设计这座眼球堂的。这个工程相当有难度，不仅设计起来困难，而且施工起来更是困难。前所未有的设计和规模，再加上位置偏僻。为了搬运建材，甚至必须先修路。诸位走过的那条狭窄的山路，两年前还是一片原始森林。当然，钱也花了不少，我的大半积蓄都投进去了。"

直径一百米，深达二十米的纯白大理石容器。

耸立于其中的黑色建筑物和无数白色柱子。

为了建造这些东西，骉木究竟花费了多少积蓄？即便地价便宜，平整地基、建材、施工等粗略计算起来起码也需要十亿日元——不，恐怕是它的数倍。骉木说他投入了大半积蓄，应该并非夸张。

反过来说，骉木不惜花费这么多积蓄，也一定要建成这座眼球堂。

"建筑学实在是一门深奥的学问。在建筑学中，思想、工学、艺术等都是以供人类使用为前提存在的。正因如此，建筑学才比其他学科更具有多样性和进步性。你们想想看，物理学是盲目追求理想的形而上学，心理学是玩弄人心的幼稚游戏，艺术是没用的摆设，至于政治，只能带来文明的衰退。但是，即使是这些虚假的学问，在建筑学中也能完成它们高洁的使命。"骉木停下来用咖啡润了润嘴唇，继续滔滔不绝道，"这正是我一直以来坚持的主张，证明这一点也是我多年来的夙愿。我要证明，建筑是囊括了众多学科的人类智慧结晶，所以它拥有至高无上的地位。也就是说，作为建筑家，我要让所有学科都归属于建筑学，实现古希腊哲学的复兴，这是神赋予我的使命……

现在，我终于完成了这项使命。看啊，诸位，看这座眼球堂。整个世界都在建筑学上得到了发展和传承，现存的其他学科早已化为一堆死灰，那些东西单独存在着是没有意义的，唯有成为建筑学的附属品才能继续生存。而能够证明这一点的，正是这座神的眼球堂。"

是的，真实——这里是，神的眼球堂。

蟊木口若悬河，语气听起来像是带着醉意。

蓝子忽然想起，蟊木曾经说过这样的话。

——建筑学才是立于所有学科顶点的存在，世界上的一切都为建筑学服务。

其实，这种想法不过是自以为是罢了。真实——蓝子是这样想的，竟然认为建筑学是立于世界顶点的存在，这是多么傲慢的人才会有的想法啊。坦白地说，这个人就是疯子。

然而，蟊木发表的那番演说，却有种无法抗拒的说服力和莫名的震慑力，实实在在地让众人内心产生了动摇。

——唯有建筑才是人类智慧的结晶，而眼球堂就是其证明。

或许真是这样，不，一定是这样。能让人产生这种认同感，或许也是因为蟊木的言语中有种不可思议的力量。

但是，就像要与他蛊惑人心的声音对抗似的，突然，另一个人提出了异议："等一下，蟊木先生。不对，您说得不对。"

——是南部。

身为日本国宝级物理学家的他，此时额头上浮出几道深深的皱纹，与喋喋不休的蟊木展开了正面对决："建筑学，是所有科学与艺术之王，你想说的是这个意思吧？我并不打算全盘否定这个观点。是的，从某种意义上来说，学术注定会越来越细分化、尖端化，最终变成人们遥不可及的东西。到那个时候，学术就死了，物理学自然也不例外。我编写的N理论，有多少普通人能看懂呢？就连那个著名的相对论也是如此，有多少人能理解那种高深理论的精髓？就算有人得了诺贝尔奖，也只能说明那门学问已经到头了。艺术也不例外，那些前卫艺术和当代音乐，究竟有多少能够带给人们真正的兴趣和感动？"

"南部，你究竟想表达什么？"

"我想说的是，科学和艺术如今已经沦为内行人的玩物了，矗木先生。"

的确如此，最前沿的研究，由于过于高端，往往不容易被理解。就像现在聚集在此地的天才们一样，他们眼中的世界，普通人又能理解多少呢？

不过，这恰恰就是位于金字塔顶端的人的特权。这种事就连凡夫俗子都能想明白。

"'到那个时候，学术就死了'吗？呵，有一定的道理。"附和一句后，矗木紧接着用更严肃的口吻说道，"但这正是为什么我刚才说，只要建筑学的地位，位于其他学科之上，就能打破这种令人担忧的局面。"

"嗯，我明白您的意思。"听见矗木这样说，南部换了口气，回答道，"矗木先生，你的理想是高尚的。在更高维度的世界中将各学科统一融合，由此将所有权下放给所有人，我觉得这种尝试本身是非常有意义的。但是呢……你还是忽略了一件事，而且是很重要的一件事。"

曩木的眉毛猛地上扬："什么事？"

"有那种想法的你，正是把建筑学当成玩物的人。"

"……"

曩木紧抿着嘴，他的眉间第一次流露出不快的情绪。

南部像是抓准了他沉默的间隙，继续说道："我们之间确实经常争论，那是因为我们都坚信自己相信的东西才是最优越的。当然，这作为头脑风暴的一环，是很有趣的，但如果非要较真分出优劣，就太没意思了。所以曩木先生，如果你刚才的那些主张只是单纯的头脑风暴，那么我们就像平时一样，互相笑笑就过去了。但如果不是，那么就请你马上收回你的话。"

"……"

曩木还是皱着眉头，轻轻把咖啡杯放到桌上，慢慢地往后一仰，靠在椅背上。然后，他顿了一下，说："南部，你的意思我明白了。但是如此聪明的你，肯定知道那位伽利略·伽利雷的名言吧。"

"伽利略的名言？"

"没错，那就是，'即使如此，地球仍在转动'。"

曩木嘴角上扬，咧成了月牙形。那是仿佛要把人吞噬般的笑容。

"你的话，不就等同于想让日心说回归到地心说吗？'即便如此，建筑学仍是世界的中心'。不管别人怎么说，我都不会怀疑那位崇高的神的理念。这世上所有的一切，都不过是以建筑学为中心，围着建筑学转动的存在。这一点，我绝对不会有错。"

"……"

忽然，十和田凑到蓝子耳边问："蓝子，你读过矗木先生四十岁时写的那本《建筑的地平》吗？"

见蓝子沉默地摇了摇头，十和田接着说："我在十五年前，还觉得看书很有意思的时候，读过那本书。然后，我觉得那本书是 *The book* 的一部分。"

"*The book* ……"

——那是记载着这世间既存的无数定理及其证明的书。

十和田仿佛能看透蓝子的内心想法似的，点了点头："*The book* 里，有和矗木炀所写的书相同的东西……我有这种预感。当然，我对建筑并不了解，但是我认为自己有能辨别事物真伪的眼睛。而且我还知道，真理即是定理，而 *The book* 里记载着所有定理。"

"也就是说，矗木先生的书是真理，所以也是 *The book* 的一部分？"

"没错。"十和田继续道，"矗木先生的主张太过激了，但是，他也有足够的资格发表那些言论。你知道结构主义吗？或许从结构主义的角度来思考矗木先生所说的'建筑的地平'，会比较易懂。换句话说，在建筑中，能找到一种排除一切材料、感性等表面的东西后留下的共同结构。不过，矗木先生的想法更具有能动性。他认为，最后残留下的结构本身，反而是由材料和感性单方面决定的，这才是建筑主义思想的根基。而我从中发现了与数学结构类似的东西。听好了，平面几何学由五大定理组成，但按照建筑主义的逻辑来看，就变成了因为它是平面几何学，所以才有五大定理。既然这样，那么可不可以说，别的几何学是由更少的定理发展而来的呢？这就像是，从理论上重现了十九世纪发生的事情。"

"……"

十和田滔滔不绝，越到后面，专业词汇和听不懂的东西就越来越多。

不过，*The book* 里有和曩木的书里相同的东西——只有这句话，在蓝子心里反复回响。

——眼前，曩木和南部之间的唇枪舌剑，还在继续。

两人的语气逐渐激烈，南部紧握拳头，将手臂高高挥起。

面对这场激烈的辩论赛，蓝子只有在旁边静静观战的份。

时间，已经过了八点半。

8

"好的，诸位……晚宴就到此结束吧。"

曩木与南部的辩论持续了一段时间，总算是缓和下来。宴席上笼罩着一片尴尬的沉默。就在这时，曩木从座位上站了起来："这座眼球堂，没有什么可看的东西。但是，眼睛看不见的东西，却什么都有。各位，请一边细细品味神与建筑主义的伟大，一边好好享受这三天的时光吧。"

说完，他迈着与来时同样豪迈的步伐，大步走开。"哐当"一声，骉木离开了餐厅，只留下身后那颇有震慑力的关门声。

从紧张感中得到解放，所有人都不约而同地舒了口气。

天才建筑家，骉木炀。

他是个孤傲的人，或者说，是个完全不接受异己的人。

他目中无人地断言道，建筑是至高无上的，世界上的其余事物不过只是建筑的垫脚石。

原来如此，怪不得说他是建筑原理主义者，真是恰如其分。

蓝子点了点头，旁边的南部则一边叹息一边喃喃自语。"真是一场毫无意义的争论……"他眉头紧锁，表情严峻地继续说，"所谓的平行线，就是这样吧。他从来没有正眼看过建筑以外的东西。在他眼里，我们这些人就像是聚集在虫子尸体周围的蝼蚁。气愤，实在令人气愤。但是，彼此信奉的神不一样，也是没有办法的事。只能放弃了吗？还是说……只能靠实力来解决呢？"

说完，南部也忽然从座位上站起来。

"南部先生，您要去哪里？"平川忙问。

南部用平淡的声音回答道："回房间。我要让自己冷静下来。"

他只说了这句话，就静静地走出了餐厅。

余下的人都默不作声地看着他离开。终于，腆着大肚子的黑石朝平川招了招手："喂，有什么喝的吗？"

"啊，有的。有咖啡、红茶和日本茶。"

"不要那些东西，给我上酒，酒总该有吧？"黑石咧嘴一笑，

"这种烦躁的时候就要喝酒，不管啤酒、红酒还是威士忌都行，统统给我拿上来。"

不一会儿工夫，桌上就摆好了啤酒、红酒、威士忌，再加上日本酒和一些下酒的干果。

"真是抱歉，只有这些东西。"

"没关系。什么嘛，这不是有不少好酒吗？"看着酒瓶上的标签，黑石笑得合不拢嘴。

平川说："毕竟骉木先生交代过，要准备一些高级的东西。对了，还有一件事要告诉各位。"

"什么事？"

"其实，餐厅的使用时间，只到晚上十一点。"

"这样吗？"

"是的。因为眼球堂的照明是全自动的，一到晚上十一点就会自动关灯，变得一片漆黑。所以，我也得赶紧去收拾后厨了。"平川接着说。

"这样啊。不好意思啊，耽误你时间了。不过也就是说，十一点之前都可以待在这里，对吧？那就让我们再多待一会儿吧。"

"好的，当然可以，请随意。"

黑石豪爽地将威士忌倒进杯中，大口大口灌进喉咙。见此情景，其他人也纷纷伸手，开始挑选自己喜欢的酒。

深浦是啤酒派，三泽和造道是红酒派。不会喝酒的十和田，往嘴里放了几块冰，把两颊塞得鼓鼓的，嘎吱嘎吱地嚼了起来。

"陆奥小姐，你应该挺能喝的吧？想喝什么？"黑石突然向蓝子搭话。

"啊，那个……"

没有拒绝的理由，蓝子指着一个格外大的圆柱形酒瓶说："威士忌吧，麻烦您了……要半水半威士忌。"

"行家啊。"

黑石脸上堆满不正经的笑，用熟练的手法将等量的威士忌和矿泉水倒入玻璃杯中，递给蓝子。

"谢谢。"

蓝子道完谢后，忽然意识到自己不久前还跟踪过眼前这个给自己调酒的人，想曝光他的丑闻。蓝子带着复杂的心情抿了口酒，不料超过二十度的液体一下子涌入喉管，呛得她直咳嗽。

见蓝子这副模样，黑石的眼神变得色眯眯的。

"话说……骉木先生这个人，真的很厉害啊。"蓝子避开他的目光，朝身旁的十和田抛出话题。

大概是吃腻了冰块，十和田这次又往嘴里塞了些坚果。

"在这儿逗留的期间如果不小心惹怒了骉木先生，不知道会怎么样呢？"

"哈，嗯哇哦哼啊哈嗯啊哼啊嗯哼哼。"

"慢、慢点，十和田先生，你嘴里塞太多东西了。"

十和田的两颊像仓鼠一样鼓鼓的，但咀嚼和吞咽的速度仍然很快："嗯……这杏仁真是美味。"

"真是的。"蓝子有些愕然,但也剥了一颗开心果放入口中,"啊,这个确实很好吃。对了,十和田先生。"

"干吗?"

"矗木先生到底为什么要邀请我们呢?"

面对这个最根本的问题,十和田却不耐烦地回答说:"我们?你好像并没有被邀请吧。"

"话是这么说……"

面对哑口无言的蓝子,十和田顿了顿,说:"关于这个问题,矗木先生已经亲自回答过了吧。'为了让这座眼球堂闻名于世,首先必须让诸位对眼球堂有所了解。为此,我需要占用你们宝贵的三天时间'。"

"嗯……他确实是这么说的。"

但这个理由,还是让人不知所云。蓝子歪着脑袋,又换了个话题:"不过,现在再回头一看,被矗木先生邀请来的各位,还真的个个都是响当当的人物,不愧是各界精英。"

"确实,所以我越来越不能理解为什么我会被包括在内。"

"为什么?"

"只有我不该出现在这里。"

"没有的事。十和田先生不也是出色的'各界精英'之一吗?"

"别说傻话了。"

十和田愤然将手臂朝外一甩,声音中不知为何带着些许怒气:"我这点资质,贫瘠到根本不足以称之为才能。从根本上来说,我能跟这些天才平起平坐这件事本身就很可笑。"

"不，我觉得十和田先生也是天才啊。"

"怎么可能？天才可以分为两种，我并不满足其中任意一种的必要条件，所以我不可能是天才。"

"哦，虽然听不懂你在说什么……但是，既然如此，十和田先生为什么还要来这里呢？"

"我……嗯，我只是单纯地以为，这里会有能够进行共同研究的对象罢了。不过，这个想法已经落空了。"

那个对象，应该就是指善知鸟神吧。

"可是，不是还有南部先生吗？在物理学领域的共同研究，是不是超出你的专业范畴了？"

"数学和物理学算是兄弟，并不是不可行，只不过……"十和田壳都不剥，就将开心果整个扔进嘴里，"那对南部先生也太失礼了吧，我们的水平差太多。嗯，果然壳很硬，不好吃。"

十和田用槽牙使劲咀嚼着，表情看上去十分痛苦，但又不肯将壳吐掉，最后硬是吞了下去。

"呜哇……"

"怎么了？"

"啊，没什么……不过，刚才真是松了口气。"

"刚才有发生什么吗？"

"矗木先生不是允许我留在这里了吗？我还一直担心自己不知道什么时候就会被赶出去，冷汗直冒呢。"

——不过，某人可是一点也没帮我说话。

蓝子在言外之意中流露出不满，当然，这种拐弯抹角的方式在十和田面前是行不通的。

"这样吗？哦，那不是挺好的。"

说完，他便摆出一副事不关己的表情，又往嘴里放了一颗带壳的开心果，"嘎嘣嘎嘣"地嚼了起来。

蓝子以一脸难以置信的表情，瞪着十和田的侧脸。突然，十和田转过头来，与蓝子四目相对："对了。"

"怎，怎么了？"

十和田的眼神十分锐利，他对着有些狼狈的蓝子说："我要回房睡觉了，之后就交给你了。"

"啊，好的。"

然后，十和田看也不看败下阵来的蓝子一眼，站起身，迈着他那一蹦一跳的轻快步伐，飞快地离开了餐厅。

真是够了！蓝子低下头，用手按揉眉间。十和田这个人，无论在什么时间、什么地点、什么情况下，都是那个让人无言以对的十和田。

"真是……透彻啊，令人惊叹。"餐桌另一边，面如桃花的三泽呢喃道。

肤白如雪的美人此时脸上泛着微微红晕，那样子就连身为女性的蓝子见了都觉得娇艳无比。

黑石一边喝着酒，一边问三泽道："'透彻'，你是指什么？"

黑石的眼尾向下慵懒地耷拉着，他一定喜欢三泽这种类型的女性吧——这么说来，蓝子突然想起他之前的绯闻对象也都是这种身材高挑的美女。

"就是这栋建筑物啊。对比如此彻底，甚至让人觉得有些可怕。"赤红的液体，在美人的红酒杯中被轻轻摇晃。

黑石还是没听懂三泽的话，正当他摸不着头脑时，对面的深浦出来搭腔道："是指这里的白与黑、明和暗吗？"

"是的。我都开始头晕了，好像还有点反胃。"

"哈哈哈，这正是它的心理学效果。"

深浦在啤酒里放入冰块后，又加了些水来稀释。他一边用这种不太常见的方式喝酒，一边接着说："人在突然移动到亮度不同的地方时，通常需要花几分钟来适应光线。此外，明暗对比强烈的地方还会引起视错觉。特别是在眼球堂里，以黑色、昏暗为代表的日常空间，和以白色、明亮为代表的非日常空间紧密相连、共存。因此，反复出现的光线差异和错觉，可能会让人感到反胃。嗯，或许可以与萨特的小说《恶心》联系起来，做一些文学、哲学方面的考察呢。"

造道紧接着深浦的话，说："这种过度强调明适应与暗适应，引发人体不适的设计，在建筑设计中理应是被禁止的。所以，我总觉得骉木先生故意做出这种效果，其中一定隐藏着什么深意。"

这或许与三泽刚才说的"甚至让人觉得有些可怕"的感想有所联系。

"不过，这位骉木先生真是个相当棘手的人啊。"似乎觉得这些自己听不懂的东西很无趣似的，黑石尝试改变话题。

"你的意思是？"蓝子虽然隐约知道黑石想说什么，但还是催促他往下讲。

"那个男人，对自己专业领域之外的东西敌意太大。建筑学才是最好的，除此以外的东西都在建筑学之下……唉，真是谬论。这种话，真亏他说得出口。"黑石从瓶中倒了些威士忌在自己的杯子里，什么也没兑，喝了一大口，"当然，不怕误解地说，觉得自己才是最优秀的这种想法，我身为政治家其实深有同感，因为我也一直认为自己位于世界的顶端。这世上所有的资源都是为我所用，其他人都是为了我而工作。"

如果他真这么想，那这种想法就是傲慢本身。

话虽如此，如果没有如此强大的信念，便无法在充满明争暗斗的政治世界中混得风生水起，这也是事实。

但是——黑石以转折词作为开场白，接着说："即使在我看来，那也只是一派胡言罢了。"

"一派胡言吗？"

见蓝子有些诧异，黑石露出严肃的表情说："是的。骉木先生那番话，那个啊……已经超出人类应该提及的范畴了。人与人之间通过竞争分出优劣，是好的，这才是真正的切磋。我也和人竞争，有时也会使用卑鄙的手段，但对手终究是人，我也是人，不会逾矩。但骉木先生的情况不同，他的视角，已经是神的视角了，是神站在天庭之上俯视众人的视角。然而，骉木先生归根到底也是人类之躯，那么，那种高高在上的视角显然是错误的。所以我才说那只是一派胡言。"

"原来如此。"

黑石调整了一下他粗短的双腿的姿势，接着说："嗯，我承认建筑学是一门值得尊重的学问。但是，对于它能够占据神的宝座这一观点，我完全无法赞同。虽然我知道，那些被称为天才的家伙，全都认为只有自己信奉的神才是真的。"

"嗯……"蓝子沉吟一声。

所有天才都认为只有自己信奉的神才是真的——这个命题，不是真命题，因为她知道这个命题的反例。

"也不见得所有人都是这么想的吧？"

听见蓝子反驳，黑石皱起了眉头："什么意思？"

"比如说，我看着十和田先生就会觉得，那个人一定没有这种想法，一定没有觉得自己信奉的数学才是什么真正的神。从根本上来说，他可能连'信奉'这种观念都没有。"

"哦？这就有意思了。能麻烦你详细说明一下吗？"对面的深浦，将身体向前探。

"嗯。怎么说呢，那个人……有点脱离常规。不知道是不是因为太沉迷数学而变得奇怪了，这两年来，我一直在十和田先生身边观察他。那个人对数学以外的事物毫不关心，金钱也好，地位也好，甚至衣食住行他都不在乎。也不知道该说他是把自己放得太低，还是把数学放得太低，好像只要能研究数学，别的怎么样都无所谓。他就是这种人。"

"原来如此。正因为认识这样的十和田先生，所以陆奥小姐才认为并不是所有天才都会执着于自己的神。"

蓝子用力地点了点头。

真实——神并不是因为受人信奉才成为神，神永远是神。而会执着于神的存在，才是人类的本性。

黑石有些愕然："啊，这样啊……也就是说，只有十和田先生是因为太喜欢数学，所以变成'数学白痴'了？"

"是的，就是这种感觉，嗯。"

脑袋里突然开始天旋地转的蓝子，缓慢地点了一下头。

"好吧，那么我就接受你这位善良的国民的真挚意见吧。"

黑石倾斜他的酒杯，喝了一口。他的轮廓在蓝子眼中，有时会扭曲成一个物理学上不存在的形状。蓝子的脸颊逐渐发烫。

——啊，看来我醉得不轻。

蓝子一边这么想着，一边又举起杯子呷了口酒。馥郁的甜香从喉咙深处直通鼻腔。现在她才注意到，这个威士忌有多好喝。

嗯，总觉得心情很好。

也不能喝得太醉——哎，不管那么多了。

非日常的、充满紧张气氛的空间，非日常的、充满紧张情绪的人们。

身处在这样的环境中，酒确实能让蓝子放松下来。

杯中的酒轻轻晃动着，液体表面亮晶晶的光斑也随之跳跃。

跳着跳着，蓝子的目光变得呆滞起来，在恍惚与睡意的夹缝间缓缓闭上了眼睛——

迈着晃晃悠悠的步伐，顺着黑色回廊向右拐。

昏暗得分不出昼夜的暗回廊，前方的路缓缓弯曲着通向深处。那是真的弯曲，还是眼睛的错觉，蓝子已经无法分辨。

彻底喝醉了。

没想到竟然被灌醉了，不，要说自己不想喝是骗人的。倒不如说，从中途开始就是自己在主动端起酒杯，现在却想对这一事实睁一只眼闭一只眼。

仿佛要掩饰尴尬般，蓝子瞥了一眼戴在右手手腕上的表。

正好晚上十一点。

餐厅的灯，已经熄灭了吗？如果酒宴没有强制结束的话，恐怕自己会更加不省人事吧。幸好有时间限制，蓝子心里松了口气。

不过一边聊天一边喝酒，这种体验还是头一回，怎么说呢，还蛮有意思的。

偶然像这样和人说说话也不错，不过酒精摄入过多，容易做出出格的事情，这点多少需要注意。

然而，真实——正如狄奥尼索斯的存在所暗示的那样，即使是神，也无法抗拒酒的诱惑。

——要是十和田也在就好了。

蓝子心里这样想着，不知不觉，停在一扇门前。

小小的金属牌上写着数字"3"——应该吧。

蓝子握住门把手，轻轻拉了一下。

门无声地打开了。一时间，产生了会被里面那张开血盆大口的黑色虚无空间吸进去的错觉。当然，这只是普通的双重门。蓝子推开第二道门，走进房间。

于是，在迷迷糊糊的状态下，脸朝下倒在了床上。

从那一刻起，蓝子的记忆中断了。

第 II 章　第二日

12345678

1

一辆老旧的公车，摇摇晃晃地爬着山路，陡峭的上坡路的尽头消失在一片白雾中。我坐在驾驶席，手握巨大的方向盘，脚下死死踩住油门，向上开去。

坡道蜿蜒曲折，没有铺设路面，只靠两条延伸的车辙形成了狭窄的道路，公车在这条平行线上行驶着。每到U字形急转弯时，我就把方向盘打到极限，车体在离心力的作用下发出咯吱咯吱的声响，沿着转弯前行。眼前的景色只有单调的灰白色山路和两侧的森林，从树木的缝隙中，不时可以窥见湖泊。在这没有色彩的风景里，唯有那片水面，闪耀着格外鲜艳的蓝。

恍然间，我意识到。

为什么我会坐在驾驶席呢？

说起来，我——有驾照吗？

刹那间，一股强烈的恶寒爬上脊背，我不由得看向后视镜。

里面映着的，只有一片漆黑。

我回头望去——

（……呜！）

发出惨叫。

公车的后座原本应该分成两列、整整齐齐排着四排座位的那个空间，如今已经完全看不见了，取而代之的是一片黑暗。背后的风景被悬浮在空中，仿佛被能吞没时空的巨大黑洞占据，就像是——黑色的眼珠。

不知不觉间，我在一条朝右延伸的回廊上奔跑着。

身后，一颗布满滑腻血管的眼球正在逼近。

我记得——可能——大概——只要——沿着这里跑下去，就能到达一个明亮的地方。如果能想办法去到那里，我就——

脚使不上力。

仔细一看，黑色的地板仿佛活物一般蠕动着，想要抓住我的脚。

（……呜！）

喉咙深处又发出悲鸣。

但是，却听不见任何声音，暗回廊里还是一片死寂。

我只能奔跑，所以我不停地奔跑。

脚步渐渐沉沉重起来，双腿不听使唤，膝盖抬不起来也放不下去。就像是在空中行走，脚的触感很模糊。

回头，身后是活生生的白色眼球，它的中央裂开一道口子，能看见虹膜、晶状体。它已经追上来了。

然而，就像在嘲笑这样狼狈的我似的，眼球堂里仍然一片静谧。

回廊右侧的墙上，等距离排列着几扇黑色的门。

——对了，房间。逃进房间吧。

我向前伸出疲软的膝盖，狠狠蹬了一脚忽远忽近的地板。

凭借这垂死挣扎，我的身体终于向前移动了一点。

能看见门上有牌子。

上面刻着小字，代表房间号的数字，"8"。

我拼命地向前挪动脚尖，大腿发烫，"7"。

眼球的气息顺着后背爬上我的脖子，"6"。

恐惧，全身汗毛竖立，不住地颤抖，"5"。

只要逃进房间就好了，逃进房间——

——房间？

背上冒出冷汗，我的房间是几号来着？

是这间吗？啊，不对。这两扇门不一样，上面没有金属牌，这是餐厅的门，或者前室的门。

所以，不对，这里不是我的房间。

那，究竟是几号？

强忍住想要大喊大叫的冲动，我试图冷静下来，回忆自己的房间号，但是大脑无法运转。我的房间就在前面，应该没错，大概，一定是——

地毯上讨厌的毛，缠绕着我的脚，"4"。

空气仿佛糖稀一样，黏黏糊糊的，"3"。

身体的温度下降，逐渐失去知觉，"2"。

即便如此，我还是拼命蹬着地板，"1"。

可是，找不到门，哪里都没有门。

尽管如此——

回廊的前方仍是"黑色",看不见其尽头。

转身向后看也是"黑色",眼球近在咫尺。

身体上方被"黑色"的墙壁和天花板笼罩。

我的大脑也已经被"黑色"的夜幕侵袭了。

——咚咚咚,咚咚咚。

眼球堂回廊里,我背后的眼球的瞳孔深处——虚无的对面,传来有节奏的震动,敲打着我的腹部。

——喂,喂。

那片黑暗深处的更深处,有谁在呼唤?

谁?

我好像在虚无中抬起了头,又好像没有抬起眼睛。在伸手不见五指的环境中,无法确认动作。虽然不能断定自己只抬起了头,没有抬起眼睛,但又总觉得抬起的应该不是眼睛,而是头。

在一切都模棱两可的状态下,只有那声音和呼唤真实地存在于我的意识中,从对面,或身后,或天上,或地下,又或者是从一切地方,传来回响。

——咚咚咚,咚咚咚。

啊——

用尽全力嘶吼,却发不出一点声音。

——喂,喂。

啊——

用尽全力挥手，却看不见一个人影。

我被无力感折磨着，尽管如此，还是使出浑身力气发出无声的悲鸣，不停地挥动着不存在的四肢，直到喉咙嘶哑。

过了一会儿——

那个声音变得越来越大。

——咚咚咚，咚咚咚。

——喂，喂。

就在我身边，就在那儿，近在咫尺。

那个人就在触手可及的距离里。

（……）

——喂，喂。

（……）

然后——

现实总是那么突兀，并伴随着压倒性的存在感，出现在人们眼前。

啪嗒——

首先映入她眼帘的，是天花板，这里是什么地方？

啊，对了，这里是眼球堂里的一个房间——三号房。

蓝子猛地抬起上半身。

"呜……"

脑袋像被钝器击打过一样，传来阵阵疼痛，紧接着是从胃里翻腾而上的呕吐感，头盖骨里柔软的脑髓，仿佛被一根细长的搅拌器搅成了糨糊。浑身充满难以消解的不适感。

乱蓬蓬的头发，皱巴巴的衬衫，从脖子到背脊，整个后背湿答答的，都是盗汗。

蓝子想起昨晚的事了。

晚上十一点离开餐厅，酩酊大醉地回到房间，然后打开门，就这样直接瘫倒在床上——

方才的梦，对于平时不怎么做梦的蓝子来说，这是很少见的事。但有一种说法认为，梦是大脑整理清醒时记忆的程序。如果这种说法正确，那恐怕是昨天过于鲜明的记忆诱发了那个梦吧。

瞥了一眼手表，现在时间接近上午八点。

毫无疑问已经是早晨了，从昨晚算起，已经睡了九个小时。没想到自己竟然能睡这么久，蓝子微微皱起眉头，想要直起身子，就在这时。

——咚咚咚，咚咚咚。

突然传来的巨大声响，吓得蓝子打了个寒战。

——咚咚咚，咚咚咚咚。

重复了好几次的粗暴敲门声。

这个声音是——心脏跳动的速度逐渐平稳下来，蓝子想起刚才在梦里也听到过同样的声音。

不仅如此，同这个声音一起，应该还能听到——

"喂……喂……"

门那边传来含糊不清的声音。

是十和田的声音。

"喂，蓝子，你醒着吗？醒着的话就吱个声，赶紧把门打开。"

十和田一边敲门，一边呼唤蓝子。

是特意来叫我起床的吗？不，不可能，十和田不是这种会照顾人的类型，而且他的感觉和平时不一样。十和田慌慌张张敲着门，嘴里不停地叫着蓝子的名字。他的声音里，似乎有一种不寻常的急迫和焦急。

蓝子扯着嘶哑的嗓子回应道："哎，我醒着，刚刚才醒。"

"哦，搞什么嘛，原来醒了啊。"

隔着门，只听见十和田长长地舒了一口气。

"怎么了十和田先生？一大早的，发生什么了？"

"没怎么……总之，你先把门打开吧。"

"啊，哦哦，好的。"

蓝子急忙起身，将门——连续的两扇门打开了。

"啊。"

十和田杵在门前，穿着和昨天一样的衣服。

他沉默地盯着蓝子，过了几秒，开口道："嗯……能打开啊。而且，看上去倒不像是活死人。"

能打开？还有——活死人？

听见十和田奇怪的口气，蓝子微微歪着头反问道："我不太明白你在说什么……十和田先生，发生什么事了吗？"

"发生什么事了？这你还看不出来吗？三号房的门安全打开了，

然后里面的人宿醉得厉害但好歹还活着，就这么简单。"

"……"

蓝子注意到，十和田在故意用这种奇怪的说话方式来搪塞什么。

果然是出了什么事吗？十和田伸出双手，制止了想要再次发问的蓝子。

他把快要滑落的眼镜往上一推，顿了一下，说："首先，我要向你宣布三件事。"

"宣布？什么意思呀？"

"第一，这不是噩梦的延续。"

"噩梦……"

确实，自己直到刚才为止都还在做噩梦。

但是，十和田是怎么知道的？蓝子惊讶地点了点头："嗯，我想也是。如果是在梦里的话，应该不会有这么严重的头痛和恶心吧。那第二件事呢？"

"第二，我不是在开玩笑。"

"开玩笑？"

即使没有特意叮嘱，蓝子也知道，十和田从来不会故意开玩笑。不过有时候他认真讲的话，听起来就像开玩笑一样，这倒是常有的事。

"虽然还是不太懂你的意思，不过好吧。然后呢，第三件事是什么？"

"第三，这个应该说不是宣言而是请求……拜托，我希望你接下来不管看到什么，都不要慌乱，保持冷静。"

"不管看到什么……"

不要慌乱，保持冷静——这句话隐隐带着一种毛骨悚然的感觉，仿佛有冰凉的软体动物从背脊上爬过。

十和田的措辞拐弯抹角，但不知为什么，蓝子仿佛能明白其中的真意。换句话说，十和田是希望她做好心理准备。

蓝子按着胸口，顿了一下，然后点头道："我明白了……"

十和田转过身，头也不回地说："好，那跟我来吧。"

那里已经聚集了不少人，南部、三泽、深浦、黑石、造道，还有平川，他们站在白色回廊的尽头，如字面意思一般，一动不动。

立场不同，却因为缘分而聚集在这里的他们，此时此刻，所有人脸上都是同样的神情，一言不发，只是呆呆地望着窗外，望着眼球堂白色容器中的一个焦点。

仅隔十五米，却能将此岸和彼岸分开，仿佛无限长的距离——存在着"那个"。

与"那个"对峙的他们，脸上浮现出相似的表情。

那是，不解、混乱、怀疑、奇怪、困惑。

或者是，诡异、错乱、焦躁、离奇、惶惑。

甚至是，不明所以、混沌、不安、怪异、疑惑。

然后，这些情绪杂糅在一起，变成了狼狈与战栗。

人们目不转睛地盯着"那个"，一个劲儿地问自己。

——那个，是什么时候变成那样的？

——是用什么方式让那个变成那样的？

——为什么那个会出现在那种地方？

——到底是什么人，做出了那种事情？

问号一个接一个浮现在脑海中，灰质[1]表层的表面已经过载。但是他们连解开疑问的头绪都没有，大家都一头雾水。于是，得不到解答的疑问变质为恐惧，重重地沉淀在心底。

此时，在恐惧一点一点地折磨下，人们能够理解的只有一件事。

现在，在那个地方，有着身为馆主的骉木已经死了这一事实。

蓝子和其他人一起，呆呆地站在白色回廊的尽头。前方十五米左右，有一根白色的柱子，直直地挺立着。

它和其他二十六根柱子不一样，尤其细，直径五十厘米左右。从长宽比来看，与其说是柱子，不如说更像一根细杆。但是，和其他柱子一样，这根柱子表面也覆盖着大理石。

细杆的上端像削好的铅笔一样，呈圆锥形。然后——

骉木，就在那里。

不，是被刺穿在那里。

这不是无聊的比喻，这是千真万确的事实。天才建筑家骉木炀的身体，被白色大理石细杆的尖端贯穿了。

1　灰质：又称皮质，是中枢神经系统中对信息进行深入处理的部位。——译者注

　　骉木面部朝下，细杆正好刺入他的腹部中央，直接穿透后背。深灰紫色的和服上，暗红色的血液以贯穿点为中心扩散开来，泛着光泽。黏稠的血液顺着支撑着骉木身体的细杆流下，形成几道赤色的纵线。如果再往下坠，腹部的伤口便会被圆锥撑开，骉木的身体甚至可能会被一分为二。不过幸运的是，他的身体没有被撕裂，而是在细杆的尖端处停了下来。

　　骉木四肢耷拉着，像断线的木偶。从袖口露出的手肘以下的部位，早已失去血色，看上去甚至和周围雪白的大理石并无区别。虽然无法看清他脸上的表情，但从被风吹起的头发间，可以隐约窥到侧面高挺的鹰钩鼻。毫无疑问，那是昨天才见过的骉木的脸。

　　然而，骉木已经无法动弹。

　　被长杆贯穿腹部的骉木，停止了呼吸，就在那高达十米的顶端。

　　蓝子抱着胳膊，呢喃着将心里的想法脱口而出："就像……被伯劳鸟[1]捕食的猎物……"

　　"最先发现那个的……是谁？"

　　第一个恢复语言能力的是南部。这位老谋深算的天才物理学家正极力保持冷静，向大家提问："我被平川叫来这里的时候，那个……不，骉木先生就已经是那个状态了。那么，是谁第一个发现骉木先生的尸体的？"

　　"是我。"深浦平静地举起手，"是我最先发现的。"

1　伯劳鸟：一种小型食肉雀鸟，性情凶猛，有把猎物插在棘刺上撕食的习性。——译者注

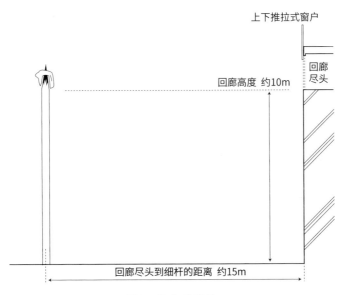

上下推拉式窗户

回廊
尽头

回廊高度 约10m

回廊尽头到细杆的距离 约15m

图4 轟木的遗体

"是深浦先生啊。你当时在做什么？"

"早起散步。"深浦似乎嗓子里有痰，突然咳嗽起来，"抱歉……我每天起床后都会去散步，已经养成习惯了。但是，听说这附近有熊出没，所以我便只是绕着回廊转了一圈，就是在那个时候……"

"大约是几点的事情？"

"我记得是七点半，然后我就马上去叫平川和大家过来了。"

"嗯。"

南部扶住额头，沉吟一声，似乎没有继续提问的打算了。看来就连南部，面对这意料之外的事态，也不知应该如何应对才好。

尴尬的沉默似乎要再次降临。

——就在这时，一个男人站了出来。

是十和田。

十和田走到众人面前，接过南部的话，继续发问。

"也就是说，最先发现矗木先生的人，也就是所谓的第一发现人，是深浦先生。对了，平川，"十和田将身体转向平川，"那个时间你还在睡觉吗？"

"不，没有，那个……那个……"

听到他语无伦次的回答，十和田抛出新的问题："七点半，身为用人的你这个时间应该已经起床了吧？"

"呃，是的……我，我已经起床了。"平川用窘迫的语气解释道，"我……那个，我每天都七点起床，做一些餐前准备工作。虽然早餐九点才开始，但还要提前为午餐和晚餐做准备，所以必须早一点起床。今天早上我也是七点起床，然后一直在厨房准备早餐。"

"也就是说，深浦先生发现那个的时候，你已经醒了。"说到"那个"时，十和田用大拇指指了指矗木的尸体。

"是的，呃，是这样没错。"平川不安地点点头。

十和田追问道："可是，在深浦先生来叫你之前，你都没有注意到那个的存在吗？"

"是的……"平川似乎意识到还需要进一步解释理由，于是继续说，"我每天早上起床后都是直接从用人房去餐厅工作。打扫回廊，要排在那之后了，所以，那个……我完全没有发现矗木先生已经死了。”

“从餐厅的窗户看不见吗？”

“嗯。餐厅的窗户外，有回廊遮挡视线，只能看见通风井。所以……我做梦也想不到，回廊的另一边竟然发生了这样的事。”

“原来如此。”

十和田轻叹一口气，陷入沉思。

眼看他的眼镜又快要从鼻子上滑落下去，蓝子在心里捏了把汗。突然，十和田抬起头来，然后盯着窗户对面矗木的尸体，足足看了有十秒钟。

“话说回来，那个状况到底是怎么回事？完全无法理解。Who也好，Why也罢，眼前最让人无法理解的，还是How。”

“How？”

蓝子看着十和田的脸，反问道：“也就是……‘如何做到的’吗？”

“嗯。”十和田的目光还聚焦在窗外矗木的尸体上，他点点头说，“那根细杆，目测直径是五十厘米，高度起码在十米以上。而矗木先生整个人被贯穿在那上面……现在首先应该解决的问题是，这种状况究竟是通过什么手段造成的。”

“说得也是……”

如何才能做到这样的事情呢？

十和田指着尸体四周说：“是从附近某处搬过去的吗？不，那根细杆周围并没有与之相接的其他柱子。最近的是右边那根偏粗的柱子，但它们之间的距离也超过十米。同时，这个回廊和细杆之间也相隔十五米。如此一来，只能认为，骉木先生是从下面被抬上去的……"

"好像也有点困难呢。"

"嗯。据我推测，骉木先生的体重大概是六十千克，要抬起这样的重物，可不是一件容易的事。"

"确实，听起来就不太可能的样子呢……但是，既然现在眼前已经出现这样的状况，就说明一定有人通过某种方法将它实现了。"

"你说得没错。那么，请问'某种方法'具体是什么呢？"

"这个嘛，呃……我不知道……"

蓝子的声音越来越小，最后几乎要消失在空气里。

十和田用中指推了推眼镜说："不知道？真是个派不上用场的助手啊。算了，我自己也不知道，所以没资格说别人。不过，我现在已经想到三种可能性，或许能成为解题的线索。"

"三种？"

"我假设出了三个能够使这一状况成立的前提条件。首先，条件一，骉木先生自己制造了这个状况。"

"自己制造了这个状况……难道，那是自杀吗？"

"没错。骉木先生自己爬到那上面，刺穿自己的腹部而死。全凭自己的意志。"

"嗯……"

蓝子抱着胳膊，歪着脑袋。

虽然她明白十和田想说什么，但是真的有人会选择那种方法自杀吗？理论上是可能的，但自己用柱子尖端刺进肚子自杀这种事，听起来实在像天方夜谭。

不管怎么说这也太荒唐了吧，蓝子刚想开口反驳，就被十和田委婉地制止了。

十和田接着说："其次，条件二，就是你刚才说的，有人通过'某种方法'把尸体弄成了那个样子。"

"某种方法，是什么？"

"是啊，具体的方法是什么，我完全不知道，但是不知道并不代表没有解。精妙的魔术虽然看上去难以理解，但其中一定藏有某种玄机。"

"你的意思是，无论看起来多么不可思议，甚至像魔法一般的现象，背后必定都存在着合理的诡计？"

"没错。所以我们不能排除这种可能性。"

话虽如此，但如果诡计不被识破，魔术就永远是魔术，魔法也永远是魔法。

"最后，条件三，我认为这是可能性最大的一个假设……那就是，那个并不是矗木先生本人。"

"不是矗木先生本人？"十和田突如其来的发言让蓝子的声音顿时高了一个八度。

那不是矗木——到底是怎么回事？

讶异的蓝子旁边，传来南部的声音："哦，原来如此。十和田先生是这么想的啊……那不是真正的尸体，而是人偶之类的东西？"

"正是。"十和田点了点头，"如果那个是人偶，比如，中空的人体模型之类的，它的重量就比看上去的要轻得多。假设它的重量是五千克左右，那么背着它爬上柱子，再放在柱子尖端，或许是可以做到的。"

"你的意思是，那是一具制作精良的假尸体。"

"嗯……"

蓝子沉思。

那是一具制作精良的假尸体——这么一想，好像也说得通。

但是，那件和服和骉木昨天穿的一模一样。皮肤虽然苍白，但那质感乍一看也不像人工制造的。就连流淌下来的黏稠血液，看上去也真实无比。

蓝子插入两人的对话，提出了异议："可……可是十和田先生，从这里看过去，我实在不认为那个是假的……"

"也许吧。但是，你无法证明。"十和田干脆地驳回了蓝子的异议，"从这里到那根柱子有十五米远，不可能进行仔细的调查，所以没有办法判断那个是制作精良的假尸体，还是真正的尸体。当然，你可以主张那不是假的，但是假设它是假的，起码能让How具有一定的合理性。考虑到这点，至少没有理由将假尸体这个选项排除在正确答案之外。"

"嗯……"

确实，如果那具尸体是假的，How——"如何做到的"，这个问题就更容易解答。既然如此，这便可以作为一个强有力的候选答案。解的合理性越高，推导出的东西就越接近于真理——这也是贯穿所有学科的思想。

"好吧，我大致明白了。"

所以，蓝子脸上虽然流露出不服气的表情，但还是让步了。

十和田瞥了她一眼，低沉地说："不过，就算那具尸体是假的，也存在很多问题和矛盾点。"

"欸？"

"对了，平川。"

十和田突然转身背对想要开口的蓝子，再次面朝平川。

"我，我在。请问有何吩咐？"平川战战兢兢地回答。

"要想证明那不是骉木先生，换句话说，证明那是人偶最简单的方法就是把骉木先生本人带到这里来……你确认过五号房了吗？"

五号房是骉木的房间。平川愣了一下，回答："嗯，那个，是的。当然确认过了。"

"骉木先生在吗？"

"这个嘛……"平川摇了摇头，"很遗憾，他不在。"

骉木不在自己的房间。也就是说，那果然是真正的尸体吗？

深浦加入了十和田他们的对话："骉木先生会不会去外面了？"

"这倒是有可能。"南部顺着十和田的话，继续说道，"骉木先生半夜在柱子上设置好假尸体，然后就离开了这栋屋子。那个骉木先生确实有可能做出这种事。"

深浦和十和田同时点了点头。

听着他们的对话，蓝子心想——看来南部和深浦，都更赞同第三种的可能性，也就是认为那具骉木的尸体是假的。当然，身为物理学家的南部，大概是从物理学角度来考虑的，而身为医生的深浦，或许早已看穿那不是真正的尸体。

但是，其他人呢？

蓝子用眼角的余光瞟了一下其他人。

三泽眉头紧锁，紧紧抱着自己的身体。她纤细的身体，看起来更加弱不禁风了。从她僵硬的表情中，能窥见强烈的恐惧与不安。

与三泽形成鲜明对比的是造道。她表情平静地倾听着十和田等人的对话，虽然没有做笔记，但似乎已经将每句话细细咀嚼，记录在自己的脑子里了。

另一方面，黑石却背对着众人，一动不动。他一边用自己魁梧宽厚的背影传达着"一切与我无关"的讯息，一边目不转睛地凝视着窗户外面骉木的尸体。

千人千面——不对，现在除了自己以外在场的有七人，所以应该说是七人七面吗？悄悄观察着周围人的蓝子，好像突然想到什么似的，说出了在这种情况下最理所当然的话。

2

"十和田先生，报警。"

听见蓝子突然惊叫，十和田回头道："报警？"

"对啊，叫警察，必须赶紧报警。先不管那具尸体到底是真是假，总之这肯定是某种愉快犯行为。既然如此，那我们得先报警啊。"

"这个嘛……嗯，你说得有道理。"

十和田很罕见地直接同意了蓝子的话。

然而，一旁的平川却摇了摇头。

"很抱歉，这个……没办法。"

"没办法？什么意思？"

平川一脸歉意地对皱起眉头的蓝子说："那个，这里的电话……打不通。"

"打不通？"

"嗯。其实我刚才在餐厅已经尝试过给警察打电话，可是听筒里一点声音都没有，就连平时能听到的提示音也没有……可能是听筒坏了，或者是电话线断了。"

电话打不通！

听到这个消息，现场突然一阵骚动。

也许就像平川所说，只是单纯的机器故障，或者是电话线路出了问题，但是时机未免太巧了。

换句话说，电话可能不是出了故障，而是被弄出了故障；电话线可能不是断了，而是被切断了。

如果真是如此，是谁，又是为什么要做这种事？

但是且不论原因怎样，无法报警这一点是不会改变的。电话只有餐厅里那一部，如果不能使用的话，就束手无策了。

空气中弥漫着不安，蓝子"唉"地叹了口气。突然，啪的一下，有人用力拍了拍她的肩膀。

"呀！怎，怎么了？"

蓝子发出小声的尖叫，看向那个人。

"蓝子，现在放弃还为时过早呢。"

原来是十和田。他把手搭在蓝子肩上，嘴角上扬："如果对方来不了，那我们去不就行了吗？"

蓝子等人跟着十和田的步伐，沿回廊向左跑去。

众人的目的地是前室。

十和田的建议是，如果不能打电话报警，那自己去找警察就行了，也就是现在下山直接去警察局。

想要下山，首先必须走出眼球堂，而连接眼球堂与外部的出入口，只有那一处——前室。

虽然没有必要全员一起行动，但是一个人留在能看见骉木被贯穿的尸体——或者是伪造的尸体——的地方，总觉得心理上无法接受。

于是，所有人一起迈着杂乱的脚步从明回廊走到暗回廊，终于看见右侧的墙上出现的那扇黑门。

是前室的门。

十和田停下脚步，正对大门。

然后，他深呼吸了一下，抓住门把手，猛地一拉。然而——

——咔。

不自然的声音在回廊中回响。

"咦？"

十和田嘴里小声嘟囔着，继续用力拉门把手。然而——

——喀……喀喀喀。

门不仅没有被打开，甚至连一丝移动的迹象都没有。

"怎么了？"

见蓝子跑过来，十和田握着把手回答道："奇怪，门打不开，纹丝不动。"

"怎么可能？如果你在开玩笑，我可要生气了。"

"这种时候怎么可能开玩笑，看来门好像被锁住了。"

——锁？

"被锁住了？这……怎么可能？"平川抢在蓝子前面开口说，"十和田先生，不好意思，能让我试一下吗？"

十和田无言地移开身体，平川一个箭步滑到那片空出来的空间。

——嘎吱嘎吱，喀喀，嘎吱嘎吱，喀喀喀。

平川使出浑身力气拧了好几次门把手，又拉了好几次门，最终一脸愕然地吐出一句话："是真的。门上锁了……可是……怎么会？"

南部在平川背后问道："怎么了，门上锁了所以打不开？平川，钥匙在哪里？"

"我，我不知道……"平川的视线依然盯在门上。

"不知道？你不是这里的用人吗？"

"是的，可是……我真的不知道钥匙在哪里。这栋房子里根本就没有钥匙……"

"什么意思？"

"眼球堂里，根本就没有带锁的门。"

"没有带锁的门？"

南部皱着眉头，双臂交叉于胸前，凑近门把手。

然后，他对着门把手仔细端详了好一会儿，喃喃地说："嗯，确实没看到钥匙孔。"

没有安装锁，自然也就不会有钥匙孔。

然而现在，前室的门却打不开。这到底是怎么回事？

"没有钥匙孔还能上锁……这个不可思议的现象暂且不提，光是出不去这一点，就已经很让人头疼了。平川，眼球堂除这里以外就没有其他出口了，是吗？"

"是的，只有这里。连紧急出口都没有。"

"嗯。也就是说，我们……"

但是南部并没有接着往下说结论，而是把话咽了下去。

蓝子知道，南部下一句话想说什么。

没错，我们——

"哈哈……被困在这里了。"黑石的嘴角浮现出有些自嘲的笑容。

这句话让众人不禁后背发凉，不知道是因为汗水，还是因为突如其来的恶寒？

出口打不开，连电话这个唯一的联络手段也无法使用。

也就是说，现在他们既无法离开眼球堂，也无法与外界取得联系，名副其实地被困在这里了。

骉木诡异的尸体，或者是人偶，总之突然出现在柱子上的那个可怕的东西，再加之随后一系列的异常情况，很难让人认为这些异常只是同时发生的偶然。不，这显然不是偶然。

因此，也可以换句话说，这些异常的背后，必定存在某种意图。

意图，即某人出于某种目的而产生的不良企图。

正是这令人毛骨悚然的意图，让人们背脊发寒。

问题是，这意图究竟是什么呢？

这时，十和田突然嘀咕道："没有钥匙，也没有钥匙孔……门却锁着。嗯，和昨晚一样啊……"

门锁着——和昨晚一样。

听见这句话，蓝子突然拽住正摩挲着下巴的十和田的手臂。

"喂，蓝子，你干什么？"

"十，十和田先生，刚才的话我可听见了。你说'和昨晚一样'，到底是怎么一回事？难道昨天晚上也发生了什么吗？"

"等等，你冷静一点。"十和田抓住不停摇晃自己身体的蓝子的手，轻轻松开，"真是粗暴……听好了，昨天半夜，我的房间，也就是四号房的门完全打不开。"

"门打不开？"

"没错。昨天半夜三点左右吧，我口渴醒来，先是喝了冰箱里的矿泉水，然后，我突然想在晚上的回廊里散散步，就试图离开房间。

但是我却没能走出房间，因为……"十和田对着空气做了一个开门的动作，接着说，"房门打不开，不管怎么推怎么拉都没有反应。起初我以为是铰链坏了，但好像并不是。虽然觉得很奇怪，但琢磨着琢磨着困意上来了，于是我就放弃散步继续睡觉了。再次醒来，是早上七点半左右，然而那个时候，房门却能正常打开了。明明昨晚还纹丝不动。正当我觉得果然有古怪时，平川就赶来告诉我发生了那件事……综上所述，虽然只是我的猜想，但昨天晚上四号房的门应该也被锁住了。就像现在前室的门一样。"

十和田再次握住门把手，"哐哐"地拉了好几下打不开的门。

蓝子脑海中蓦地回想起早上十和田说的话。

——嗯，能打开啊。

原来如此，十和田那句莫名其妙的话，是基于自己的房门半夜被锁住的事实。

"什么？十和田先生的房间也是吗？"南部冷不丁地插话道，"其实，我的房门也被锁了。"

"南部先生也是？"

"嗯。就像刚才十和田先生说的那样，可能是上了年纪的缘故吧，最近总是半夜醒来，昨晚也醒了三次。每次我都想走出房间呼吸一下夜晚的空气，可是每次去尝试，门都打不开。我还一直觉得奇怪呢……"

"三次是吗？你还记得那三次分别是几点吗？"

听见十和田提问，南部的视线向上倾斜，回答道："我记得是十一点半、两点、五点吧。"

"哦……"

"那个……其实，我也是。"造道缓缓举起手。

"你的房间也是吗？"

"嗯。我今天醒得很早，所以想去回廊沐浴一下早晨的阳光。但是和大家一样，房门被锁住了，所以最终没有去成回廊。时间的话，应该是六点左右。"

"哦……"

十和田抱着胳膊，饶有兴趣地点点头。

综合他们的证词，可以得知十和田的房间——四号房的门，在凌晨三点是上锁状态。

南部房间——六号房的门，分别在晚上十一点半、半夜两点和凌晨五点是上锁状态。

造道的房间——二号房的门，在早上六点是上锁状态。

"还有人确认过自己的房门的锁吗？"

蓝子回答了十和田的问题："我……呃，我不知道，我一直在睡觉。"

"这样啊。那么，其他人呢？或者有没有人确认过自己的房门没有上锁？"

三泽、深浦、平川和黑石四人同时摇了摇头。

南部用低沉的声音说道："也就是说，虽然没有证据，但并不代表只有我们三个人的房门在那几个时间段被锁住了。"

119

"是这样吗？南部先生。"

听到蓝子发问，十和田代替南部回答道："恐怕是的。考虑到南部先生、造道女士和我，三个人在尝试开门的时候房间都被锁上了，那么从概率上来讲，所有房间都同样被锁的可能性更高。"

"嗯，或许是这样吧。"

毕竟也没法证明这种想法是错误的。

蓝子含糊地点了点头。

十和田接着说："以这个为前提，再根据我们三人确认门锁的时间，可以得出如下结论，即八个房间的门，在晚上十一点半到早上六点这段时间都被锁住了。"

"原来如此。"

众人点了点头，脑海中却随即涌出下一个疑问。

——那么，是谁，为了什么，又是如何将房门上锁的呢？

然而，至少在现阶段，这还是一个无解的问题，甚至毫无线索可循。

七个人就这样站在打不开的门前，茫然地呆愣着。过了一会儿，十和田忽然想起什么似的，说："总之，我们要不先回餐厅吧？"

听到这个提案，南部点头道："是啊，一直在这儿进行没有结果的讨论也不是办法。还是先喝点热的东西，冷静下来，再考虑接下来该怎么办比较好。"

其他人也顺着南部的话，一致点了点头。

3

望着面向通风井的大窗户。

昨晚遮蔽了一半窗户的丝质窗帘，现在被拢在窗框的一端，用同样材质的绳子绑着。

明亮的光线透过巨大的窗户照进餐厅。虽说眼球堂位于山阴处，无法被日光直接照射，但室内即使不开灯也有足够的亮度。

窗户外，可以看到向下开着一个巨大的黑色通风井，像一张黑色扇形的巨嘴朝天张开，又宛如地狱的入口。

通风井正对面的上方，能看见一条隐隐约约发光的带子。

那是明回廊。

之所以看起来闪闪发光，是因为玻璃侧面反射出了明亮的天空，大概是用类似双向镜的材料制成的吧。所以，从那个方向并不能看见回廊后面那根细长的白色柱子，和已经形似伯劳鸟的猎物一般的矗木。平川所说"回廊遮挡视线所以看不见白色柱子"的证言，是正确的。

众人回到餐厅后，默默地坐了下来。

虽然没有指定谁应该坐在哪里，但大家都无意识地坐到了自己昨晚的座位上。

当然，昨晚矗木坐的地方，是空着的。

平川举着托盘，从厨房端来了茶壶和六个杯子，这是为了响应南部"边喝边想"的提议。

托盘上除了红茶，还有饼干和巧克力。

"如果各位肚子饿了，请告诉我，我马上准备早餐。"

即使平川这样劝，也没有人点餐，并不是客气，而是因为神经还处于高度紧张状态，所以感觉不到饥饿。

蓝子往红茶里加了些牛奶，小啜一口。

香气馥郁，是用上好茶叶泡出来的红茶。温热的液体进入胃里，让心情稍微平静了一些，蓝子舒了口气。

突然，十和田从座位上站了起来。

他蹑手蹑脚地迈着跳舞般的步子走到餐厅角落，屏住呼吸，轻轻拿起黑色的电话听筒，贴在耳边。

大概是在确认电话是不是真的打不通吧。十和田转了好几次拨盘，又"咔嚓咔嚓"地摁了几下挂机键，最后歪着头嘟囔了一句"不行啊"，放下了听筒。看来，电话确实打不通。

十和田又蹑手蹑脚地回到座位上，这时，南部开口了："真是没想到啊，竟然会遇到这种事。"

"是啊。"

有人用沙哑的声音附和了一句。

南部顿了顿，又说："本来这三天是想好好观摩骉木先生的眼球堂的，或者趁这个好机会和骉木先生推心置腹地探讨一番，可现在却被卷入不得了的事件里了。"

就像骉木昨晚自己说的那样，南部他们——包括没有正式被邀请的蓝子——是作为眼球堂的体验者被邀请到这里的。谁又能想到，发出邀请的人会变成那副样子呢？

然而现实就是，聶木已经变成一具尸体。

南部继续说："话说回来，你们看见聶木先生的尸体了吗？我的见识有限，那样的死法是既没有见过，也没有听说过。就算去问经验丰富的医生，恐怕他们也会说出同样的话。不过，我想大家一定也已经发现了，那具尸体上藏着几个耐人寻味的谜题。"

"谜题？"

众人同时抬起头来。

谜题这个词带着蛊惑人心的语感，以至于让南部的语气听起来仿佛都有些愉悦："没错，谜题。简单地说，就是为什么要那样做，以及怎么实现的？再通俗一点就是，聶木先生为什么会被刺杀？然后，凶手又是如何做到的？"

"动机论和方法论，对吧？"十和田搭腔道。

"正是如此。借用你的说法就是，Why和How。"南部微微扬起嘴角，继续道，"首先，我们有必要明确地认识到，我们现在正直面这些谜题。换个说法就是，问题已经被摆上台面，所以我们不得不正面挑战这些难题。"

"既然如此，南部先生，其中更难的果然还是方法论吗？"

听到十和田的问题，南部微笑着点头："是的。所以，我们首先要挑战的难题也应该是这个。至于第二个课题，即动机论，从某种意义上来说已经解开了。"

"原来如此。"

"等，等一下。"

一直沉默不语的三泽，突然开口了："什么谜题？什么解谜？现在不是说这种慢条斯理的话的时候吧？比起解开谜题，难道不应该先想办法联系警察，或者想办法从这里出去吗？"

三泽的语调有些高昂，难掩不安，美丽的脸庞现在也满是忧虑。

黑石附和道："我也赞成三泽小姐的意见。这明显是一起猎奇且异常的事件，不是我们可以插手的。南部先生、十和田先生，接下来的话可能会冒犯到两位，但在这种情况下，还说什么要挑战谜题之类悠闲的话，你们是不是有点不对劲啊？"

面对两人提出的异议，南部却大方地以笑容回应："三泽小姐、黑石先生，你们说得很有道理，但即便如此，我的意见也不会改变。我们首先要做的不是报警，而是挑战这个谜题。"

"但是，现在可是死了一个人啊！"三泽明显流露出不快，继续反驳道。

"不对。"南部缓缓摇了摇头，"三泽小姐，这个说法不对。晶木先生并没有死。"

"没死？"

"没错。"南部用力点了点头，将双肘撑在桌上，两手交叉在面前，用悠然的语气对三泽和黑石说，"晶木先生还活着，因为那具尸体毫无疑问是假的，就像十和田先生刚才说的那样。"

"骗人……真的是这样吗？"三泽颤抖着嘴唇呢喃道。

晁木的尸体，是假的——

的确，这是刚才十和田说的，这是他提出的三种解法中可能性最大的一种。其根据是这个思路更为合理。当然，其中解释不通的地方也有很多。那真的是假尸体吗？难道就不可能是真的尸体吗？但是，既然没有办法验证，那么谁都不得不承认，这作为一种可能性是成立的。现在，只能得出这样模棱两可的结论。

尽管如此，南部还是斩钉截铁地说那是假的。

黑石的脸上依然写着半信半疑，他问南部："尸体是假的，这是事实吗？"

"是事实。"

"真的……是这样吗？喂，十和田先生。"

黑石向十和田确认道。但十和田一动也不动，没有做出回答。

见十和田毫无反应，黑石再次将问题抛给南部："可是，为什么你能断定那就是假的？"

没错，南部断言那是假尸体，其依据是什么？

蓝子咽了一口唾沫。黑石的问题，正是蓝子想知道的重点。

南部露出从容的微笑，回答了黑石——同时也是蓝子的疑问。

"我的依据有两点。首先，晁木先生没有死的理由。"

没有死的理由，这是什么意思？面对不解其意的众人，南部继续说道："能够导致人死亡的重大事件，其中必定存在着明确的理由，然而，此次事件中却找不到这样的理由。当然了，世上也存在毫无道理的死亡，比如被陨石砸中而死之类不幸的事故，但是大家一看就知道，那绝不可能是事故，因为作为事故，未免太过夸张了。那么接下来，假定那是自杀吧。这种情况下，昨晚的矗木先生有想要自杀的迹象吗？"

所有人都开始回想，昨晚那个自信满满、趾高气扬的矗木，他那态度，无论在谁看来，都不像是准备在当晚自杀的人。

见大家都下意识地摇了摇头，南部继续说："果然如此，那么最后，假定那是他杀吧。这种情况下，应该存在一个对矗木先生怀有怨恨……再不然，就是有杀害矗木先生的理由的人，因为没有动机就没有杀意。但是，我们之中真的有抱有如此强烈动机的人吗？"

"有"这个字，确实难以说出口。

矗木充满挑衅的邀请函和言行，的确足以激怒旁人，但却不至于让人产生杀意。

既然如此，那么换句话讲，正如南部所言，矗木先生没有理由必须被杀死。

但是，南部说的话，并不是完全没有反驳的余地。

比如，真的可以断定那不是自杀吗？

换言之，矗木可能是突然想自杀，或是早已计划好自杀所以才心境豁达，对外表现出那种盛气凌人的态度。

再说，真的可以断定那不是他杀吗？

换言之，真的能断言没有人对矗木产生过杀意吗？比如昨晚刚和矗木发生过冲突的南部自己，不就有可能对矗木萌生杀意吗？

说到底，在某些情况下，除事故之外的所谓毫无道理的死亡，也是可能存在的。

南部不顾仍然怀有疑虑的众人，继续说道："另一个依据是，情况过于复杂。比如昨天半夜，尸体出现在那个地方，同时我们房间的门也全被锁住了，这是为什么？当然是为了不让人看见作案过程。只要我们不离开房间，发生在那里的一切，就绝对不会被人看见。虽然一号房、八号房，还有餐厅都有窗户，但是都无法看到明回廊的内侧和对面。为什么尸体会出现在那么奇怪的地方？细想便知，是为了不让我们有机会直接确认尸体，为了不让我们发现尸体是假的，所以才故意让被刺穿的尸体出现在那么远的地方。"

"……"

原来如此，南部的话相当有说服力。

可是，门被锁了也好，十五米外的柱子上有尸体也好，这些事实固然体现了事件的异常性，但仅凭这些就可以断定矗木的尸体是假的吗？

不过，听完南部这一连串的话，三泽紧张的表情稍微缓和了一些："原来如此，听你这么一说，好像确实有可能。"

随后，她松了一口气，想必是看着南部言之凿凿的样子，尽管还是半信半疑，但也放心了不少吧。

"的确，回想起来，从矗木先生尸体上流下来的血，看起来也不像是真正的血的颜色。果然，那具尸体是假的吗？"

不是真正的血的颜色——听见三泽这句话，蓝子心想，难道她见过真正的血吗？

另一边，黑石似乎也接受了这种说法，他"呼"地长叹一口气，缓缓将身体靠在椅背上："……也就是说，是这么一回事。昨晚，骉木先生把同自己一模一样的人偶插在柱子上，然后不知道消失到哪儿去了。"

"正是，那具尸体是假的，且骉木先生还活着，现在藏在别的地方。这就是我的结论。"

"原来如此……"此时，一直缄默不语的深浦也加入对话，"我对法医学略知一二，那具尸体上并没有出现死后僵直和尸斑。当然，这只是我从远处观察得出的结论。但如果真是这样，那么我认为现阶段应该给南部先生的见解投上一票。可是，骉木先生为什么要做这种事呢？简直就像小孩子的恶作剧一样，让人心里发毛。"

"答案显而易见。"南部当即回答了深浦的疑问，"为了证明。"

"证明？"

证明什么？

这个唐突的词语再次让众人感到疑惑。

南部自顾自地接着说："骉木先生是想要向我们证明，证明什么呢？那便是他经常吹嘘的、我们经常争论的那个主题，即'建筑学的至上性'。"

"建筑学的至上性"，无须解释大家也知道，这是指骉木坚信的"建筑学才是立于所有学科顶点的存在，世界上的一切都为建筑学服务"这一主张。

但是，想要证明这个，又是怎么回事呢？

南部哈哈一笑，继续解释："归根到底，聂木先生为什么叫我们到这里来，从动机开始想，就很容易理解了。聂木先生是在以这种形式的表演，向我们发出挑战啊。他将眼球堂作为舞台，设置难题，然后在一旁观察我们如何解答。不是我自夸，但在座的各位确实都是各行各业的专家，如果我们无法解开聂木先生的难题，会如何？那不就意味着聂木先生所代表的建筑学胜利了吗？总而言之，聂木先生是想通过这起奇怪的事件打败我们，从而证明建筑学的至上性。"

"嗯……"深浦闷声应了一句。

南部继续说："所以，聂木先生现在一定正在某个地方观察我们。他一定会一边观察一边嘲笑，看被那具诡异的尸体吓得瑟瑟发抖的我们，能否解开他的谜题。这么一想，前室的门被锁也好，电话打不通也好，就都好解释了。这里原本就是聂木炀的地盘。如果所有东西都是由聂木先生远程操控的，那就没什么奇怪的了。"

"原来如此……"蓝子点了点头。

也就是说，南部的推理，是这样的——

聂木以眼球堂这个大规模布景为舞台，以尸体之谜为题，向南部、黑石、三泽、深浦、十和田发起挑战，想比一比谁的智慧更高一筹。

然后，通过这场智慧的较量，证明建筑学是凌驾于其他人所代表的物理学、政治、美术、心理学以及数学之上的存在。

但是仔细想想，这个假设简直荒谬绝伦，被称为天才建筑家的聂木炀，怎么会煞费苦心地策划这样一场愚蠢的闹剧。

真是难以置信。虽然难以置信，但如果这个说法可信，那么这桩离奇事件的动机就会变得十分简洁明了，这也是不争的事实。

本来矗木就不是寻常建筑家，而是天才。

如果说天才正是因为思维超出常人的想象范围才被称为天才，那么就不能断定他不会萌生出如此奇特的动机。

反而正因为他是那个矗木炀，才更有可能做出这种事。

不，可是——或者……

蓝子脑海中一团乱麻，众人也是一脸困惑的表情。

这时，蓝子偷偷看向十和田。

那个男人，不知道在干什么，一边不停地把两只胳膊弯起来又伸出去，一边眯缝着玳瑁框眼镜后的眼睛，似乎在认真倾听南部的话。

蓝子无法从十和田的表情中解读出他对南部刚才的话有什么看法。

突然，黑石问道："我大概明白了，嗯，虽然细节部分还是不太清楚，但就当明白了吧。但是这件事还有奇怪的地方，矗木先生究竟是怎么把那个假尸体搬到那么高的地方去的？"他下巴前伸，整个人往后一靠，"先不谈动机，如果不知道他是怎么弄出那种奇妙的状况的，我还是无法接受。"

"你说得没错。"南部微微一笑，露出整齐的门牙，"这个能让大家心服口服的答案，正是我们要解开的方法论之谜。关于这个方法论之谜的解答，十和田先生刚才其实已经给出了答案。也就是说，矗木先生可能是扛着假尸体，从下面爬上去的。对吧，十和田先生？"

"哦，我可能是这么说过。"十和田漫不经心地回答。

　　蓝子当然知道，不是"可能"，十和田确实说过这样的话。

　　如果那个是人偶，它的重量就比看上去的要轻得多。假设它的重量是五千克左右，那么背着它爬上柱子，再放在柱子尖端，或许是可以做到的。

　　十和田已经给出了这样的答案。

　　也就是说，骉木是扛着人偶，从白色容器底端爬上柱子，再将人偶挂上去，从而制造出那种状况的。柱子的高度是十多米，人偶足够轻的话，绝不是不可能完成的任务。

　　然而——

　　十和田既不肯定也不否定，只是撇着嘴，一脸严肃地沉默着。那表情简直就像在说，明明是自己想出来的答案，自己却无法接受一样。

　　这个男人到底在想什么呢？

　　黑石不顾在意十和田反应的蓝子，进一步提出疑问："嗯，这个办法也有一定的道理。但是，那个骉木先生竟然会选择用这种方法来完成诡计，该说是俗套呢，还是粗糙呢？总觉得和他的形象不符啊。"

　　"确实有点难以想象。"深浦附和道，"背着和自己一模一样的人体模型，拼命地爬柱子，那样子肯定很滑稽。虽然谁也没有亲眼看见，但我觉得，那个打从心底看不起我们的骉木先生不会做出这种不体面的事，这也不符合骉木先生的美学。"

　　"嗯。"南部皱起一边的眉头，点了点头，"两位说的都有道理。既然如此，这个方法怎么样？假设那个人偶是没有什么重量的空心人体模型，那么，虽然有些粗暴，但可以直接把它扔过去。"

"扔过去？"

"是的。矗木先生站在回廊尽头，使劲抛出那个人偶，使它正好插在细杆的尖端上。从回廊尽头到那根细杆的距离是十五米左右，并不是完全不可能到达的距离。"南部一边比画着用两只手从下往上抛的动作，一边说道。

"嗯……"黑石沉吟道，"的确，铅球的重量大约是七千克，掷铅球的世界纪录好像是二十三米吧。人偶比铅球轻，距离也只有世界纪录的三分之二，嗯，感觉可行。而且，用两只手一起投的话，就更容易了。"

确实，只要巧妙利用反作用力，把五千克左右的东西扔出十五米左右，倒也不是不可能。

然而，深浦反驳道："用掷铅球来作比较，似乎有些勉强。人偶虽说比铅球轻，但也和一袋子大米差不多重。我不是说这完全不可能，但是对于没有经过专门训练的矗木先生来说，这个方法究竟可不可行，还是个疑问。"

"你这么说倒也是。"黑石摸着油腻的头顶说，"但是，也不能断言这就是不可能的吧？这世上没有什么做不到的事。这也是我的理念。"

没错，没有做不到的事。如果一定要在可能与不可能之间二选一，那么矗木是有可能做到的。

"还有更简单的方法。"南部继续道，"那就是借助机械的力量，毕竟没有必要拘泥于人力。"

"机械？比如……用起重机吗？"造道接道。

南部摇头说："不，那应该不可能。因为没有安置起重机的地方。就算有，也不可能在一晚上的时间内将起重机组装好，再拆除掉。"

"确实。那么，你觉得是用了什么机械？"

"那就是……直升机。"南部脸上浮出恶作剧般的微笑。

"直升机？"

直升机——太异想天开了，但这确实是个有趣的点子。如果使用能在水平、垂直方向都自由飞行的直升机，就不用勉强自己攀爬柱子或投掷人偶。

可是尽管如此，蓝子还是在心里犯嘀咕。

直升机作为机关来说，体积不算小，而且直升机飞行时会发出巨大的轰鸣声，就算隔音做得再好，也很有可能被人发现。

但南部似乎在回应众人讶异的表情，继续说道："当然，不是那种能载人的直升机，他使用的是比真正的直升机要小的模型直升机。因为是模型，所以不会发出太大的噪音，既容易操控也容易隐藏。有了这个，要搬运十千克左右的物体就不是难事了。"

"啊，我明白了。也就是说，先用遥控直升机把人偶吊起来，然后再放到柱子上。"

"就是这么回事。"南部听完造道的话，点了点头。

确实，无线遥控装置操作起来应该很容易。通过遥控把人偶放在细杆上这种事，经过练习肯定能做到。

蓝子很佩服。原来如此，当大家以这种方式探讨作案手法时，那个原本看上去匪夷所思、不可思议的状况，似乎一点点被解开了，真是有趣。

仿佛要乘胜追击似的，南部又提出了新的想法："顺便说一下，其实还有另一种方法。那就是在白色容器内，水平搭起一条绳索，将眼球堂外沿和回廊尽头连接起来。这样一来，就可以利用滑轮自由往来于两端。细杆的尖端，差不多与我们的视线同高……"

"你的意思是，通过绳子滑到细杆顶端，再把人偶放上去？"黑石插嘴道，"虽然有点冒险，但也不是不可能。"

"最普通的绳索，也能承受滑行七十米左右的张力，当然如果担心绳索不够牢固，用钢丝也无妨，总之不是不可能的事。对了，还有一种方法是……"

——不知不觉间，这里已经变成了"如何将人偶放在杆尖上"推理大赛的现场。

多亏这样，刚才还有些紧张的气氛，逐渐缓和下来了。

盘旋在人们心里的那股莫名的不安感，以及潜意识中对一个活生生的人的死亡的恐惧，也被一种更容易理解的，或者说近似于游戏的东西，即南部所说的"谜题"所取代了。

——那不是真正的尸体，只是一个人偶。

——然后，造成这种情况的正是骉木本人。

——那么，骉木是如何将人偶放上去的呢？

有这样一句诗："幽灵显真身，原是枯芒草。"幽灵为什么会出现？只要明白其原理，那么就像游乐园的鬼屋一样，幽灵本身便不再可怕了。只要解开诡计，不可思议的现象也就不再不可思议了。

换言之，这是骉木的低级恶作剧，是性质恶劣的谜语。出题的骉木，正一脸嘲讽地躲在某个地方观察着这里的情况。既然如此，大家就团结一致，对抗骉木的企图吧。

南部针对这个谜题所提出的四种方法，虽然每种都存在些许值得质疑的地方，但每种又都很合理，也很现实。

四种方法中哪一种才是正确答案，或者还有没有其他方法？众人侃侃而谈了好一会儿，脸上也渐渐恢复了笑容。

所以——

"对了……大家都饿了吧？"

以南部的这句话为契机，众人终于有了食欲。此时已经过了正午。

看着平川去厨房准备午餐的背影，蓝子突然发现了一件事。

说起来，十和田从刚才起，就没有说过一句话。

蓝子悄悄瞥了一眼，只见十和田坐在桌边，仿佛要隐藏自己的气息一般，静静地弓着背。

他还是老样子，玳瑁框眼镜摇摇欲坠地挂在鼻尖上，撇着嘴，一脸严肃地保持着沉默。

他的样子，让蓝子有些在意。

十和田现在究竟在想什么呢？

4

时间就这样一分一秒地流逝。

蓝子用力摇了摇昏昏沉沉的脑袋，她勉强睁开快要合上的眼皮，轻轻揉了揉眉头。

宿醉虽然好了，但取而代之袭来的，是懒洋洋的睡意。蓝子伸了个大大的懒腰，环顾四周。

在场的自然还是那些成员。

简单的午餐——面包、沙拉和汤——早已结束，人们围坐在餐桌前，各自消磨着无所事事的时光。

洗完碗碟的平川，不知何时也坐在了桌边，呆呆地眺望着外面。

受平川影响，蓝子也不禁朝窗外看去。位于山阴的眼球堂里依旧没有阳光，但是由于太阳位置发生了变化，天空的颜色似乎更深了。

现在几点了？想到这里，蓝子缓慢地看了一眼右手腕。

短针在"1"的右侧，已经过了下午一点。

不知不觉，距早上那件令人震惊的事情发生已经过去将近六个小时。蓝子将胳膊撑在桌子上，下巴搭在交叉的手背上，无意识地回想起当时的情景。

黏稠的暗红色液体，从骉木的尸体上缓缓流淌下来。

骉木惨不忍睹的尸体还在细杆顶端，被太阳暴晒。即便那是假的，造型却也相当逼真。

于是蓝子心想，大家真的认为那是人偶吗？或许大家其实也还在怀疑那是真的尸体？

但是，他们应该已经意识到，一旦开始这样的怀疑，便会陷入更深更黑暗的谜团之中。所以，那是人偶，那是假的，那只是骉木策划的一个性质恶劣但不会造成实际伤害的谜题。南部不也是这么说的吗？这样想是最合理的。正因为认同了这个想法，他们的心情才能得以放松——当然，他们也隐约知道，那些被判定为合理的依据，实际上并不合理。

——唰。

突然，好像有什么动静。

正在入神思考的蓝子倒吸一口凉气，朝声音传来的方向看去。

一个男人笔直地站在那里。

"十和田先生？"

十和田上半身一动不动，只是下半身从椅子上站了起来。他胳膊交叉在胸前，右手托着下巴，呆呆地立在那里。

所有人的视线都聚集到十和田身上。过了一会儿，只听他小声说了句："我去下回廊。"

"啊？哦……要小心啊。"

十和田将南部的话甩在身后，轻快地迈着大步走向餐厅的门。

可是，十和田到底打算去回廊干什么？

想到这里，蓝子也站起来，跟了上去。

"十和田先生，等一下。"

已经握住门把手的十和田猛地停下脚步，以最小幅度的动作回过头问："什么事？"

"我也要去。可以吗？"说着，蓝子往十和田身边一站。

十和田像是在思考什么，沉默了片刻，他终于打开餐厅的门，丢下一句："随你的便……"

"啊，所以你倒是等等我呀。"

打开门的十和田一下子就不见人影了。蓝子急忙追赶上去。

穿过连接餐厅和回廊的通道后，蓝子来到暗回廊。

"咦？"

怎么回事？明明是追着十和田过来的，可现在他却不见了。

"啊……"

不，他在。

十和田正蹲在前室门前，猫着腰，面朝大门，他的背影让人联想到黑猩猩。

"十和田先生，那个……你在干什么？"

十和田无视蓝子，继续用手在下方摆弄着什么。

蓝子觉得可疑，走上前去想看看他的手。就在这时，十和田突然若无其事地站起来，"啪啪"地拍了拍手。

蓝子又问了一遍："你刚才在干什么呀？十和田先生。"

"啊，有点事。没什么大不了的，跟你没关系，别在意。"十和田敷衍得很明显。

被人说"别在意"，反而会更在意。

然而，像是为了阻止想要继续追问的蓝子，十和田反过来抛出问题说："对了，蓝子，你听了南部先生刚才的见解，有什么想法？"

"啊？南部先生？"气势大减的蓝子，不由得提高了声调。

然而，十和田却自顾自地继续说："没错。南部先生的见解，或者说他对谜题的推理，我想问问你听完之后有什么想法吗？"

南部的见解，或者说，对谜题的推理，即关于聂木的尸体是如何被放到柱子上的诡计的推理。

蓝子调整了一下呼吸，回答道："呃，这个嘛，我觉得南部先生的话，有一定的道理。我记得他好像说了四种方法吧，感觉每种都有可能呢，起码其中应该有一个是正确答案。我个人比较偏向直升机那个方法。"

"哦，这样啊。"十和田用手肘撑着回廊外侧的黑色墙壁，过了一会儿，嘟囔着说，"其实我觉得，那四种方法都是错误的。"

"错误的？"蓝子走到回廊内侧的墙边，与十和田面对面，"请等一下，也就是说，四种方法都不对吗？不会吧……不过，这就表示，十和田先生有可以否定那些说法的依据吧？"

"当然。"十和田用力点了点头，"南部先生提出的四种方法分别是什么？"

"我记得是从底下攀爬上去，从回廊抛过去，使用直升机，使用绳索这四种方法吧。"

"不错，你记得还挺清楚的。那么，我们先从第一个攀爬上去的方法开始讨论。这个方法是不正确的，原因有很多，比如那根白色细杆的材质。"

"材质？"

那种带着流云般的纹理、表面雪白的岩石，也就是——

"大理石吗？"

"没错。"十和田透过镜片盯着蓝子，"不止那根细杆，眼球堂的眼白部分全部都由这种重结晶石灰岩做成。大理石有表面纹理独特、容易加工等特征，但是从经验上来看，它还有另一个广为人知的特征。"

"特征……"

"抛光后的表面，很滑。"十和田双手合十，做出摩擦的动作，"大理石经常被用作装饰材料，因为它的花纹好看。然后，加工大理石时最后一道工序必定是打磨抛光，这不仅能使它发出美丽的光泽，还能使它不易附着污渍。这座眼球堂里使用的大理石，自然也不例外，远远看上一眼就知道，必定是经过精心打磨的，也就是说，它的静摩擦系数应该相当小。"

"摩擦系数？"

"就是有质量的物体在移动时产生的反向摩擦力和同一表面上的垂直力之间的比值，这个数值越小，表面就越滑。通俗点说就是，那根大理石细杆的表面，是滑溜溜的。"

"啊，原来如此。"

蓝子突然想起几年前去过的一家高级酒店里的游泳池。

泳池本身并不大，但不知是不是为了营造高级感，泳池边的地面全由大理石铺成。于是，在泳池和池边的躺椅之间来回走动好几次后，蓝子注意到了一件事。

那就是，大理石地板很滑。

不要在泳池边乱跑，这样危险。是啊，在她四岁还没搬家的时候，幼儿园老师苦口婆心说的话，确实是真理。几年前的蓝子，隔着泳衣摸着自己摔疼的屁股，这样想着。

回到眼下，再想想那根细杆——

如果它表面覆盖着精心打磨过的大理石，那么就说明，它的表面也很滑。

"是啊，如果表面滑溜溜的，那顺着细杆攀爬的方法也许就不成立了。可是……"蓝子试着反驳，"我只是举个例子哦。那根柱子后面，会不会有什么凸起的东西？类似于电线杆上那种间隔相等的铁把手。把脚踩在那上面，不就可以爬上去了吗？"

"这种可能性也不是没有。"十和田将双臂交叉抱在胸前，过了一会儿，说道，"你说得没错，柱子后面是死角，那里不见得没有落脚点，但这是仅限于视角只有一处时的情况。实际上，我们的视角是到处移动的。"

"移动？啊……确实，我们一直在回廊上走来走去。"

"是的。我们的视角没有被固定，而是在黑色建筑物中直径约四十米的范围内移动。也就是说，根据观察位置的不同，从某些角度是可以看到那根细杆后面的。所以，就算它背后真的藏有凸起，那个凸起也相当小。凭借那么小的落脚点，真的可以爬上细杆顶端吗？"

"嗯……"蓝子陷入沉思。

十和田继续说："而且这个方法还存在一个更大的问题，那就是，究竟是谁爬上了那根柱子。"

"难道不是骉木先生本人吗？"

"好吧，我们就假设是这样。那么昨晚矗木先生是怎么从这里去到白色容器底部的？"

"啊！"蓝子小声惊呼。

确实，如果是矗木爬上了那根细杆，那么在此之前，他必须先到达白色容器的底部。然而，昨天晚上，矗木还在眼球堂里面。这意味着，矗木在半夜使用了某种方法，才能去到位于下方的白色容器底部。

但是目前在眼球堂里，并没有发现任何通往白色容器的楼梯或梯子。

于是这自然又会引出新的疑问，究竟矗木是如何去到白色容器底部的？

十和田继续说："从回廊往下看，黑色墙壁这侧并没有类似于梯子或台阶的东西，当然，也没有可供落脚的凸起，再加上我还记得平川昨天说过这样一句话，'如果不小心把东西掉下去，是没有办法取回来的'。"

蓝子也记得这句话。十和田和三泽探头从回廊往下看时，平川的确这么说过。

"也就是说，矗木先生如果想去到眼球堂底部，除从窗户跳下去之外别无他法。当然了，从这个高度跳下去，不可能毫发无伤。"

蓝子又想了想说："嗯，确实，我也想不到有什么办法可以下去……啊，不过，会不会是顺着绳子之类的东西滑下去的？"

"这种可能性很低。因为哪里都没有找到可以使用的绳子。"

确实，并没有那种东西。

蓝子"嗯"了一声。十和田的话很有道理，但即便如此，蓝子还是试图进一步反驳："那就是哪里藏着一条我们不知道的秘密通道或者楼梯，用它就能去下面。又或者，是先到眼球堂外面，再用事先藏好的绳子滑下去。"

"原来如此，也许是这样吧。我不否定这些可能性，但是没有旁证的可能性，大多只是空谈。蓝子，你有什么证据可以佐证你的推理吗？"

"这个嘛……"

确实，并没有那种东西。

十和田没有理会无言以对的蓝子，接着说："算了，就算不勉强假设有秘密通道什么的，这个问题也有更简单易懂的解法。那就是爬上细杆的人，不是矗木先生。换句话说，矗木先生所做的只是把自己藏起来，爬上细杆放置人偶的，是从一开始就悄悄潜伏在白色容器内的其他人。"

"其他人？也就是说，他有帮手？"

"没错，不过……"十和田歪着头说，"这又会产生新的疑问。那就是，那个帮手到底是谁？或者说，那个帮手昨天在哪儿？现在又在哪儿？在做什么？"

"……"蓝子又语塞了。

假设存在一个看不见的帮手和假设存在一条看不见的秘道是同样的，无论如何，没有旁证就不能轻易得出答案。

短暂的沉默后，十和田说道："也罢……这件事之后再慢慢考察吧。总之，经过这样一番仔细思考后，'有人爬上柱子放置了人偶'这个方法在我看来是完全行不通的。虽然听上去有一定的合理性，但总觉得欠缺一些美感……至少，*The book* 里绝对不会写着这样的诡计。"

又是 *The book*，蓝子叹了口气。

记载着无限定理的神之书，那本书里，究竟有没有记载这个谜题的答案呢？

蓝子想，一定有吧。真实——因为能够穿针引线揭示真相的，正是神本身。

十和田大声清了清嗓子，回到原来的话题："先不管这个，我们接着往下讲。第二个是从回廊抛过去，我认为这个方法也很牵强。"

"这话怎么说？"

"南部先生说，可以从回廊尽头把那个人偶投掷过去，让它插进细杆尖端。人偶的重量只有五千克左右，从回廊尽头到细杆的距离也不过十五米，看起来并不是不可能完成的任务。但是，关于这一点，深浦先生引出了一个很好的疑问。"

"没有受过专门训练的矗木先生，到底能不能把重量等同于一袋大米的东西抛掷过去。我记得是这个疑问吧？"

"是的。但是我认为矗木先生即使能做到'从回廊把人偶抛过去'这件事，他也绝对不会采用这种方法。"

——即使能做到，也不会采用？

"这句话是什么意思？"蓝子眯起眼睛。

　　十和田回答道：“理由很简单，因为结果具有不确定性。往相隔十五米远的柱子上扔人偶，还要正好插在上面……这就好比在玩大型套圈游戏，要是能成功自然很厉害，但失败的可能性明显更大。更何况要投出的不是圆环，而是形状复杂的人偶。”

　　“哦，也就是说，聂木先生不会采用这种成功率很低的方法吗？不过，也有可能聂木先生其实练习过很多次，有能够百分之百成功的自信啊。”

　　“不，不管练习多少次，最终都是由人类来完成的行为，那么失败的可能性就绝对不会是零。”

　　“你好悲观啊。”

　　“这是概率层面的事实。这个方法就像某种赌博，因为它必须一局定胜负，没有重来的余地，如果失败，就要承担功亏一篑的巨大风险。就算可以通过练习提高成功的可能性，那个聂木先生也绝不会选择一条这样危险的途径。”

　　的确如此，从聂木投入大量财产用来修建眼球堂一事就能看出，聂木为了此次尝试——即南部所说，证明建筑学的至上性——已经倾注所有，那么显然，在如此宏大的计划中，他应该会尽可能地排除偶然和赌博等概率性因素。

　　距离为十五米的大型套圈游戏，无论如何都伴随着“投不中”的概率性风险。

　　考虑到这点，聂木就一定不会使用这种方法。

　　“原来如此……”

见蓝子表示赞同，十和田继续道："然后是第三种方法，使用直升机。这个点子实在有趣，实施的可能性也很高，几乎排除了所有赌博性质的因素，是个好方法。但是即便如此，还是不得不说，这个方法很有难度。"十和田一边说，一边大幅度地挥动自己的右手。

"有难度吗？"

"嗯。很遗憾，行不通。"

"行不通的理由是什么？"

十和田回答蓝子说："如果使用直升机，就必然会产生某种东西。"

"什么？"

蓝子不解地歪了歪头。十和田把右手抬到眼睛的高度，掌心朝下，说："还不明白吗？是向下的风压。"

十和田做出从上往下挤压空气的手势，继续说："直升机通过旋翼转动产生垂直向下的气流，然后利用其反作用力升起来。也就是说，它会产生向下的强风。当然，位于正下方的人偶也会暴露在强烈的风压下。对了，蓝子，你还记得那具假尸体中流出的血液是什么样的吗？"

尸体中流出的血液？

蓝子闭上眼睛，回想起那一幕。

支撑着骉木尸体的细杆上，暗红色的液体顺着它缓缓流下，画出了几道纵线——

"像几根细线一样，垂直地流下来的。"

"说得没错。那么，如果上空刮起强风，那些血迹会如何呢？"

"原来如此……"蓝子用力地点了点头，"如果有强风从正上方吹起，血迹就不会像那样垂直着，而是会四面八方地飞溅开来。"

人偶被直升机吊着，放到柱子上。这个时候，直升机产生的气流吹向人偶，人偶里流出的黏稠血浆便会被向下的强风吹得四散开来，形成溅落状血迹。

也就是说，绝不可能形成像现在看到的那种规整的竖线。

但是——蓝子试图提出反对意见："不过，也说不定，有没有可能，从很高的地方吊住人偶，从而使人偶不受到向下的风压影响呢？"

"没有这种可能。"十和田当即驳回，"如果从很高的地方吊住人偶，把人偶插进细杆尖端的难度也会相应地提高。那样的话，计划便又带有赌博性，风险上不就和套圈游戏没什么区别了吗？"

"啊，确实是……"

十和田说得没错，于是直升机这个想法也被驳回了。

看到蓝子点头，十和田又继续道："最后，关于第四个方法，使用绳索。这个方法果然也存在不合理的地方，你能想明白吗？"

面对十和田的提问，蓝子沉思了一会儿，回答道："因为没有绳子吗？"

"也有这个原因。但是，即使有绳子，这个方法也还是很难实现，因为支点的问题。"

"什么意思？"

"回廊这一侧，并没有可以系绳子的地方。"十和田弯起食指，做出像是要钩住什么东西的手势，"如果想通过绳索去白色容器那边，首先要解决的问题就是如何将绳索的一端固定在回廊。对面，也就是眼球堂外沿是森林，倒是很容易找到固定的地方，但是回廊这一端却很困难。能固定的地方，只有回廊尽头的窗户，但据我观察，窗户周围完全没有可以系绳索的部件或者凸起。"

"嗯……"

回廊尽头的窗户是上下提拉式，没有把手或握柄之类的东西。窗户的接缝处也贴有透明垫片，并不是可以系绳子的构造。

也就是说，就算想用绳索横穿眼球堂到达白色容器，回廊这侧也没有可以固定绳索的地方。

"硬要说的话，我并不敢断定将绳索固定在回廊的方法不存在。但即便如此，仍然存在另一个问题就是，绳索又该如何在对面固定？是事先绑在树上，还是做一个类似套索的东西扔过去钩在树上……不管哪种方法似乎都很勉强，这一点不用我解释你也明白吧？"

"嗯，确实。"蓝子喃喃道。

"顺着水平的绳索滑过去"这个点子成立的前提，是首先必须完成拉起绳索这一行为。想要拉起绳索，就必须将绳索固定在对面和回廊这两端。

但是回廊这侧没有可以固定的地方，也想不出可以事先固定在对面的办法。就结论来看，这个方法不合理。

然后，这个方法也难以实施就意味着——

"南部先生的推理……全是错误的。"

"就是这么回事。"十和田用脚尖咚咚地踢着地板，点了点头。

这样的话——

眼下众人不得不面对一个事实。

那个事实就是枭木给出的谜题，一个都没解开。

蓝子连连摇头，反问十和田："可……可是，既然十和田先生注意到了这么重要的事情，为什么刚才不在大家都在场的时候指出南部先生的错误呢？"

突然，十和田停止了踢地板，他沉默片刻，才用几乎只有自己能听见的声音说："因为……我没有资格。"

"资格？"

"嗯。我没有资格否定南部先生的见解。"十和田喘了口气，接着说，"对别人的见解提出异议时，必须先有自己的见解。没弄清楚自己的立场就贸然反对别人，等同于不负责任的任性。反过来说，现在的我，还没有自己的见解，我可以指出南部先生的见解有误，但如果被问到'那你觉得什么才是正确答案'的话，我也回答不上来。所以，我没有资格提出异议。"

"因为觉得自己没有资格，所以在餐厅的时候才什么也没说吗？"

"是的。"

十和田用有些落寞的表情点了点头，然后摘下玳瑁框眼镜，用衬衫下摆擦拭起镜片表面。

用了很多年、已经伤痕累累的镜片并不会因为这种程度的擦拭就变得清晰，但十和田就像在赎罪一样，不停地重复着这个简单的动作。"当然，保持沉默并不总是好事，不，甚至可以说是懦弱，我自己心里都清楚。但是……我……"十和田语气中带着几分寂寞，自言自语道。

难得看到十和田说出了近乎示弱的话。

蓝子想，没有这回事，真实——十和田并不是懦弱之人。

可是，应该对他说些什么呢？犹豫良久后，蓝子最终还是选择了保持沉默。

5

——砰。

反手关上门，蓝子走进自己的房间——三号房。

床铺还是和早上出门时一样凌乱，床单卷了起来，被子也有一半滑落在地上。

蓝子做了个深呼吸，故意用粗鲁的动作一屁股坐到床上。

弹簧"啪"地发出尖锐的声音，但床还是温柔地接住了她的身体。蓝子就这样仰面躺下去，看着天花板。

我累了——那之后，十和田留下这句话，便径直回四号房去了。虽然还是像平时那样我行我素，但刚才的十和田却罕见地流露出一丝忧郁的神情，大概是真的累了吧。

目送着十和田的背影消失在房门后，蓝子犹豫着要不要再去一趟餐厅，但最终她还是回到了自己的房间。

没有别的意思，硬要说的话，是因为蓝子其实也累了。

蓝子将双手枕在脑后，闭上眼睛，封闭了视觉。

然后，她开始在脑海中反复回想至今为止发生的事情。

这座眼球堂中的每一个部分，都有着极为浓厚的"非日常"色彩。此时此刻，在这间三号房里，蓝子想要确定自己心里溢出的到底是什么情绪？这种无法抑制地涌上心头的感情究竟是什么？

蓝子想，说不定最接近它的词语是"亢奋"。

这也难怪，毕竟这是自己从未经历过的事。

即便如此——

蓝子一下子睁开眼睛。

她总觉得身上发痒，皮肤也满是灰尘，黏腻地与衬衫贴在一起，很不舒服。蓝子这才想起，自己从昨天开始就没洗过澡。

蓝子本身对长时间不洗澡这件事，其实并不太在意，毕竟她一直对四处旅行风餐露宿的十和田穷追不舍。如果怕脏就退缩的话，还怎么当合格的"跟踪狂"。

所以，现在虽然有些不舒服，倒也不是不能忍受。可是在这种情况下，冲个澡转换一下心情是很有必要的。用干净的热水让身体清爽起来，然后胸中那股亢奋的情绪一定也能跟着平静下来吧。

冷静很重要。真实——事件，还远远没有结束。

所以——

"嘿。"

蓝子猛地坐起身，在心里说道。

——去冲个澡吧。

这么决定后，她伸手拽住衬衫下摆，正准备一口气脱掉上衣，就在这个时候——

咚、咚——

有人敲门。

"啊，啊？"

响亮的敲门声吓得蓝子肩膀颤抖了一下，她慌忙把脱了一半的上衣拉回原位，对着门问："哪，哪位呀？"

然而——

门的另一边，只能听到窸窸窣窣布料摩擦的声音。外面明显有人，但是却听不见回应。

是十和田吗？蓝子再次对着门问："请问……是谁在外面？是十和田先生吗？"

过了一会儿，一个含混不清的声音响起："陆奥小姐吗？是我，快开门。"

这沙哑的声音——

"你是……黑石先生？"

一定没错，是那个好色政治家黑石的声音。

蓝子皱起眉头，和自己关系并不亲近的黑石，为什么会来她的房间呢？

蓝子提起了戒心，却又不知该如何回应，正当她踌躇之际，门外的黑石又开口了："陆奥小姐，我有事想私下跟你说。所以，不好意思……能不能开一下门？不会占用你太多时间的。”

声调略显低沉，总觉得不像平时的黑石。蓝子歪着脑袋，摆好架势反问道："怎么了？发生什么事了吗？"

短暂的沉默后，黑石支支吾吾地回答："也不是发生了什么事，就是除了你，我不知道还能跟谁说，所以……"

所以——之后的声音逐渐模糊，听不清了。

果然发生了什么吗？蓝子犹豫几秒，回答道："我明白了，但是能等我一分钟吗？"

"没关系，几分钟都可以，我就在这儿，等你好了再开门就行。"

没等黑石说完，蓝子就忙不迭地开始收拾床铺。

蓝子将黑石请进了突击整理好的房间。

黑石向来艳福不浅，又以政治手段强硬而闻名。更何况在这种密闭空间里，也不知道他会做出什么。蓝子一边暗中观察他的举动，一边做好随时可以逃跑的准备。

不过，蓝子马上明白这种担心是杞人忧天。

走进三号房的黑石，就像刚来到陌生环境里的猫一样老实，没有表现出任何可疑的态度，反而彬彬有礼地在房间角落的木质圆椅上坐了下来。

"不好意思啊，突然上门打扰。"

圆椅在黑石摇摇晃晃的啤酒肚下吱吱作响，仿佛在发出痛苦的悲鸣。

"我知道你这么警惕的理由，放我这样的人进门，对女性来说，除恐惧之外再没有其他想法了吧。"

"没这回事……"虽然被说中了，但出于礼貌表面上仍要否认一下。

见她这样，黑石从喉咙里发出咯咯的笑声："不用勉强，我知道你是怎么想的，但是放心吧，我好歹也是个守信义的政治家。既然你信任我让我进房间，我就绝对不会背叛这份信赖。这点我可以保证。"

黑石向蓝子低下头，表情出乎意料地真挚。

这种令人钦佩的态度，或许正是政治家的欺骗本能，但即使如此，看了那油腻的头顶足足十秒后，蓝子也不得不作出让步。

"我明白了……我明白了，别低着头了。"蓝子稍微放松了一下僵硬的身体，转而催促黑石道，"所以黑石先生，您要说的事情是什么？"

"嗯，关于这个。"黑石抬起头来，脸上的表情依然严肃，"陆奥小姐，你觉得……矗木先生还活着吗？"

"啊？"蓝子想都没想直接反问道，"您是问，矗木先生还活着吗？"

"嗯，没错。你怎么想？凭直觉回答就行。"

这次换黑石催促蓝子了。按照刚才南部的观点，答案是——

"不是还活着吗？"

"你为什么这么想？"

"因为，不这么想的话……"

——不这么想的话？

说不下去了。

黑石目不转睛地盯着一时语塞的蓝子，然后用低沉而沙哑的声音说："先说说我的看法吧。我认为，骉木先生已经死了。"

"骉木先生已经死了？"

对于蓝子鹦鹉学舌般重复的话，黑石也认真回应道："嗯，没错，他已经死了。"

"不会吧……可是，如果真是这样，那尸体呢？"

那个被插在细杆上、宛如伯劳鸟的猎物一般的——

黑石用力摇了摇头："那个不是假尸体。毋庸置疑，那是骉木先生本人的尸体……我是这么认为的。"

黑石像是在说给自己听似的，连连点头。

蓝子愣了一下，问道："怎么可能……可，可是，我想反问一下，为什么黑石先生您会这么想呢？"

听到这个问题，黑石坐正，直截了当地回答道："因为，凶手是南部先生。"

——南部是凶手？

见蓝子一脸诧异，黑石继续说道："陆奥小姐想必很震惊吧？但是，这不是在开玩笑。我认为这是一起凶杀案，骉木先生是被人杀害的，然后，凶手就是南部先生。"

"可，可是……"蓝子好不容易才从喉咙里挤出第二句话，"这，这太突然了，我实在难以置信。南部先生杀了骉木先生……而且，黑石先生您到底为什么会这么想呢？"

"你想知道原因吗？"

"嗯。"

"好，我告诉你。"黑石点了点头，"听好了陆奥小姐，虽然世界上存在着各种各样的事件，但总的来看，事件的发生不外乎以下三点因素：一，是否有动机；二，是否能实施；三，是否存在引发事件的直接契机。"

黑石的表情和平时那种粗野政治家的表情有些不同。

那是某种研究者的表情。除了政治家，他还有政治经济学家、律师等头衔，看来他并不一定是那种只关心政治的人。

"反过来说，如果有人满足这几点要素，那么他就是凶手。这种方法和所谓的侦探手法不同，是根据各种证据演绎推理出犯罪事实。虽然有些粗枝大叶，但警察大都是像这样锁定犯人的。实际上，经过这样筛选之后，留在筛子里的差不多就只剩嫌疑最大的人了。"

"所以黑石先生您的意思是，留在筛子里的是南部先生，对吗？"

黑石嘴角浮起一丝微笑，继续说："果然像我想的那样，你理解得很快。没错，首先在这起事件中，第一点的动机是明确存在的，那就是南部先生对矗木先生的一肚子怨气。然后，第三点的契机也存在，那就是昨天晚宴上两人的争执。"

"那关于第二点，实施的可能性呢？也存在吗？"

把尸体插在细杆上这种魔术一般的行径，到底有没有实施的可能性呢？

"嗯，中间那个实施可能性，确实还有些模棱两可。但是从时间上来看，南部先生是有可能实施的，这是事实，因为昨晚谁都没有不在场证明。如果你要追问具体手法，那我只能坦白地说不知道，但南部先生是物理学家，说不定他知道某些我想不到的物理学方法。"

蓝子心想，这个推理方式也太粗糙了，黑石完全只靠推测在下结论，这已经不能叫作粗糙，而是接近于蛮横了。

然而另一方面，如果不从"锁定凶手"的角度，而是从"找出犯罪嫌疑最大的人"的角度来考虑，这种蛮横也确实具有一定的正当性。

而且，这么一想——

——南部他十分憎恨骉木。

——昨晚和骉木激烈争吵。

——第二天骉木就死了。

如果仅从旁观者的角度看这些时间线，南部确实是一个相当可疑的人物。

然后，一旦带着怀疑的眼光来看南部，那么他主动提出骉木还活着、断定那是假尸体、滔滔不绝地分析把人偶插在细杆上的方法等行为，就顿时显得别有用心。

换言之，杀害了骉木的南部，是不是为了不让我们检查尸体，才把尸体移动到细杆上的？是不是为了拖延时间，才谎称那是假的？

但是，黑石的"南部凶手论"，要确认其对错，还为时过早。总之，蓝子试着将话题转移到与正题无关的部分："可是……这么重要的事，黑石先生为什么要跟我说呢？"

没错，黑石特意跑来蓝子的房间告诉她这件事，其理由是什么？

黑石微微抬起下巴，回答蓝子的问题："那是因为你不会告诉别人。"

"为什么？比起我这种普通人，还有更适合商量这件事的人吧？能对别人的心理了如指掌的，对了……比如深浦先生。"

"深浦？哦，那个心理学家啊。他脑筋转得确实很快，但是……"黑石摆了摆手，"搞学术的人不行，光说不练。"

"哦……"

"而且，即使研究领域不同，被称为学者的人之间也大抵会无意识地产生一种同伴意识。从这层意义上来说，深浦先生也好，十和田先生也好，都和南部先生是同类。刚才的话不适合跟他们讲。"

"可是，黑石先生也是政治经济学家吧？"

听到蓝子的问题，黑石嘎嘎地笑了："头衔是有的，但我本质上还是重视一线工作的务实主义者。政治经济学家的头衔也好，律师的头衔也好，都是为了自己的利益，有这样的头衔，会更受选民欢迎。"

"是这样吗……那么，三泽小姐呢？她是艺术家，也不是学者啊。"

"艺术家就更不行了，他们只会谈论那些轻飘飘的感性。再说，三泽小姐不是女人吗，不行不行。"黑石夸张地摆了摆手。

"这句话我可不能当作没听见，这是歧视女性的发言。"

"我不是这个意思。我只是想说，光凭感性是没法理解我的想法的。"

"……"

"说到女人，造道也不行。她看起来挺聪明，但毕竟是主流媒体的人，不适合做商量的对象。"

"你是不想向媒体展现自己脆弱的一面吗？"

"任凭你想象。"

"那平川先生呢？"

"那个看起来弱不禁风的用人吗？他最不行。他不过是一个典型的普通老百姓罢了，他要是听到这种话，只会更加惊慌失措，而且……"

"而且？"

"不知道为什么，我有点不信任他。"

——这是什么意思？

黑石用鼻子哼了一声，打断了正想提问的蓝子："不管怎样，谁都入不了我的眼。"

"哦，原来如此……可是，照这个逻辑来看，我不是也不行吗？我是女人，而且又是典型的普通老百姓。不适合做黑石先生商量的对象啊。"

"真的是这样吗？"黑石的眼神变得犀利，仿佛要刺穿蓝子一般，"陆奥小姐，你的确是女人，而且也只是个普通老百姓，再进一步说，恐怕还是跟媒体沾点关系的人。"

蓝子一惊，下意识摆出防御的姿势："那个……您刚才说什么？"

"事到如今就别藏着掖着了，只要是见过一次的人，我就不会忘记对方的脸。陆奥小姐，你两年前曾经出现在'黑曜石会'，也就是我的后援会举办的晚宴上，还和十和田先生说过话吧？没被邀请却擅自入场的人，不是像十和田先生那样的怪人，就是缺德的狗仔队，而且还是三流的。"

"您早就知道了？"

"嗯。当然，事到如今我完全没有要责备你的意思，放心吧。我接下来要说的是，明明你身上也有很多减分项，但我仍然要找你商量这件事的原因。你不觉得这个话题更重要吗？"

黑石似乎并不打算揪着从前的事情不放。

蓝子深吸一口气，问道："那回到原来的话题，黑石先生您为什么要跟我说这些呢？"

"因为陆奥小姐，你在这群人当中是最中立的。"

"中立？"

"没错。你既不是学者，也不是矗木先生请来的客人，同时也没有受雇于他。硬要说的话，你不过是个纯粹因为兴趣而来的局外人。既然如此，你对事件的态度也一定是最中立的，因为你和其他人都没有利害关系，或者说，你不会有先入之见。"

"哦……也就是说，因为我是个毫不相干的人，也没有什么成见，所以在我面前可以想说什么就说什么？"

"简单地说，就是这么回事。"

确实，蓝子没有任何先入为主的观念。

因为她是眼球堂里的不速之客。换句话说，真实——蓝子和眼球堂里的其他人所处的立场从根本上就不同。所以她没有任何成见，随时可以用旁观者视角俯瞰眼球堂。

"而且，你……"黑石眼中突然闪过一道冷光，"和我很像，是个聪明人，恐怕是这群人当中最聪明的。"

这个叫黑石的男人十分敏锐。

蓝子躲闪着他那仿佛能把人看穿的视线，回答道："您太抬举我了。就像刚才说的，我只是个普通老百姓，这里有大物理学家和大数学家，我怎么可能比他们聪明呢？"

"是吗？我看人的眼光可是在魑魅魍魉横行的日本政界磨炼出来的。算了，你自己都这么说了，那就当是这样吧。但反正我的直觉嗅到你有这种才能，所以才会来找你，毫无保留地说出我的真心话。"

"这，这样啊……"

如果是这样，那这直觉还真是令人困扰。

"算了，先不谈这个，让我们回到正题上来。"黑石清了清嗓子，用手撑着膝盖，"如果南部先生是凶手，那么动机以及其他很多事情就都说得通了。所以，我希望你之后也多留心观察南部先生的一言一行、一举一动，这样的话，说不定能找到解决事件的线索。好了，我要说的就这些。这件事你自己心里知道就好，毕竟我也没有百分之百的把握。那我走了。"说完，黑石大腹便便地从椅子上站起来，转身离去。

"对了。"临走前他回过头，补充了一句，"平川说，今天晚餐也是七点开始，所以等到了时间，希望大家到餐厅集合。"

蓝子条件反射性地看了看手表。

时间已接近下午五点。

6

过了一会儿，蓝子也把三号房的门关在身后，来到回廊上。

走出来的瞬间，外面干燥的空气便轻轻抚上她的脸颊，感觉很舒服，很清爽。大概是蓝子在黑石离开房间后，马上就去洗了澡的缘故吧。自己的身体变干净后，即使是同样的空气，也会倍感清爽。

是带着这种爽快的心情直接去餐厅呢，还是……

蓝子瞥了一眼表盘，心想，离晚餐还有一段时间，既然这样——

蓝子把朝着餐厅方向的脚尖转了一百八十度，沿着回廊向右走去。

透过明回廊的窗户看到的景色，让蓝子不由得停下脚步，轻轻叹了口气。

临近日落的天空有些昏暗，深蓝色的天幕上，笼罩着一层薄纱般的橙色云彩，衬托出山棱清晰的剪影。

眼前的风景宛如一幅梦幻仙境般的画卷，然而凝神细看发现，画卷的正中央，是脸朝下、身体被刺穿的骉木。

他的尸体依然在白色柱子的顶端，头发与和服下摆时而被风吹起，轻轻飘动。滴落在柱子上的血早已失去光泽，像裸露的熔岩一般凝固着。

那具尸体是真的还是假的？

蓝子的目光在眼球堂的壮观景象与兀立在中央的谜题之间交替着。然后她迈开步子，继续向前走去。

"啊。"

一个男人正呆呆地站在明回廊的窗前。

是十和田。蓝子立刻搭话："这不是十和田先生吗，你在这里做什么呢？"

"没什么……只是看看外面。"十和田驼着背，无精打采地回答。他散漫的姿势让人联想到刚开始学习直立行走的猿人。

"平川先生说，今天晚餐也是七点开始，在餐厅。"

"是吗？"十和田回答得心不在焉，视线也始终盯着窗外的晟木，看都不看蓝子一眼。

无奈之下，蓝子也只得再次将目光移向窗外。

不管愿不愿意，晟木的尸体都会映入眼帘。

蓝子小声叹了口气，嘟囔着说："那个，真的做得好逼真啊。"

然而，十和田还是没有反应。

十和田经常做出这种无视他人的举动，不管怎么搭话，他都不会回答。但蓝子知道，这种时候的十和田，看起来好像没有在听，但其实每句话都听到了。所以她毫不在意地继续着对话："头发质感什么的，简直像真人一样呢。"

十和田依然保持沉默。

"经常听人说，死后尸体会僵硬。那耷拉着的手脚，看起来也很像那么回事。"

"蓝子，你见过真正的死后僵硬吗？"

"当然没有，只是凭着想象罢了。"

"是吧，我也没有。"十和田推了推眼镜，继续说，"所以，我分不出那是真的还是假的。"

"欸？"听到这句话，蓝子愣了一下，吃惊地问，"十和田先生，你不是说那是假的吗？"

"啊？我什么时候说过这种话？"

"这个嘛……"

蓝子开始回想十和田此前的种种言行。

十和田有断言过那是人偶吗？不——

"呃，可能确实没说过。不过，关于'那个可能是假尸体'的猜想，你应该说过吧？"

"我是提到过，但那只是表示存在这样一种可能性，并不是我自己有十分的把握之后提出的观点。难道你会把所有说'神可能存在'的人都视为有神论者吗？"

"嗯……可是，南部先生认定那是假的，这总是事实吧？"

"这倒是。"十和田姑且点了点头，说道，"不过，我想南部先生也不是从心底相信那是假的。不如说，他其实很怀疑。尽管如此，在那个场合下，南部先生也只能说，'那不是真的尸体，是人偶。’”

“是这样吗？可是，既然如此，他为什么要那么说呢？”

听见蓝子的问题，十和田眯起眼睛，额头上挤出一条深深的皱纹：“蓝子……你啊。”

“怎么了？”

“你不理解人心吗？”

十和田的话中，似乎带着一丝无奈。

从来没有想过，从十和田口中会说出关于“人心”的话。蓝子喉咙里反射性地冒出一句反驳的台词——我可唯独不想被十和田先生这样说。

但是，话到嘴边又咽了下去。

真实——不太了解“人心”这件事，是真的。

十和田一副“真拿你没办法”的表情，继续说：“南部先生是顾虑到三泽小姐才那样说的。因为在那种情况下，她已经陷入恐慌了。”

的确，从发现聂木的尸体开始，三泽就一直惴惴不安。更准确地说，应该是极度恐慌的状态。艺术家是容易情绪化且性格敏感的一类人。如果受到什么奇怪的刺激，她可能会因为惊恐发作而变得歇斯底里。

“聂木先生死了，而且还是匪夷所思的死法，再加上我们被困在这眼球堂里，连电话都打不通。在这种情况下，三泽小姐显然非常害怕。她的感性比别人丰富一倍，所以恐惧心也比别人多一倍。因此在那种情况下，必须先安抚她的情绪。当然，不只是为了她，也是为了所有人。"

"也就是说，南部先生是因为考虑这点，才故意言之凿凿地说出'那是人偶''蠹木先生还活着''那不过是蠹木先生设计的恶作剧''没什么可怕的'那些话的吗？"

"没错。那是为了让大家恢复理智的权宜之计。"

换言之，南部心里其实没有否认"尸体是真"的可能性。

然后，十和田也一样。

蓝子再次把目光投向眼前的景象。

脸朝下、被柱子贯穿的蠹木。那个——到底是真的，还是假的？

"所以我才站在这里，拼命观察那具尸体。"十和田开口说。

"看出来是真是假了吗？"

听见蓝子的问题，十和田缓缓摇了摇头："不知道……你听过这样一个笑话吗？诗人、物理学家和数学家一同坐电车去某个国家旅行。他们从窗户往外看，发现路边的牧场里有一只黑色的羊。诗人说：'这个国家的羊是黑色的。'物理学家说：'不，这只能表示这个国家至少有一只羊是黑色的。'数学家说：'不，这只能说明这个国家至少有一只羊，且这只羊朝我们这一侧的毛是黑色的。'我是数学家，如果不能直接确认，就无法得出结论。光从这里看的话，我什么也看不出来。"

见蓝子沉默，十和田继续说道："但是，是真是假暂且不论，为什么它会出现在那种地方？这个谜题更值得探究。所以我一直在思考，这个情况到底是如何被制造出来的。反过来说，我总觉得只要想明白这个问题，就能弄清尸体的真伪。正因如此，对我来说当下的问题是How，也就是'通过什么方法做到的'，除此之外都不重要。"

"是怎么做到的，是啊……嗯……"

这正是方才大家激烈讨论的话题，也就是尸体是如何被放置到柱子上的，至于尸体本身是真是假这个问题，现在先放在一边。

就在这时，蓝子好像突然注意到了什么。她眼皮动了一下。

不过，或许有可能——

"难道是……超能力？"

——你是笨蛋吗？

蓝子做好了被十和田呵斥的准备。

然而，十和田的反应和她想象的不一样。他反倒露出严肃的神情陷入沉思："原来如此，嗯，超能力。是吗，是超能力吗？嗯……"

"咦？难道，真的有可能是超能力吗？"

"当然不可能，但是我不否定。"十和田看着蓝子的脸，嘴角微微上扬，"超能力的存在并没有被证实，但是也没有完全被否定。只有半边身体是黑色的羊，说不定也存在呢。既然其存在没有被否定，那么使用超能力将聂木先生的身体移到柱子上这种可能性，也不能被否定。话虽如此……"

"话虽如此？"

"The book 上这么写的概率，大概无限接近于零吧。"

"我想也是。"蓝子露出苦笑，"对不起，我好像说了很愚蠢的话。"

蓝子挠了挠头。十和田却露出有些落寞的神情，轻轻地从鼻子里呼出一口气："我并没觉得你愚蠢啊。虽然有时你无知到让人怀疑是不是在故意装傻，但是我从来没有觉得你不聪明。再说，不管你的想法多么荒诞无稽，只要敢于去想，就值得敬佩。比起我这种只知道唉声叹气而不去思考的人，要好上一古戈尔[1]倍。"

这算是被夸奖了还是没有呢？一时间很难理解他的话，蓝子只好以暧昧的笑容回应。

十和田一边揉着太阳穴，一边继续道："'那根柱子上的东西究竟是什么'这个谜题，'怎么放上去的'这个谜题，结果我一个都没解开。脑子里半点想法都没有，真是太愚钝了。"

"不，没有这回事……"

"有的。这是千分之一千的事实。"十和田眯起眼睛，愤愤地说，"说实话，我对自己的无能感到恶心。*The book* 上到底写了什么论证？我为什么……不能读到 *The book* 呢？"

然后，他粗暴又焦躁地挠起自己的头。

蓝子安慰十和田说："这也没办法呀。毕竟 *The book* 是神的所有物啊。"

"神吗……"十和田抬起头，自言自语道，"至高无上的独裁者总是蛮横无理的。不过，这也是没办法的事。我们毕竟只是凡人，也许不得不从一开始就承认，在这场较量中我们根本毫无胜算。"

"较量？和谁的较量？"

1　一古戈尔等于10的100次方。——译者注

"这还用说吗，当然是和神的较量。"十和田用左手摸着下巴说，"人生是一场人类阻止神得分的游戏，从出生到死亡，我们不过是一直在神准备好的棋盘上跳舞。如果我们做了坏事，那么神得两分；如果我们不做应该做的善事，那么神得一分。"

"人类如何在这场游戏中得分呢？"

十和田苦笑着回答蓝子："没有办法，人类无法在这个游戏中得分。所以，无论怎么挣扎，人类都无法战胜神。"

真是乱七八糟的规则，但正因为如此，才是神的游戏吗？

"太不讲理了，人竟然没有被赋予胜利的权利。嗯……可能这也是无可奈何的事吧。"

"是啊，无可奈何。因为游戏规则本就是由神决定的，我们只能从容接受'不存在战胜神的方法'这一结论。话虽如此，不输给神的方法还是有的。"

"不输的方法？有这种东西吗？"

"有的。总之，只要一直行善就可以了，这种时候神不会得分。这样做的话，即使我们无法得分，也能把这个游戏拖成零比零的平局。"

"原来如此……这样一来，人类虽然无法战胜神，但也不会输给神。"

"就是这么一回事。"十和田抱着胳膊，继续看向窗外，淡淡地说，"行善的价值，用数学来打比方的话，相当于人类靠自己的头脑得出了与 *The book* 同样的论证。只要能做到这一点，神就无法得分。

所以，即使赢不了游戏，也能打成平手。可是，'靠自己的头脑'这件事，谈何容易。"

说完这句话，十和田一副咬牙切齿的样子闭上了眼睛。

一阵尴尬的沉默。

蓝子像要逃避似的，将话锋一转："说起来，那个如果是人偶，做得也太逼真了吧。"

"嗯？啊……是呢。"

"至少可以确定不是普通的人体模型，皮肤的质感看上去和真人一模一样。"

"最近的技术很厉害，不管是什么东西，都能造出和真品相差无几的仿制品。仿真食品之类的，已经达到了与真的食物毫无区别的程度，唯一不同的，就只有味道了吧。"

"也就是说，那个的内部结构，可能和真人不一样。"

"里面应该是空心的吧，因为需要减轻重量。当然，前提是如果那真的是人偶……"

"如果真的是人偶……"蓝子"咕嘟"地咽了一口唾沫，向十和田问道，"那个，我可以问一个问题吗？"

"什么？"

"如果那不是人偶，也就是说……那是骉木先生本人的话，你觉得会是谁做的呢？"

"谁做的"也就是"谁杀的"的意思。

十和田身体纹丝不动，但是语气却很自然地回答道："我不知道，只能确定不是自杀。"

"那个，我在想……"蓝子停顿了一下，接着说，"你不觉得南部先生是有动机的吗？"

"南部先生有动机？"十和田目光灼灼地盯着蓝子。

被他严厉的目光一瞪，蓝子磕巴起来："呃，呃，这个，那个……昨天晚餐的时候，骉木先生和南部先生不是发生了激烈的争执吗？虽然没有演变成互殴的局面，但是我在一旁听着也觉得骉木先生说话相当不留情面呢。"

"所以呢？"

"所以我在想，对南部先生来说，与骉木先生发生争执那件事会不会构成一个契机。"

"你是想说，那件事就像开关，触发了南部先生的杀意吗？"

"当然不仅仅是那件事，还有之前的积怨……但是，这么一想，也就是把南部先生设定为凶手的话，很多事情就说得通了不是吗？你想，南部先生不是很厉害的物理学家吗？或许他可以有什么特殊的物理学方法，可以把尸体放到那个地方。"

"具体是什么方法？"

"呃……对了，比如反重力什么的。"

"反重力。嗯……你的思维还真是跳跃。"十和田露出有些吃惊的样子，挠挠头，"蓝子，我知道你的想象力绝对不容小觑，但是不得不说，你刚才的发言实在是太离谱了。"

十和田用委婉但却不容反驳的语气继续说："南部先生是不会

因为那种程度的事情就杀人的。你也许不知道，南部先生当年提出N理论的时候，饱受争议。N理论虽然现在已经是被认可的学说，但发表初期，曾遭到学会的强烈反对。因为它推翻了常识，可能会让迄今为止的研究成果全都变成一堆废纸，所以越是权威的学者越不愿意承认。结果导致南部先生遭受了许多诽谤中伤、谩骂侮辱，但是南部先生顶着那些压倒性的反对声音，最终让N理论被世人所承认。所以，如果昨晚那个程度的争论就能让南部先生杀了骉木先生，那么理论上，南部先生应该已经杀掉上百个人了。而且……蓝子，你忽略了另一个重要的事实。"

"重要的事实？"

"南部先生是怎么把眼球堂的门锁上的？"

"啊……"

蓝子捂住嘴。

对啊，前室和房间的门都被锁住了。如果南部是凶手，他又是如何锁上门的呢？

"不仅如此，将骉木先生的尸体放到那根细杆上的方法也有问题，暂且不论科幻小说里的反重力到底能否实现，尸体和人偶不一样，起码有六十千克，南部先生是怎么把它放到那种地方的呢？你必须详细地解释这个方法，你刚才没解释吧？所以我说，要想否定别人的意见，必须先有自己的意见。"

见蓝子哑口无言，十和田说："现在明白了吧？自己刚才说的话有多离谱。"

蓝子垂着头。十和田用认真的语气继续说道："但是，如果那具尸体是真的，就算凶手不是南部先生，我们也将要面临几个问题，那就是，Who、How、Why。现在必须从头开始，认真思考这几个疑问。"

十和田向窗边靠近，右手贴着玻璃，自言自语道："主体、客体、方法、动机、目的、原因和结果，这些东西大都存在于意想不到的地方，数学也是如此。弗里曼·戴森和休·蒙哥马利的邂逅，让人们发现量子物理和质数之间有着千丝万缕的联系。真理往往藏在人类智慧所不可及的地方，所以 The book 里必定写着能够解决这起事件的定理，而且它会导向一个最令人意外的结论。话虽如此……"十和田喘了口气，继续说道，"现在我们手里掌握的基础材料太少，这也是事实。所以我认为，我们在着手解决具体问题之前，首先应该做的是得出稳固的公理。"

"公理？"蓝子一脸茫然。

十和田说："'公认的道理'，即为公理，是为了推导命题而导入的最基本的前提假设，著名的有欧克利德斯的五大公理。"

"欧克利德斯是谁？听起来像是希腊人。"

"他的确是古希腊数学家，也被叫作欧几里得。"

"哦，欧几里得的话好像在哪里听说过……啊，我想起来了，是创立几何学的人吧？"

"没错，欧几里得在公元前三百年写了一本名为《几何原本》的几何学著作，对后来西方数学的发展产生了重大影响。"

"原来如此……那个五大什么呢？"

"五大公理。这是欧几里得在讨论几何学时，作为基础假设而提出的五个命题，也就是'不需要证明的前提条件'，分别是……

"第一公理——任意两点可以通过一条直线相连。

"第二公理——任意线段能无限延伸成一条直线。

"第三公理——以任一点为圆心，任意长为半径，可作一圆。

"第四公理——所有直角彼此相等。"

十和田说完第四个公理后，蓝子一脸不可思议地说："总觉得，每一条都是理所当然的事呀。"

听见这样的感想，十和田扬起下巴："那当然，因为公理本来就以不需要证明为前提，如果不是理所当然的事，就不能称为公理。"

"原来如此……那么，公理只有四条吗？刚才十和田先生你不是说有'五大公理'吗？"

"正要说第五条，就被你打断了。"

十和田皱着眉头，说出了第五公理。

"第五公理——过已知直线外一点，只能作一条直线与已知直线平行。"

"嗯……怎么只有第五公理感觉这么复杂，还特别长。虽然说的内容好像是正确的，但是这也可以算是不需要证明的前提条件吗？"

十和田没有回答蓝子的问题。

"你怎么了？十和田先生。"

沉默片刻，十和田才有些愕然地说："蓝子，你有时还真会说出些犀利的话。"

"啊？"

"就像你说的，第五公理又称'平行公理'，只有这条公理最为复杂、冗长，而且与众不同。尽管如此，它仍被算作公理，因为它不能被其他更简单的公理所证明。欧几里得本人也觉得这条公理有些不协调，但还是将它列为五大公理之一。其实，那个不协调感才是最重要的部分，因为在两千年后，到了十九世纪，这个不协调感成为研究核心，为几何学的发展开辟了新天地。"

为几何学的发展开辟了新天地，具体是指什么呢？

话说回来，我刚才有说什么犀利的话吗？

蓝子歪着脑袋思考，十和田则继续说道："话题好像扯远了。总之，我们现在的第一要务，不是围绕着定理来回兜圈子浪费时间，而是要找准它的前提条件，也就是公理是什么。要找到一个不长也不复杂，能勾勒出事件真相的轮廓的最基础的公理。推导定理，是这之后的事情……"

十和田用食指把眼镜推回鼻梁上，然后便一言不发了。

在蓝子看来，他的态度似乎是在叫人不要再跟他搭话。

于是，蓝子也暂且把心里的话全部压下去，再次看向窗外。

天空比刚才暗了些，但略带暖色。往下看，山岭的黑色剪影，将天与地清晰地分割开来。不过再过一小时，那连绵起伏的棱线也将缓缓下沉，沉入昏暗夜晚那墨色的黑暗中。

伴随着一些颇为感伤而俗套的想象，蓝子发出一声叹息。

面前的窗玻璃上，出现了一片小小的圆形水雾，很快便又消失了。

7

晚餐出乎意料地丰盛。

每个人面前都摆放着漆器食盒、饭碗和汤碗，食盒里有六个小碟，是看上去就很精致的松花堂便当[1]。平川做和食的手艺似乎也相当了得。

但是，大家都没怎么动筷子。

原本的计划是在这里待到明天，但是如今却不知道能不能如期回家。

毕竟最重要的那扇门还打不开，再加上无法与外界取得联系，身处在这种异常的状况下，自然不会有食欲。所以，还能吃得下饭的，只有向来落落大方的南部和本身就性情古怪的十和田了。

不久，除了极少部分人以外都死气沉沉的用餐终于结束。平川站起来，离开座位，去为客人准备餐后咖啡。于是，那令人坐立不安的沉默时刻又来临了。

率先打破寂静，开启话题的是南部。

"真是的……到底该怎么办呢。"

南部皱起眉头，尽管如此，他却以一种仿佛在享受这种状况的语气说道："出不去倒也罢了，连电话都打不通，真叫人头疼。要是明

---

1 松花堂便当：一种将食物精致地摆放在田字形便当盒中的日式料理形式。——译者注

天还回不去，可怎么办呢？"

"您之后有什么安排吗？"

南部似乎很乐意回答蓝子的问题："我要去参加电视节目的录制。我不在的话，制作人应该会很慌张吧，还得想怎么填补节目的空缺……不过，能上电视的学者除了我以外也还有一大堆，应该没问题吧。"

南部咧开嘴，哈哈大笑，看来，他其实并没有觉得有多困扰。

"不过话说回来，想不到只是因为前室的门打不开，我们就被完全困住了。"

"是啊。"南部话音刚落，造道立刻附和道，"建筑物一般都会设置两个以上的出入口，因为发生火灾时的疏散路线必须有至少两个方向。我记得消防法和建筑基准法都是这样规定的……"

"在天才建筑师面前，没有法律，这就是所谓特权阶级，毕竟骉木先生，是这个世界的神。"南部一脸苦笑地讥讽道。

无论做什么，都会被允许。骉木那种态度，正是在将自己与神相提并论。但是，真实——骉木只是普通的人类而已。至少神会这样拒绝他吧。

"真是的，干脆从窗户跳出去算了。"南部开玩笑地说。

从窗户跳出去，不用解释，就是从窗户逃出去的意思。

当然，这是不可能的。要想逃出去，必须先跳到约十米以下的白色容器底部。但地面是坚硬的大理石，不可能毫发无伤。就算运气好，落地时没有受伤，或者使用某种工具顺利着地，但接下来又要面对一个将近二十米深、表面极其光滑的白色容器状空间，所以……

"嗯……好像不太可能。"南部闷闷不乐地说。

是的，正如南部所说，不可能的事情就是不可能。但是蓝子忽地抬起头，看着窗户——明回廊尽头的窗户。那扇窗户可以说是现在眼球堂内唯一通往外界的通道。

那扇窗户，真的不能作为出入口吗？

回过神来，和昨天一样，餐后酒会已经开始了。

酒会的中心是南部，旁边是十和田，对面坐着深浦和造道。

他们面前放着和昨晚一样的威士忌和红酒，盘子里摆着平川做的下酒菜，看上去比昨晚豪华一些。

但是，有两个人没有参加酒会。

一个是黑石，昨天还带头喝酒的他，现在连杯子都没拿，缩在餐桌另一头坐着，乍一看，似乎身体状况不太好的样子。不过，考虑到黑石白天在蓝子房间里说的话，或许他是在以身体不适为借口，与南部保持距离。

而另一个人——三泽也是。她正一个人站在餐厅的窗边，拈着窗帘，用更能衬托出她那令人惊叹的美貌的忧郁表情，凝视着窗外空无一物的黑暗。

兴致盎然喝着酒的人们，一反常态沉默寡言的黑石，以及独自郁郁不乐的三泽——蓝子依次看了看这三拨人，犹豫片刻，朝那个人走去。

"三泽女士？"蓝子轻声搭话道。

正在眺望窗外的天才艺术家徐徐转过身："啊……陆奥小姐。"长长的黑发从她肩头飘逸而下。

"三泽女士，您一个人在做什么呢？"

"别叫什么女士了，怪拘谨的。我也不是什么大人物，直呼其名也没关系的。"

"直呼其名还是有点……三泽小姐，您刚才一直盯着窗外看，是在看什么呀？"既不过于生疏又不想显得失礼，蓝子一边斟酌着用词一边问道。

三泽扑哧一笑，细长的双眸优雅地朝旁边一瞟："窗外，能看见那个。"

"那个是指什么？"

"无尽的黑暗。"

"黑暗……吗？"

餐厅窗户的外面，夜幕已低垂。几十米远之外的地方，能看见明回廊的灯光形成一条模糊的光带，闪闪发亮，除此之外什么也没有。连星星都看不见，是被云层遮蔽了吗？

"那个，黑暗中……能看到什么吗？"

听到蓝子的问题，三泽转过身，背靠窗框，露出意味深长的笑容："什么都可以。黑暗中，可以看到一切，存在的，不存在的，这个世界的，还有不属于这个世界的……陆奥小姐，你知道画家使用的画布为什么是白色吗？"

"画布为什么是白色？"

三泽微笑着对歪头沉思的蓝子说："因为不是白色的话，画家就会看到多余的东西。"

"多余的东西……"

"是的。画家往往是把看到的东西直接提取出来，临摹成作品。有直接通过眼睛看到的东西，也有在脑海中看到的东西。从这个意义上来说，没有比绘画更简单的工作了，但是其难点在于平衡。如果只画眼睛看到的东西，那就和照片没有区别；如果只画脑海中看到的东西，那就只剩下疯狂。协调很重要，因此我们画家总是在计算如何在现实和妄想之间取得平衡，在绝妙的平衡上挥笔作画，涂抹颜料。"

说着，三泽用左手捋了捋头发。顺滑的黑发从她纤细的指间垂下来，有两三根缠在了细细的表带上，"能够做到这一点，也是因为画布是白色的。白色的画布上，现实也好，妄想也罢……什么都看不见，所以才能画出画来。如果画布是黑色的又会怎样？看看窗外就知道答案了。一切都会被吸入黑暗之中，黑暗中只能看见妄想，就像闭上眼睛，眼睑后只会映出噩梦一样。"

"原来如此。"

三泽眯起眼睛，再次将视线移回窗外："所以啊，现在窗外全是噩梦。"

她在黑暗中看到的东西是妄想、噩梦，以及疯狂。

究竟三泽面对窗外那片广阔的黑暗时，在想象着多么可怕、多么狰狞的画面呢？

蓝子也战战兢兢地看向窗外。

言语有着魔鬼般的力量，黑暗的空间——原本以为只是这样单纯的东西，在听完三泽的话后，它却顿时像活物似的蠕动起来了。

但是三泽绝对不会把视线从这些蠕动的东西上移开，她身上有一种要与那些隐藏在黑暗中呼吸的东西正面对峙，将其占为己有的气魄。

蓝子心想，原来如此，这就是艺术家啊。

然而，三泽还没有意识到，她投射噩梦的那片黑色画布，也是骉木人为创造的空间里的东西。

也就是说，真实——天才艺术家也不过是在神的棋盘上跳舞的普通人。

当三泽意识到这一滑稽而残酷的事实时，她到底会怎么想呢？

过了一会儿，蓝子回到三号房。

与昨天烂醉如泥的状态不同，今天她几乎没有喝酒，而是在三泽离开的同时，就早早离开了餐厅。

还没到晚上十点。

餐厅里，以南部为中心的酒会还在继续。他们的话题主要是今晚各个房间是否还会被锁上。南部提议，干脆在门缝里塞点什么东西；造道表示，两扇门大开心里多少会有些抵触，而且也不知道门什么时候会被锁上……他们今晚大概也会一边继续这种不着边际的讨论，一边喝到十一点熄灯为止吧。

蓝子提前离开那里，并没有特别的用意。非要说理由的话，是因为聊天对象三泽不在了，她只能一个人孤零零地待着。又或者是因为等她回过神来，十和田也不见了。更重要的是，她不想被人看到昨晚那种失态的样子。不，真正的原因是，想到今天还要和南部他们那群吵吵闹闹的人混在一起，总觉得很麻烦。

蓝子仰面瘫在床上。

她翻了个身，侧躺着，慢慢闭上眼睛，回想了一遍今天发生的事情，然后深深地叹了口气。

蓝子眉头紧锁。由于疲惫，她的颧骨上方浮现出两道黑眼圈，给紧闭的双眼镶了边，像是在诉说她已经什么都懒得做了。

于是蓝子放松全身，将僵硬的肌肉全部托付给柔软的床铺。

弹簧吱吱作响，发出微弱的声音，从她的耳郭渗透进耳蜗。

8

——这天夜里，她醒了一次。

大理石的花纹在脑海里盘旋，形成黑暗的旋涡。睡眼惺忪，分不清那是梦境还是现实。她从床上起来，去浴室的厕所方便。

回到床边，想再次钻进被窝，可是——她自己也不知道为什么要那样做——等回过神来的时候，她的脚已经朝着门的方向走去了。

是被黑暗的印象影响了，还是真的"入魔"了？

她突然想到。

莫非——

是的，那是某种预感，或者说是确信。在清醒与半清醒之间，她趔趔趄趄地走过去，终于扭动门把手，然后轻轻拉了一下门。

嘎吱——嘎吱嘎吱。

刺耳的金属声。无论拉多少次，门都纹丝不动。

她颤抖着，在心中低语。

果然，门又被锁上了。

她猛地看了一眼左手腕，手表指向晚上十一点过。

＊　＊　＊　＊　＊

记者："对了，骉木炀先生您作为'开拓新现代建筑格局的第一人'，常年活跃在第一线，那么您的设计中有什么核心理念吗？"

骉木炀（以下简称骉木）："核心理念吗？没有。建筑需要理念，这个想法本身就是错误的。交互式的空间才是建筑，我只遵循这个定义罢了。"

记者："交互式的空间……也就是人和建筑物之间互相影响的意思吗？"

骉木："相互影响这一点没错。但其二元主体是内在的人和外在的人。现实生活中内在的你，彷徨于梦境中外在的你，两者被分裂，这些人格之间意识不到对方的存在。但是，我的建筑能促进这些背离的人格意识到彼此。这才是建筑的真正功能。"

记者："原来如此。感觉很深奥呢。"

骉木："没有必要思考。建筑是通过任意分割空间导演整个剧本的，你只需全身心投入这场演出，接下来，内在的你和外在的你便会自然而然地开始对话。"

记者："这与您经常被称作'诉求建筑师'有关吗？"

矗木："建筑主义的基本概念是'能动'，虽然和'诉求'有些不同，但大体上可以说是相似的吧。总之，我认为建筑物必须能动地对人产生影响，有时还需要赋予建筑物本身能动性的动态。"

记者："的确，您的成名作'东京湾品川可动桥'就有着别出心裁的动态开启方式。不过话说回来，您的观点听上去还是偏向于艺术论呢。"

矗木："那是当然，建筑包含了艺术的概念。"

记者："包含，是指什么呢？"

矗木："所有艺术形式都能通过建筑实现广义化。绘画、雕塑、音乐等，一切艺术都可被纳入建筑主义的框架中解释。你知道《格尔尼卡》吗？"

记者："是巴勃罗·毕加索的作品吧？"

矗木："没错，毕加索是二十世纪最具代表性的艺术家，他的作品每一件都精妙绝伦，其中最著名的便是《格尔尼卡》。但是就连《格尔尼卡》，也不能与建筑本身所具有的功能相提并论。"

记者："此话怎讲？"

矗木："《格尔尼卡》虽受建筑的影响，但其旨趣却与建筑相差甚远。建筑在很大程度上影响着艺术的诉求，但反过来却不会被艺术影响。所有建筑都是这样，无论它吸收了什么学科，其本身的根本诉求是不会变的。帕特农神庙、罗马斗兽场，那些建筑物即使已经腐朽老化，它们存在的意义却从未改变。你知道原因吗？"

记者："那是因为……规模的差异吗？"

叒木："规模是理由之一。总体来看，建筑偏大，艺术作品偏小，小容易受到大的影响，但是这个观点还没有道出本质。当一栋小房子和一个巨大的雕塑并排在一起时，房子永远是房子，而雕塑的意义却会随之发生改变。"

记者："嗯，那么，这到底是怎么一回事呢？"

叒木："也就是说，建筑永远不会成为被影响的一方。刚才也说过，交互式空间里的二元主体是内在的人和外在的人。这句话也适用于艺术整体。拿《格尔尼卡》来说，建筑促成了内在《格尔尼卡》和外在《格尔尼卡》的对话，而被要求进行对话的《格尔尼卡》，却总是无法领会建筑的真意。相反，因为建筑始终是促进对话的装置，所以它也是比《格尔尼卡》更高级的概念。"

记者："这也适用于其他艺术领域吗？"

叒木："当然。不仅是艺术，其他所有领域都一样，它们必须经由建筑主义才能实现广义化。"

记者："说到其他所有的学科，话题就更广泛了呢。"

叒木："并没有更广泛。那些领域从一开始就都属于建筑范畴。比如物理学，它虽然是一门以高级数学推论和实验为基础的学科，但其成果终究只是工具，是建筑学的垫脚石。就像傅里叶变换[1]被应用于结构工程领域一样。"

记者："但是，物理学一旦涉及宇宙或极小尺度的东西，是否就脱离建筑学了？"

骉木："我倒要反问，你为什么断定宇宙规模或极小尺度的建筑物是不存在的？"

记者："这个……"

骉木："近年来，纳米技术不断发展。谁又能断言，太空电梯和弗里曼·戴森的戴森球[2]这些宇宙规模的技术不会成为现实呢？"

记者："确实。物理学以外的领域也是如此吗？"

骉木："没错。比如心理学由建筑行为体现，比如政治学可以从统治需求的角度解析建筑的意义，其他诸学也终将被建筑学吸收。因为创造这些学科的是人类，各学科都包含于人类之中，而人类又包含于建筑之中，所以认为建筑是能够容纳一切的、更为高级的概念，也是理所当然。简而言之，如今我们只能依靠建筑主义的文本去理解这个陈腐的世界。"

记者："我，我明白了……对了，听说您现在正在创作新的作品。"

---

1 博里叶变换：一种线性积分变换，用于函数在时域和频域之间的转换。——译者注

2 戴森球：美籍英裔物理学家弗里曼·戴森提出的假想人造天体，可以捕获恒星的大部分或者全部的能量。——译者注

　　聂木："是我的私人住宅。其实设计已经完成了，现在正在某地进行秘密施工。"

　　记者："那将会是怎样的建筑呢？"

　　聂木："现在还不能说，但是它一定会成为我的集大成之作，而且还将证明我所信奉之神的存在。"

　　记者："竣工之日，不知我们能否有幸参观一下呢？"

　　聂木："那是当然，但短期内恐怕不行。虽然无法邀请所有人，但是我计划以适当的形式，邀请相关人士前去参观。虽然来访时可能会有些许不便，不过，敬请期待吧。"

　　记者："我很期待。非常感谢聂木炀先生今天为我们带来了一场如此有趣而深刻的访谈。"

（记者·网野亚美）

　　　　　　　　　　　　　　　　　——《建筑空间月刊》
　　　　　　　　　　　　　　　　　摘自一月号新春对谈

＊　＊　＊　＊　＊

第 **Ⅲ** 章　第三日

12345678

1

一下子睁开眼睛。

就像刚从深海里浮出水面一般，突然清醒过来。蓝子保持着侧躺的姿势抱住被子，面朝墙壁，先看了一眼手表。

上午八点。她猛地坐起身，站起来，伸了一个大大的懒腰，然后走到冰箱前，拿出一瓶矿泉水。虽然有些不礼貌，不过反正也没人在看，蓝子便直接用嘴对着瓶口喝了起来。

将喝剩的水重新放回冰箱后，蓝子抽出塞在行李箱角落里的新衣服换上，再把之前穿过的衣服盖在最上面，关上箱子。

洗完脸，"呼"地吐了一口气，再次坐回床上。只听弹簧发出"嘎吱嘎吱"的声响。

蓝子若有所思，无意义地晃着自己的脚，过了一会儿，突然像想起什么似的站起来，向门口走去。

她抓住门把手，做了个深呼吸后拧了一下，然后猛地一拉。

"果然……"

没有任何阻力，门顺利地打开了。

显然，门现在没有上锁。

蓝子怔怔地望着自己眼前的门和更远处的门之间的那一小块空间。

两道又黑又厚的屏障之间产生的空间。

这个宽度和长度都不足一米的狭小空间。

无论是谁看到这个空间，恐怕都会想，这条黑暗的缝隙究竟有什么意义呢？

今早倒是神清气爽地醒来了。

尽管如此，蓝子还是目不转睛地看着第二扇门，皱起了眉头。

那是一种近似胆怯的表情，仿佛她正想象着门的另一边发生了什么不好的事情，又像是正在被一双冰凉湿冷的手轻轻抚摸着脖子。

然后，紧接着发生的事，让蓝子不由得倒吸一口凉气。

正被她紧紧盯住的第二扇门突然悄无声息地从对面被打开了。

"呀！"

蓝子尖叫着往后退。

从那扇突然打开的门后出现的是十和田。

"怎么了？"

十和田像被恶臭熏到一样皱着眉头，表情扭曲地探头扫视了一下房间。

"啊，啊……原来是十和田先生啊。"蓝子抚着胸口说，"不要吓我呀。真是的，怎么突然就开门，好歹先敲一下门吧。"

听见她抗议的语气，十和田反倒惊讶地瞪大眼睛："说什么呢。没听见敲门就会被吓到，这明明是你自己生活作风的问题吧。我才被吓了一跳。没想到你居然把里面的门打开，在这里监视我，真是古怪的兴趣爱好。"

"我才没有在监视，谁会做那种事情啊？"蓝子一边抗议，一边隐隐察觉到了什么。

和昨天一样，十和田主动来找自己，难道……

蓝子做了个深呼吸，问十和田："那个，莫非……又出事了？"

十和田顿了一下，没有回答，但是蓝子已经知道他接下来会说什么。

终于，十和田轻轻推了推滑落的眼镜，他眉头紧锁，额头上浮现出一道深深的皱纹："这次，是黑石先生。"

蓝子走出三号房，和昨天早上一样，跟在带路的十和田之后，快步向回廊的右侧跑去。

这次是黑石——这句话的意思当然是继猋木之后，黑石成了牺牲品。

难道黑石也像猋木一样，身体被刺穿了吗？难道他的尸体也被残忍地插在回廊尽头前方的那根细杆上了吗？

十和田没有走到回廊的尽头，而是在暗回廊与明回廊交界的地方停下了脚步。

深浦、三泽和造道已经在那里了。

他们一个个都表情僵硬地看着回廊内侧窗户下方的通风井。

"……"

谁都不说话。应该说，谁都说不出话来。大家抿着嘴，一言不发地俯视着窗外。

十和田也沉默地站在他们旁边，带着同样的神情望向窗外。

那里，究竟有什么呢？

蓝子咽下一口唾沫，先将视线投向上方。

灰蒙蒙的阴天。她呆呆地望着那斑驳的云层，做了一个大大的深呼吸，然后，她缓缓地将视线落在通风井的底部。

黑石，在那里。

回廊内侧的窗户外，有一处被涂黑的凹陷。那是直径不到四十米、深约十米、圆心角超过一百八十度的漆黑的扇形通风井。

在这个扇形的一角，也就是一号房——黑石房间的旁边，房间的主人正仰面躺在那里，四肢不自然地扭曲着。

头发像落魄武士一样从额边垂下来，在脸上形成黑色的条纹。从发丝的缝隙间，可以看见他的嘴半张着，舌头呈现出海葵一样的紫色，双眼圆睁。

当然，黑石全然不动。

换句话说，很明显，他已经死了。

"啊……"

蓝子转过脸，闭上眼睛，一声惊叹。

但是，即使把自己与世界隔绝，那光景也依然鲜明地印在眼皮底下，留下了令人毛骨悚然的记忆。

所以蓝子马上反应过来。黑石躺在一片泛着光的水洼中，虽然在

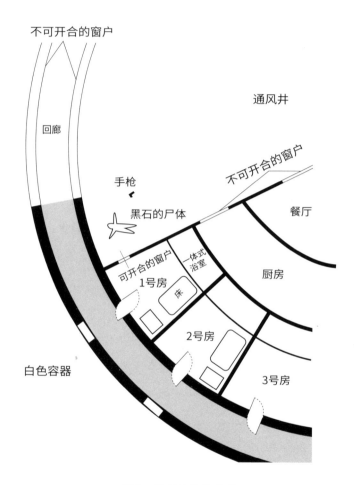

图5 黑石尸体的状况

黑色的背景下看不太清楚，但那片看上去略显黏稠又弥漫着不祥气息的水面，毫无疑问是血。

也就是说——

"黑石先生是坠楼了吗？"深浦仿佛自言自语般，低声问道。

十和田也用和深浦一样低沉的声音，干脆地回答："嗯，应该是。一号房有窗户，从这里也能看到，黑石先生的尸体就在窗户正下方，所以他一定是失足从窗户掉下去的。"

"怎么会这样？嗯……"深浦用仿佛从喉咙里挤出来的声音沉吟。

一直用手捂着嘴，茫然无措的造道，突然指着黑石尸体的旁边问："那……那是什么？"

"嗯？"

"那里，黑石先生的身体旁边，好像有什么东西掉在那里……"

"哪个？"十和田眯起眼睛，额头几乎要撞上玻璃，"啊，确实有东西。那是什么？"

蓝子也朝那个东西仔细看去。

距离黑石大约一米的地方，有一个漆黑油亮的金属物体，"厂"字头形状，把手部分有银色装饰，长度约为二十厘米。

十和田推了推眼镜，眯起眼睛死盯着那个东西，过了一会儿说："那是……手枪。"

"你说那是手枪？"三泽提高声音反问道，"为什么这里会有那么危险的东西？难道……黑石先生是被枪击中之后才掉下去的？"

"不，不是的。"十和田冷静地回答，"黑石先生身上没有任何疑似枪伤的创口，看上去并没有受到枪击。"

"可是，不是流血了吗？"

"确实出血了，但不算特别严重，如果被枪击的话，出血应该会更多，那摊血，多半来自坠落时的摔跌伤。"

"那……那把枪到底是怎么回事？"

面对歇斯底里的三泽，十和田努力用冷静的语气回答道："我不知道……不过，黑石先生应该不是被枪击，而是自己拿着枪掉下去的，这样解释最为合理。"

"也就是说，那把枪是黑石先生的？"

"这种可能性很大。"

"那黑石先生为什么要带枪呢？"

确实，黑石身上为什么会有枪？

是为了防身吗？虽然有些牵强，但作为执政党的重要人物，黑石随身携带手枪防身也并非不可能。但是即便真是这样，黑石又为什么会拿着枪从窗户摔下去呢？

这些都先暂且不论。

蓝子东张西望地窥探四周，说出了从刚才起就一直很在意的事情："那个……平川先生和南部先生在哪儿？好像没看到他们。"

"平川在六号房。"造道立即回答道，"十和田先生去叫你的时候，平川说要去叫南部先生，所以去了六号房。"

"南部先生还在自己的房间吗？"

"嗯。是的……我想是的……"

造道的眉间突然掠过一丝不安。

她紧锁的眉头仿佛在传达着这样的讯息：虽然我觉得应该不会发生那样的事情，但是，难道南部也……

就在那一瞬间。

"各，各位！"

回廊另一头突然传来了不知是悲鸣还是怒号的声音。

蓝子他们身体一颤，互相看了看对方的脸，然后确认起声音响起的方向。

"不……不好了，各位！"

有人从回廊另一头冲了出来。

只见他前脚还没有站稳，便急着将另一只脚也往前迈，好几次差点绊倒自己。这个手忙脚乱、身着黑色西装的高个子是平川。

十和田看着他跌跌撞撞的样子，问道："平川，你怎么了？"

"不，不好了……"他眨巴了好几下眼睛，一脸狼狈，上气不接下气地说，"六，六号房……那个房间里……南……"

"冷静，别慌。你冷静下来，慢慢说。"

结果平川一句话也没说出来，只是走到蓝子他们旁边，双手撑在膝盖上，"呼呼"地喘起粗气。然后，在喘气的间隙，他终于告诉大家——

"南……南部先生他……"

"他怎么了？"

197

平川吞了口唾沫，回答十和田："他……被……被杀了。"

南部仰面躺在床上。

他身上没有盖被子，呈"大"字形躺着，与其说是在睡觉，更像是随意地向后倒去——不，恐怕是真的倒下去了。

双目圆睁，瞪着天花板上某一点的南部的额头上，有一个洞。

当然，直到昨晚，他头上都没有这个。

暗红的液体就像从火山口喷出的岩浆一般，从那个洞里涌出，流淌，然后凝固在山麓。

现在，南部变成了一具不会说话的尸骸，他那浑浊的灰色眼睛里，早已失去生命的光芒。

所以，余下六人只能呆滞地看着眼前的情景和眼前的事实。

显然，他是被枪杀的这一事实无可动摇。

没错，贯穿南部额头的洞，即使是外行人，也能一眼认出那是枪伤，所以不难看出，南部是被人一枪射中额头而丧命的。

此时此刻，在可确认的范围内，众人第一次明确地意识到眼前有一个死者。

骉木，虽然见到了他的尸体，但并不知道他是否真的已经死亡。黑石的情况也是同样，尸体远在十米之下，无法确认生死。换句话说，这两人在严格意义上还没有被证实死亡，但是眼前南部的尸体，却是压倒性的、不容置疑的现实。

是严密的死亡。

同时，他的死也让隐藏在幕后的某种深不可测的恶意浮出水面。

众人呆若木鸡，心中的惊愕经过一番焦躁与不安，最终演变成为恐惧。

眼球堂里发生的一系列事情，绝不是某人的恶作剧，更不是一场无聊的表演。

众人保持着缄默，一动也不动，心想，这才是无可置疑的、真正的杀人事件。

2

众人匆匆离开六号房，向前室走去。

平川用力拉动门把手，仿佛要一把揪起它似的。

然而——

"啊，不行。还是锁上的……"平川站在嘎嘎作响的门前，一副欲哭无泪的样子回过头来。

"打不开吗？这样啊。"深浦嘴角露出一丝无可奈何的笑，"也就是说，在这样荒唐的情况下，我们仍然被关在这里无法离开。"

"要不去餐厅吧，那里有电话。"造道竭力装出冷静的样子，语气中却掩不住激动。

"是啊，说不定现在已经能打通了，快去打个电话试试。"三泽也提高声音附和道。

说不定已经能打通了。但是，这种微弱的希望，终究会轻易落空。虽然隐约明白这一点，但众人还是手忙脚乱地向餐厅移动。

蓝子也跟着大家的脚步，正要穿过餐厅大门时，蓝子突然发现，在她身后，十和田还在一个人目不转睛地盯着前室的门。

他视线恍惚地望着大门的下方。

"十和田先生，你怎么了？"

然而，十和田没有回答，仿佛一尊石像般纹丝不动。

"那个，十和田先生？"

当蓝子再次出声招呼时，十和田突然毫无预兆地后转一百八十度，面向蓝子。

"呀！"蓝子发出一声尖叫。

十和田喃喃地说："走吧……"

然后就一个箭步滑进了餐厅的门后。

都这种时候了，那个人到底怎么回事啊？

蓝子愤慨地长叹一口气，忍不住也瞥了一眼前室那扇黑色的门，然后跟在十和田后面，朝餐厅走去。

走进扇形的餐厅，就看见平川正把听筒贴在耳边摇着头。

果然，人类那些渺茫的希望，注定是会落空的。

众人回到餐厅后，各自坐在桌前，一时之间有些茫然。

刚才目击到的东西——四肢扭曲坠楼身亡的黑石，脑浆四溅中枪身亡的南部——带来的冲击，再加上现在还被困这个地方的处境，让众人茫然自失。

三泽抱着自己的胳膊，脸色煞白地颤抖着。深浦也一脸悲痛地闭上眼睛，紧闭着嘴。平川一副不知如何是好的样子，不住地抖着腿。造道则抱着头，双肘撑在桌子上。

这种状况下，就连十和田也一动不动，他双臂交叉在胸前，望着天花板，保持着缄默。

——黑石为什么会死？南部为什么会被杀？

——昨晚，这座眼球堂里究竟发生了什么？

——然后，其余的人为什么会被关在这里？

——说到底，曩木究竟是活着，还是死了？

一切都是未解之谜。十和田内心的想法全反映在他撇成"一"字形的嘴上了。

蓝子也在桌前坐下，脸上浮现出和大家一样的表情，看了看戴在右手腕上的手表。

时间是上午九点。

蓝子忽然觉得自己嘴里十分干燥，舌头与黏膜紧贴在一起，强行剥离的话，便如被灼烧般疼痛。不仅是嘴里，连喉咙也干渴极了。看来早晨摄入的水分，全都变成汗水从身体里流走了。

"各位……我能说句话吗？"斜对面的深浦，突然一脸苦涩地开口了，"现在的情况，对我们来说是极大的威胁，同时也带来了巨大的心理压力。但是我认为，正是因为在这种时候，才更有必要冷静下来，所以我希望大家能一起，好好讨论一下现在的情况。各位意下如何？"

这种时候，还要讨论？

深浦原本就是心理分析的专家，所以才能提出如此冷静的建议，但在场的绝大多数人肯定是无法马上转换情绪的。

但是，所有人都沉默不语，谁也不置可否。过了一会儿，只见造道举起手来。"我赞成……"她的声音在颤抖，但说出的话却并不消极，"是啊，这种时候不冷静下来是不行的。一直沉默也解决不了任何问题，就像深浦先生说的，我也觉得有什么想法都应该和大家一起讨论。"

没有反对的声音。

"谢谢。那么……"深浦轻轻点了一下头，继续道，"首先，从遇害的三个人开始分析吧。一个是骉木先生，身体被从回廊可以看到的那根细杆贯穿，尸体在十多米高的位置。一个是黑石先生，跌落到回廊内侧的通风井处，这次正好相反，是在十多米深的位置。还有一个是南部先生，他在自己的房间——六号房里，被枪击中前额身亡。"

"也就是说，有三个人死了。"

听见造道的低语，深浦微微摇了摇头："不，不对。准确地说，只有一个人确实已经死亡，其余二人只是暂且被推定为死亡，或者只是看起来像已经死亡。"

"您所说的'确实已经死亡'的，是指南部先生吧？"蓝子问。

深浦回答蓝子说："没错。那具尸体毫无疑问是南部先生，而且他毫无疑问已经死了。至于剩下的两人，黑石先生和骉木先生，黑石先生可以暂且被推定为死亡。"

"为什么是推定？"

"仅从上面看过去的话，并不能排除那是假尸体的可能性。"

的确，和聂木一样，黑石的尸体也有可能是假的，只要无法直接确认尸体，这个疑虑就会一直存在。

深浦看着有些讶异的蓝子，继续道："不过，虽然这只是我的推测，但黑石先生的尸体应该是真的。因为状况和结果之间是有联系的。"

"状况和结果……是什么意思？"

"黑石先生的房间是一号房，一号房有窗户，而黑石先生的尸体就在窗户的正下方。根据这些事实，我们可以很容易地推断出发生了以下事情。也就是'黑石先生是从自己房间的窗户跳下去的'。"

"您是说，他是自杀？"

"有这种可能。至少从现在的状况来看，只能认为他是自己从自己的房间里跳下去的，所以那具尸体是黑石先生本人的可能性极高。另一方面，聂木先生的尸体却不一样。"

"确实……状况和结果很难联系起来。"

"没错。"

深浦点头，调整了一下银框眼镜的位置："根据聂木先生那具尸体的状况来看，'为什么会变成那样'以及'是谁做的'这两点十分模糊不清。既然如此，那么就像昨天南部先生所说，那是假尸体的可能性很高。"

"所以，聂木先生是'看起来像已经死亡'的。"

"如果真是这样，那把枪又是什么？"三泽突然插话道，"掉在黑石先生旁边的那把枪……说起来，南部先生是被枪打死的吧？那到底是怎么回事？"

三泽的声音，沙哑得像是从喉咙里挤出来的。眼睛下方，乌青的黑眼圈清晰可见，给她的美貌也添上了阴影。

深浦淡然地回答道："关于这一点，我是这么推理的，杀害南部先生的是黑石先生，随后黑石先生自杀了。"

"这是怎么一回事？"三泽疑惑地眯起眼睛反问。

深浦解释道："我再具体地说一下吧。也就是说，昨晚黑石先生拿着枪去南部先生的房间，开枪杀死了南部先生。"

"也就是说那把枪果然是黑石先生的？"

"我是这么认为的。"

"确实……"造道用食指抵着嘴唇说，"黑石先生那种地位的政治家，想必会结交那方面的朋友，手枪这种东西应该很容易就能弄到。"

的确，蓝子还记得那个晚宴会场里也有许多看上去就不好惹的人。在日本，表面的权力者与背后的权力者相互勾结，也是常有的事。

"这一点我明白，可是黑石先生为什么要杀南部先生呢？"三泽继续追问。

深浦冷静地回答道："那是因为他认为南部先生是杀害矗木先生的凶手。"

"你是说……南部先生杀了矗木先生？"

"嗯。恐怕黑石先生认为，昨天骉木先生那起事件的凶手就是南部先生吧。然后，为了确认这件事，昨晚他去了南部先生的房间，但是南部先生被指认为凶手后气急败坏，勃然大怒，甚至想要攻击黑石先生。感觉自己受到威胁的黑石先生，情急之下掏出了防身用的手枪……"

深浦右手摆出L形，做了个朝空中射击的动作。

蓝子想起昨天发生的事——黑石来到她的房间。

他对我说了什么？

——因为凶手，是南部先生。

没错，黑石确实说过这样的话。黑石认为南部就是凶手。

蓝子旁边的造道问道："可是，黑石先生又为什么要自杀呢？"

"大概是受不了良心的谴责吧。"

"良心的谴责？你是说他无法忍受杀死南部先生的罪恶感吗？"

"没错。黑石先生其实并没有打算杀死南部先生，开枪应该也只是因为走火吧。但是就结果来看，他杀了南部先生。南部先生是得过诺贝尔奖的学者，可以称得上是日本的国宝级人物。黑石先生认为自己的行为对国家造成了无可挽回的损失，深感自责，于是回到自己的房间，然后……"

"打开窗户，跳了下去。"

"没错。"深浦重重地点了点头。

如果是这样的话，确实可以解释为什么黑石会死在那种地方，同时也能解释黑石尸体旁边掉着一把手枪的原因——黑石是拿着枪，直接跳下去的。

但是，也有说不通的地方。

比如，说黑石是因为罪恶感而自杀，但这种细腻的动机与黑石的性格完全不符。

而且深浦的推理并未提及骉木尸体之谜。也就是说，对于骉木尸体的真伪问题，依然没有任何解释。

在场的人，一定都隐隐约约察觉到了。

这一连串的事件，即从最开始骉木被贯穿，到后来南部被枪杀、黑石坠楼身亡，并不是毫无关联的。这些事会不会是基于某种共通的原因发生的？

但是没有人站出来告诉深浦这些。

这或许是因为，现在大家都"没有自己的意见"吧。"对别人的意见提出异议时，必须先有自己的意见"，如果"没有自己的意见就贸然反对，不过是不负责任的批判"，那么最终，谁都没有资格否定深浦。

不知是不是因为这个原因，此时此刻，所有人都保持着沉默。

"我有一个提议……"突然，十和田开口了。

听到这句话，众人的视线都集中到他身上。

"什么提议呢？十和田先生。"

十和田看着深浦回答道："深浦先生刚才说，黑石先生和南部先生不幸遇害可能是两人的争执所致。我不否定这个可能性，但是另一方面，我想指出还存在一个更危险的可能性。"

"更危险的可能性，是什么？"

"会不会有不知名的第三人偷偷潜入了这里。"十和田直截了当地说。

所有人都屏住了呼吸。

深浦立刻问道："潜入？您是说有人闯进这里吗？"

"只是一种可能性。这座眼球堂的入口现在被封锁着。但是仔细想想，其实也不是完全封闭的，实际上还有开口处……也就是窗户，或许有人从那里进来也说不定。或许那个人从大门封锁之前就一直藏在这里，又或许这里原本就有隐藏通道之类的东西。"

深浦用手托着下巴陷入沉思。突然，三泽叫了起来："等一下，是这样吗？有这么危险的人藏在这里？如果果真如此，我们会被怎么样？"

三泽双手捂着嘴，十分惊恐的样子。

十和田用冷静的语气安抚道："三泽小姐，没事的，冷静一点。"

"你说没事？现在不是说这种悠闲的话的时候吧？如果真有人藏在这里，我们就应该赶紧逃啊……没错，不快点逃的话……总之，现在就得从这个鬼地方出去。"

"总之，你冷静一点。"这次，十和田略为强硬地打断了三泽的话。

三泽一时语塞，十和田接着用温和的语气说："我们并没有确定有人藏在这里，只是可能有，不过是一种可能性罢了。没事的，没必要这么害怕。"

"可是……可是，不赶紧逃的话……"

"很遗憾……我们没有逃走的选项。"

确实，现在前室打不开，要如何逃离这里呢？

三泽终于理解了状况，放弃似的垂下头。

十和田似乎顾虑到她的情绪，接着说："不过，三泽小姐的担心是完全正确的，有人藏在这里的可能性并不是零。正因如此，为了确保大家的安全，我才想提议大家协力完成一项任务，那就是……"十和田顿了一拍，说，"搜查眼球堂。"

"搜查……也就是找线索吗？"深浦眯起眼睛。

十和田继续道："嗯。我想彻底搜查眼球堂，好好确认一下有没有藏着可疑的人、可疑的工具、奇怪的通道或者隐蔽的房间之类的。这样一来，我们既能确保自身的安全，又能准确把握这起事件的规模和概况。"

"原来如此。"

十和田的提议，并不完全是在否定深浦的见解，而是要准确把握事件的规模和概况，况且在准确判断必要的前提条件这点上，这也能为深浦的想法提供有力的佐证。

所以深浦看着十和田的眼睛，重重地点头："确实，十和田先生所言极是。大家一起把眼球堂的每个角落都仔细调查一遍，应该会有很大收获。当然分头行动的话可能会有危险，所以大家一起行动，按顺序调查每个房间吧。您觉得这个方案怎么样？十和田先生。"

"我完全没有异议。"

"还有哪位想发表意见吗？"

对于深浦的问题，没有人提出异议。

3

搜查从餐厅和厨房开始。

餐厅构造简单，一看便知道没有暗门。为了以防万一，众人还试图揭开壁纸和地毯，但它们都被牢牢贴在墙壁和地板上，连一个角都揭不起来。

就这样穿过右侧的入口，走进厨房。

厨房的地板上铺着瓷砖，天花板是不锈钢，面积虽然不大，但各种工具一应俱全。固定在墙上的橱柜里整齐地摆放着餐具和厨具，每一件都擦得锃亮，似乎能反映出厨房主人平川的性格。

看见正中间并排着四个电灶，造道小声说："不是煤气的呢。"

见造道用食指拨弄着绕在炉子中央的电阻丝，平川回应道："嗯，毕竟是在这种偏僻的地方，电还能通进来，但煤气好像不行，其实，我也想要更大的火力呢。"

"水呢？"

"这一带是水源地，所以平时都靠电力抽取地下水使用。"

"哦，住在深山里也不容易啊……对了，食物怎么办呢？要去山下采购吗？"

"这样太麻烦了，所以每周请供应商统一送一次货。"

"原来如此……啊，也就是说，只要那个配送的人过来，就能发现我们被关在这里了？"造道拍着手露出笑容。

平川却一脸歉意地回答："这个嘛……很遗憾，配送员三天前才来过，下次来是四天后……"

"啊……"

时机真是不巧，又或许就连这时机都是被计算好的。

十和田走到左侧墙壁的窗户前问道："平川，这扇玻璃窗不能打开吗？"

平川对试图用手指拉动窗框的十和田说："嗯，窗户是嵌死的，所以打不开。"

"那厨房的换气没问题吧？"

"换气扇风力很强，我想应该没问题吧……"

"嗯，不管怎样，看来从这里出入是不可能的。"

十和田用手背"咚咚"地敲打着布满纵横交错的细铁丝的玻璃窗。

接下来，众人将厨房地板、橱柜下面，乃至冰箱里都检查了一遍，但并没有发现什么特别的东西。

用人房是一间小而整洁的房间，不过里面也配备有一体化浴室和最基本的生活用品。

"我这里真的什么都没有，就算被搜查也完全不会困扰呢……"平川苦笑道。

正如平川所说，这里果真什么都没有。调查后发现，房间里只有衣物和杂志，连电视都没有。之前他说这里没有娱乐设备，看来所言不假。

忽然，蓝子发现房间角落的塑料收纳箱上，静静地摆着一张照片。

照片上，一位美丽的女性怀中抱着一个婴儿，笑靥如花。

对了，平川说他在被矗木雇用前一直在东京做厨师，因为发生了很多事情才来到这里的。

"很多事情"的内容，蓝子不知道。但是，从他个人物品极少这点，以及相框中温柔地微笑着的女性的表情中，蓝子似乎第一次具体地窥见了"很多事情"这个抽象的词语所描述的他迄今为止的人生。

或许不管是否愿意，他的人生都一直在被什么东西捉弄着。

没错，真实——人的一生，会因为神心血来潮的一次安排，而轻易地改变。

结果用人房里没有任何异常。

旁边是仓库。

和其他房间不同，这是一间裸露着水泥墙的小房间。左边墙面上，嵌着和厨房同样的窗户。

房间角落里堆着米袋和蔬菜，大概是食物储备，但是并没有发现绳索、梯子这类与这次事件有关的工具。

房间的另一个角落里，有大型洗衣机和烘干机，被固定在水泥地板上。

"矗木先生和我的衣服，还有客房的床单被罩等，全都是在这里洗的。"

"还要用烘干机吗？"

"嗯，因为没有晾衣服的地方。"

"不能晾衣服吗？"

"嗯，因为不能去院子里……"

"啊，也是呢。"

"不过，就算能晾在院子里，阳光照不进来，也干不透，所以全靠这家伙了。"平川敲着烘干机的侧面说。

那台机器里藏着什么可疑的东西——这种事情并未发生，而且即使不仔细检查房间，也能一目了然地看出，这里没有任何秘密通道。

接着穿过走廊，来到回廊。

"我们从左边开始，一个房间一个房间地调查吧。"

众人按照深浦的建议，从五号房开始依次调查。

五号房是这栋宅邸的主人骉木的房间。大小和构造，都和其他的房间没有区别，只是个普通的房间。但是——

"哇……"

——所有人都被震撼了。

房间的墙壁全被改装成书架，从天花板到地面，都被各种各样的书填满了。

另一边，狭窄的房间中央，有一张倾斜的制图台和一把黑色皮椅，桌椅都固定在地板上。

"我听说骉木先生搬来这里时，把大部分藏书都处理掉了。所以这个房间里，只有那些真正重要的、经过严格挑选的书。"

经过严格挑选之后也有这么多啊——大家惊愕地环视房间。

"没有床吗？"

平川回答了深浦的问题："虽木先生不用床，而是靠在那边的椅子上休息。他说只要一躺下，想法就会从脑袋里溜走……"

"这样能保证睡眠充足吗？"

"我也不清楚。不过虽木先生说过，他一天只睡两个小时左右。好像原本就是这种体质，很厉害吧？对于我这种爱睡懒觉的人来说，真是有些难以置信。"

不过，这种奇谈怪论倒也符合虽木的性格。

众人一边感受着井然排列的书籍所带来的压迫感，一边小心翼翼地取出书本，连里面的墙壁都仔细地检查了一遍。

然而这里并没有藏着什么东西，当然也没有发现虽木本人的踪迹，于是大家就这样离开了五号房。

六号房是南部的房间。

深浦站在挂着闪闪发亮的"6"号金属牌的门前，回过头来说："那么……我是医生所以已经习惯了，各位准备怎么办呢？"

这是在委婉地问大家，是否有勇气再次走进那间横着尸体的血腥房间。

"我去。"十和田立刻提出同行。

"我……我也去。"蓝子也举起右手。

"不用勉强的。"

"不，不要紧……我没事。"

作为一名有野心的记者，即使知道前方有惨不忍睹的场面在等着，也必须深入其中。

十和田在蓝子耳边悄声说："胆子很大嘛，不愧是蓝子。"

"女人就是要有胆量。"蓝子冲十和田咧嘴一笑。

"那我们进去吧。"深浦打开门。

考虑到留下的三个人，蓝子他们先一起走进两扇门之间，然后才打开第二扇门。一瞬间——

"呜……"

铁锈味扑鼻而来。

那是一种让人本能地想要逃离的气味。蓝子捂着嘴，拼命压抑着从喉咙深处涌上来的东西。

"房间好像没有被破坏的痕迹。"十和田面不改色，淡淡地说。

"也就是说南部先生没有抵抗吗？"深浦接道。

"是的。这么说来，袭击南部先生的，应该是他很熟悉的人。"

"确实，如果陌生人突然闯进房间，起码会以某种方式抵抗吧。"

——换言之，果然是他认识的人，也就是黑石开的枪吗？

十和田仿佛要把脸贴在布满血迹的地板上似的，仔细查看着，忽然，他从地上捡起什么东西。

表面染成红色的小块金属碎片——是子弹。

十和田轻轻地把这枚可能导致了南部死亡的铅弹放在尸体躺着的

床上。

之后，蓝子他们又仔细调查了南部的房间，但最终还是什么都没能发现。

就这样，众人又调查了七号房、八号房，穿过回廊向左转，途中往右看，依然能看到被插在细杆顶端的螽木的身体。他们接着回到一号房，从那里开始按顺序走到四号房，将每个房间的每个角落都搜了个遍。

当然，蓝子的房间——三号房也不例外。

十和田把手放在蓝子的行李箱上，想要仔细检查里面时，蓝子吓了一跳，但是看见箱子最上面是蓝子穿过的旧衣服——包括内衣——十和田便没有进一步调查。蓝子心里松了口气。

最终，众人连每个房间的床底下都检查过了，并未发现有人藏匿，也没有任何隐秘的通道。床原本就是直接嵌在地板上的，连可以藏人的缝隙都没有。

唯有一点，一号房和八号房都有一个显著的特征——窗户。

只有这两个房间，在左墙面和右墙面上有大小相同、边长一米左右的正方形窗户。窗户可以通过上下提拉的方式开合，而且和各个房间的门一样，没有锁。

值得一提的是，黑石的房间——一号房的窗户，打开了约五十厘米的缝隙。

为什么开着？理由显而易见。

蓝子战战兢兢地从缝隙间探出头往下看，黑石的尸体正仰面躺在那里。

"在正下方。黑石先生果然是从这里掉下去的。"

深浦说完这句话后，大家都点了点头。

"结果……没有任何可疑之处呢。"回到餐厅的深浦坐在椅子上，低声说，"既没找到什么工具，也没发现秘密通道和隐藏房间。也就是说，我们现在可以确定，这座眼球堂里只有餐厅和厨房，用人房和仓库，然后就是从一号房到八号房的几个房间，以及回廊。当然，也没有藏着任何可疑的人。"

"您说得没错。"十和田点了点头。

深浦继续说道："结合以上条件，再重新梳理一遍，我还是认为杀害南部先生的是黑石先生。南部先生毫无疑问是被枪杀的，而能让黑石先生跳楼自杀的地方，只有一号房的窗户。从间接证据来看，只能得出我刚才的结论。当然，聂木先生的事，还不是很清楚，或许就像黑石先生所想的那样，他被南部先生杀死了，又或者他现在正在某处继续说着那些毫无意义的戏言……但是……"深浦停顿一下，说出了结论，"目前并不存在能对我们构成直接威胁的东西。总之，我认为现阶段可以这样断言。"

十和田默默点了点头，但是他的眉间却蹙起一道深深的皱纹。

蓝子多少能理解十和田的心情。

深浦对这一系列事件的解释，对众人来说是比较容易接受的，因为按照这种说法，事件就只与骉木、南部、黑石这三人有关。反过来说，除此之外的人都是毫无关系的旁观者。谁都不想成为这种奇怪事件的当事人，正因如此，深浦的推理才会充满吸引力，也容易让人接受。话虽如此，但有吸引力、容易接受的东西，不一定就是正确的。

十和田心里一定有无法释怀的地方，所以他才会针对深浦的想法，提议先搜查一遍房子。

但结果也只是间接佐证了深浦的推理而已。

尽管无法接受，但还是不得不点头认可深浦的推理——正是这种纠结的情绪，在十和田额头上刻下了沟壑般的皱纹。

蓝子将目光从十和田身上移开，抬头看向窗外。

乌云密布的天空比刚才稍微亮了一些。

蓝子叹了口气，放松肩膀，这才意识到自己现在非常疲惫。

时间已过正午。

室内搜查足足花了三个多小时，当然会疲惫。

桌上，不知何时已经摆好了细心的平川准备的日本茶。

十和田皱着眉头，发出"咻咻"的声音小口啜着茶。

蓝子也学着他的样子含了一口茶，缓缓咽了下去。

那股温暖，就像在慰劳她一般，一点一点地渗入她的骨髓中。

4

午休时间，大家在餐厅里碰面，却什么话也没说，只是各自在桌前心不在焉地打发时间。

方才平川询问午餐怎么办，却没有人作出回应。与昨天还沉浸在解谜游戏中的心情不同，如今"有人被残忍杀害"的事实已经明了，况且看过南部那溅满血沫和脑浆的尸体后，不可能会有食欲。

结果，除了偶尔起身去泡茶的平川之外，没有人想要从椅子上站起来。

半眯着眼一动不动地盯着桌面的深浦，手撑着脸表情始终严肃的三泽，低垂着头发出轻微鼻息声的造道，茫然眺望着窗外低垂的云海的平川，像鸽子一样伸着脖子不停地四下张望的十和田，然后还有蓝子，就这样，六人仿佛在互相试探彼此心里的想法似的，在压抑的沉默中，无所事事地等待时间一分一秒地过去。

不知过了多少分钟。

坐在旁边的十和田忽然把脸凑到蓝子耳边问："蓝子，你现在有时间吗？"

突如其来的问题把蓝子吓了一跳："时间？呃，有倒是有……"

这样回答后，蓝子立刻反应过来十和田的问题有些古怪。在这种情况下，怎么可能没有时间？

莫非这个男人有什么企图？

十和田点点头，顿了一下说道："那你能陪我一下吗？有件事我有点在意。"

"有点在意？是什么事？"蓝子眯起眼睛。

十和田压低声音，用只有蓝子能听得见的音量小声说："我想再确认一次，这座眼球堂里除了我们，还有没有其他人。"

"还有没有其他人……"

蓝子一脸讶异地歪着头。

除我们之外还有没有其他人——这不是刚才搜查房子的时候就已经确认过的事情吗？

十和田看着蓝子，慎重地说："刚才有漏掉的地方，我要去确认一下。"

"有那种地方吗？"蓝子反问道。

十和田不耐烦地皱起眉头："行了，废话少说，跟我来就是了。你不是我的助手吗？"

明明刚才还在问有没有时间，现在却又强迫别人跟他一起去——我行我素也要有个限度吧，蓝子心想。但另一方面，十和田一如往常的样子反而令她感到安心。

真实——如果十和田不像平时的十和田了，那才令人困扰呢。

"我知道了……好吧。"

"是吗？那……"咣当一声，十和田猛地站起身来，"深浦先生。"

"嗯？"突然被叫到名字，深浦困惑地应道，"突然怎么了？十和田先生。"

"我想和蓝子一起去回廊看看，可以吗？"

"只有你和陆奥小姐两个人吗？这……"

深浦眼皮微微颤动着，似乎想说些什么。

还是别去比较好吧——他一定是想这么说。然而，十和田不等深浦开门，就自顾自地说道："没关系，我们两个只是去随便看看，马上就回来。"

"嗯，嗯……"或许是因为刚才被打断，深浦把话又咽了回去，眨了两三下眼睛，然后勉强挤出声音道，"我明白了……好吧。不过，请一定不要破坏现场，也不要乱动东西，否则会影响之后警方的调查。"

"那当然。"十和田一副得逞的样子回答道。

蓝子跟着十和田来到回廊。

只见他穿过大门后立即右转，以快得不像人类的速度在回廊上疾步奔走。蓝子从背后叫住大步流星的十和田："等，等一下，十和田先生。"

"什么事？"十和田头也不回地回答。

"你要去哪儿？"

"刚才不是说了吗？去回廊，有个地方刚才漏掉了。"

"所以我才问你那个漏掉的地方到底是哪儿呀。"

说什么"废话少说，跟我来就是了"，却不告诉别人"什么地方""什么事情"这些重要的信息。十和田的态度一如往常，但正因为一如往常，才更让人生气。

"再说了，除我们之外真的还有其他人吗？这件事刚才搜查房子的时候不就已经确认过了吗？"

"不，有的。"十和田干脆地回击了蓝子满肚子的牢骚与疑问，"有一处没检查到的地方，那里可以藏人。"

"所以，我不是一直在问那个'那里'到底是什么地方吗？"

面对追问个不停的蓝子，十和田不耐烦地回过头，用手指向前方。

十和田的手指正好越过黑与白的分界线，指尖前方是一扇巨大的窗户。那是环绕着明回廊整体的那面看不见接缝的落地窗。

"窗户……外面？"蓝子目瞪口呆。

十和田淡淡地说："回廊外面。白色容器的庭院里。"

十和田站在回廊尽头，将玳瑁框眼镜扶正，眯起眼睛看着白色容器。

快步追赶上来的蓝子一边喘着粗气，一边学着十和田的样子，眺望眼前的景象。

朦胧的灰色光芒，从厚厚的云层间倾洒下来。或许是气温下降的缘故，整个眼球堂都笼罩在雾霭之中。

团着乳白色雾霭的白色容器里，耸立着形状各异的白色柱子，宛如一个接一个的几何图形从一碗轻轻摇晃着的浑浊牛奶中脱离而出，向天而去，形成一幅神圣的光景。

"好美……"蓝子看着这梦幻般的画面不由得出了神，喃喃自语道。

这就是神赐的景色吧？

没错，真实——创造出这座建筑物的，正是神。

但是，跃入视野的骉木的尸体，让蓝子顿时恢复了理智。

"然后呢，十和田先生，你说那个人会躲在哪儿？"

"还看不出来吗？就是那里。"十和田指着窗外的一根柱子。

"柱子吗？"

"没错。那些柱子后面可能藏着什么人。"

藏着人？这是什么意思？蓝子眨了眨眼。

十和田接着说："我在考虑这样一种可能性……也就是，那根柱子后面可能藏着某个人，而那个人一到半夜就会潜入眼球堂内行凶。"

眼前的绝景中，可以看到二十七根柱子。

其中，贯穿晶木尸体的柱子太细，后面不可能藏人。不过其余二十六根柱子中，有的直径将近三米，人想要躲在其阴影中，也不是不可能。

但是——

"按照十和田先生的说法，那根柱子后面可能藏着一个人，不过我觉得这有点困难吧？"蓝子摇了摇头，"那里确实可以藏人，但是空间不会太过狭窄吗？"

"你的意思是？"

"十和田先生说过'视角没有被固定，可以在黑色建筑物中直径约四十米的范围内移动'，视角只有一处的话，死角范围可能会很广，视角范围有四十米左右的话，能成为死角的地方本身就会变得相当狭窄。我实在很难想象有人可以藏在那么狭小的地方。"

"你说得倒也是。"

见十和田难得没有反击，蓝子又补充道："而且就算真的有人，十和田先生的想法也有一个很大的问题。"

"嗯？"十和田重重地点了点头，似乎已经明白蓝子要说什么似的，催促她道，"你说说看。"

"那就是要怎么从白色容器的底部爬到这里来。有人躲在柱子的阴影里，每天晚上都会悄悄爬进来。假如认可这个说法，就等于在说那个人能够爬上十米高的地方。那他究竟是怎么做到的呢……这和南部先生'顺着细杆攀爬上去'的假说不成立的理由是一样的。"

"你说得没错。"十和田抱着胳膊，"但是，比起'顺着柱子攀爬上去'，这个猜想可以延伸出更广泛的推理。比如，柱子后面有没有可能藏着梯子？柱子的高度都在十米以上，因此，柱子后面可以隐藏和这个回廊同样高的梯子。这样一来，那个人就可以使用梯子爬到这里来了。"

"嗯……"蓝子模仿十和田的样子抱着胳膊，一边思索一边回答，"我觉得很困难。"

"理由呢？"

"这个容器，是大理石做的吧？"

"是的。"

"那容器底部，也是一样。"

"正是。"

"十和田先生，你之前不是说过吗？'大理石很滑'。"

"我的确说过。"

"梯子需要倾斜放置才能立住。架梯子的时候，如果下面是土或混凝土还好，但毕竟是大理石，应该很容易滑倒吧？从这里看，下面也没有可以抵住梯子腿的凸起……"

"也就是说，梯子根本架不稳。"

"就是这么回事。"

"我很赞同蓝子你的意见。"十和田用力点了点头，"容器底部是滑的，所以很难使用梯子。这是物理学上的事实。提高摩擦系数的方法不是没有，但即便如此，十米高的梯子上部没有固定的话，仍然很危险。所以这种高风险的方法应该首先就会被排除吧。那么除此之外还有什么方法呢？比如，有没有使用绳索的可能性？通过垂下来的绳子上下移动。但是这种情况下，也会面临绳子上端如何固定的问题。到头来，即使柱子后面真的藏有人，那个人想要潜入眼球堂内部也是极为困难的。此外，还有另一个可能性，就是有人事先藏在眼球堂的屋顶。但是这也不太现实，因为从明回廊和餐厅都能将屋顶尽收眼底。"

"什么嘛，原来你都知道啊。"

"嗯。"

看来十和田是明知故问。

蓝子感觉自己被耍了，鼓起腮帮子气呼呼地说："既然你都知道，那为什么还特意带我来这儿呢？"

"因为我觉得，如果是你，可能会说出一些异想天开的话。"

"异想天开？"

"嗯，蓝子……不知道你自己有没有察觉，你拥有非常敏锐的直觉，正因如此我才觉得，面对这个看似不可解的状况，你可能会说出什么异想天开、乱七八糟、荒唐无稽的想法。"

"啊？你这不是在损我吗？"

"没有这回事。"十和田看着怒目圆睁的蓝子，若无其事地说，"我只是想说，无论在什么情况下，为了打破困局，天方夜谭的想法都是不可或缺的。我觉得这座眼球堂里，沉睡着我们想也想不到的秘密。刚才我提出的柱子后面可能藏着人的想法，也是为了解开眼球堂秘密的一种思路。虽然从眼前的情形来看，我们只能完全驳回这个想法，但毫无疑问，这种稀奇古怪的想法正是解决问题所必不可少的要素。"

"哦……"

"没有解不开的谜题，但想要解开谜题，仅靠常识是不够的。类似的事情在数学世界中也经常发生。比如，零、负、平方根和虚数的发明都是如此，之前讲过的平行公理问题也一样。正是这些乍一看似乎脱离常规的想法，解开了不可思议的谜题，推动了数学的发展……而且，你时不时地会说出令我极为震惊的话。无论是日常生活中，还是数学问题上，我不止一次因为你的一句话而茅塞顿开。"

"有这种事吗？"

"有的。对你来说，可能只是随意的，甚至都不会留在记忆里的话吧。从这层意义上看，你的直觉和想法不容小觑。说到底，如果没有这个优点，我有什么理由容忍你两年来的纠缠呢？"

"总而言之，十和田先生是因为我有时会说些奇怪的话，才允许我跟着你的？"

"没错。"

"你现在带我来这里，也是期待着我能说出什么有趣的话？"

"正是。"

"这算什么啊？我……是小丑吗？"

蓝子的表情复杂，不知是生气还是无奈，十和田却满不在乎地说："小丑，这个比喻太妙了。"

"唉——"

蓝子觉得说再多也没用，只好长长地叹了口气。

就在这时。

——咻，咻。

蓝子耳朵里，突然传进一个微弱的声音。

那声音就像有人在吹着发不出声音的笛子，莫名地带有一丝丝寒意。

察觉到蓝子表情有变，十和田问她："怎么了？"

"没事，那个……你有听到什么声音吗？像口哨一样的。"

"口哨？啊，真的，确实有那种声音。我记得刚才好像还没有，这是什么声音？"

十和田东张西望，最后把脸凑到回廊的窗户上："原来如此……我明白了，是这个。你来看。"

十和田指了指下方。

回廊尽头的那扇推拉式窗户的下端，被打开了一条极小——不到一厘米——的缝隙。

"有缝隙欤。"蓝子说。

这条缝隙，恐怕在搜查房子的时候就已经有了，但是当时并没有人注意到，因为那会儿没有刮风。现在气温下降，山风吹起，所以缝隙的存在也就暴露了。

不过话说回来，为什么窗户是开着的？是谁特意打开的吗？是平川吗？也可能是剩下的人当中某个人打开的。但是就算是这样，那个人又是什么时候打开的呢？

十和田突然开口道："蓝子，我有两个问题想问你。"

"啊？"面对突然的提问，蓝子有些慌张地看着十和田，"有两个问题？是什么？"

"第一点，是关于深浦先生的猜想。"

"你是指刚才深浦先生说的，'南部先生杀了聂木先生，怀疑这一点的黑石先生又不小心射杀了南部先生，然后因为罪恶感而自杀'的那个猜想吗？"

"是的。你怎么想？"

"我吗？我……"想了一会儿，蓝子回答道，"嗯……我觉得有一定的道理。黑石先生那种身份的人很容易弄到手枪，而且他摔下去的地方，又是自己的房间一号房的正下方，对了，更重要的是，黑石先生确实怀疑过南部先生。"

"黑石先生怀疑过南部先生？"十和田眯起眼睛，"你听起来很肯定，为什么这么说？"

"那是因为……黑石先生昨天私下来过我的房间，他确实说过这种话。"

——我认为这是一起凶杀案，骉木先生是被人杀害的，然后，凶手就是南部先生。

昨天傍晚，黑石在蓝子的房间里，确实这么说过。

因此毫无疑问，黑石认定南部就是凶手。

"嗯……"

见十和田陷入沉思，蓝子连忙补充道："啊，但是我也没有百分之百接受深浦先生的说法哦。因为他的说法中也有好几个想不通的地方。比如，假设深浦先生的推理是正确的，那么昨晚黑石先生和南部先生就都在南部先生的房间里，这就说明，他们两人的房间没有被上锁，对吧？可是，昨天晚上我在自己的房间里确认过，房门是锁住的。难道昨晚碰巧只有南部先生和黑石先生的房门没有被锁吗？会有这么巧的事吗？"

十和田一言不发地听着蓝子的话。

蓝子继续说道："而且，说黑石先生自杀，我还是觉得有些牵强。"

"此话怎讲？"

"虽然这么说不太好，但是我不认为黑石先生是会因为这种事就自杀的胆小之人。"

黑石是老谋深算的政治家，虽然不是直接的，但也手握着左右数百万人命运的权力。实际上，他肯定也曾间接地把人逼上过绝路。说到底，过于敏感的话，在日本是从事不了政治家这类职业的。

诚然，身为受害者的南部是日本物理学界的代表人物，拥有别人无法替代的头脑，但是即便黑石杀害了如此重要的人物，也很难想象他会因为这件事就痛苦得自杀。更何况假如深浦的说法属实，那么南部不仅是物理学家，还是个杀人狂，黑石的开枪也就可以解释为正当防卫，他完全可以将自己的行为正当化。

"嗯……你说得一点都没错。"十和田用手托着下巴，低声说，"我也不认为深浦先生的说法是正确的。但是，如果问我'那什么才是正确的'，我仍然回答不上来。老实说，我现在很痛苦，也很焦躁。"

蓝子沉默了。

十和田继续说："虽然这只是我从作为数学家的经验中习得的真理，但是试图证明定理时，尤其是想要琢磨出 *The book* 级别的东西时，往往伴随着生不如死的痛苦。没有线索，也没有思路，只能在痛苦与烦恼中不断挣扎。打个比方，就好像被扔进了一个漆黑的房间里，但是在摸索房间的过程中，慢慢地便能看清事物的轮廓。房间里哪里有家具，哪里有花瓶，这些都可以模模糊糊地感知到。然后……"

十和田突然"啪"地一下，将双手在蓝子面前张开："某个瞬间，只需一个小小的契机，所有的一切都会变得明了，就像找到房间的电灯开关一样。随后，一切便会暴露在灿烂的光芒之下，到那个时候，我就会想……'啊，这就是 *The book* 的定理'。"

"但是，现在还没到那个时候。"

"没错。"十和田点了点头，"我们还处于在黑暗中摸索的阶段，但是……"停顿片刻，十和田用认真的眼神看着蓝子，"总有一天，开关一定会被找到，灯一定会亮起来，所有真相都毫无保留地被揭开的时刻一定会到来。至少，我这样相信着。"

"嗯……"

"然后，关于第二点。"十和田忽然语气一转，唐突地说，"善知鸟神。"

"善，善知鸟……神？"

天才建筑家的孩子，天才数学家——

听见十和田突然说出这个名字，蓝子反射性地绷紧了身体："怎么了？这么突然。"

"没什么突然的。蓝子，我想听听你的真实想法，善知鸟神……你觉得他在这里吗？"

"在这里？你是说……善知鸟神吗？"

蓝子不禁蹙起眉头。这个叫十和田只人的男人在这种时候，在这种地方，突然说什么呢？

但是蓝子知道，十和田的观察，总是带有某种意义的。蓝子比任何人都清楚，正是这种深邃的洞察力，使他成为一个优秀的数学家，一个超越常人的天才，而不仅仅是一个怪人。

所以——

蓝子沉思了一会儿，回答道："也许……在吧。不过如果真是那样，谜团只会越来越大。"

十和田听完蓝子的话，顿了顿说："这样啊……"接着，他只是轻轻点了点头。

然后，十和田突然像什么都没发生过一样，摆出平常的表情，抬起头说："那么……蓝子，还有一个地方我想让你陪我去，可以吗？"

"你还有想去的地方啊？"蓝子用抱怨的语气说着，无奈地耸了耸肩。

但其实，她心里已经决定跟十和田走到底了。于是，蓝子苦笑着说："嗯，可以是可以，那么这次要去哪里？"

十和田面无表情地回答："一号房。"

5

再次打开一号房——黑石的房间的门。

一进门，十和田就跑到房间左侧的那扇正方形窗户前，开始调查细节。

窗户和刚才来检查时一样，下方开着一条五十厘米左右的缝隙。十和田一会儿"咔嗒咔嗒"地上下推拉窗户，一会儿把眼睛凑到几乎要贴上去的距离仔细观察窗框，然后不停地重复着这一系列动作。

从那个缝隙往下看，应该能看到黑石的尸体。但事到如今蓝子并不想再去确认这件事，就算再确认一遍，尸体肯定也还在那里，看了也不会有什么改变。

"嗯……我现在才注意到，窗户不是双重的。"十和田用手指抚摸着窗框低声说道。

确实，眼球堂的窗户都是单层的，门有双重的，也有不是双重

231

的，然而为什么窗户却没有双重的呢？

将门窗设计为双重式的理由有很多，最常见的是为了保温，双重窗和双重门之间有空气层相隔，能够防止热量流失。或者是为了隔音，利用间隙吸收声音的作用，阻绝声音的传导。

反过来再看一号房，便有些古怪。门是双重的，窗户却只有一层。

如果双重门的目的是保温和隔音，那么窗户也必须是双层的才有效果。可是一号房的窗户却是单层的，这究竟是怎么回事呢？

难道只是单纯的设计失误？然而这可是世界级建筑大师毳木的设计，不可能出现这种低级错误。这些或双重或单层的设计，一定有其明确的意义。

也就是除了保温和隔音之外的、更重要的理由。

"为什么不设计成双重窗呢……"

十和田自言自语道。

然而，这句话再没有后续了——

蓝子装作没听见的样子，离开窗边，将目光投向房间的床。

床单虽然有些凌乱，但枕头好好地放在正中间，被子也整整齐齐地折成方块放在床的一角。黑石虽然外表粗野，但意外地是个一丝不苟的人。

床边放着一个铝制行李箱，应该是黑石的东西。

蓝子伸出手，把箱子拉到跟前。

行李箱提手的两侧，有两个三位数的密码锁，但是没有拨动那些数字，行李箱很容易就被打开了，里面只有衣服、洗漱用品、几份报纸、钱包和名片夹。

钱包沉甸甸的，分量感十足，不用特意检查也能推测出里面是什么样子。打开名片夹，里面塞着一叠只写着"众议院议员黑石克彦"几个字的名片。

大致检查一遍后，蓝子又将所有物品放回原处，一言不发地关上了行李箱。

行李箱并没有上锁，里面的东西也都只是短途旅行用的。对于一个携带手枪的人来说，这些随身物品看起来似乎完全没有紧张感。

"喂，蓝子，你过来一下。"突然，十和田叫道。

"啊，好的。"蓝子一边应声，一边跑到十和田身边，"怎么了？"

"你看这个。"说着，十和田突然用指甲挠了挠窗框。

"啊！你在干什么？"

"我在挠窗框啊，你看不出来吗？"

"这个我知道。"

我想问的是你为什么要这么做——蓝子因为十和田的答非所问而焦躁起来。

十和田接着说："你看，我还没怎么用力，窗框上就留下白色的痕迹了。"

"好像确实是这样。所以呢，这又怎么了？"

"说明这个窗框是用软木做的。"

"哦……"

窗框是用软木做的，所以很容易留下划痕。

这一点没错，一看便知。但这又能说明什么呢？

然而，这件事不知为何引起了十和田的强烈兴趣，他用指甲反复挠着窗框，不停地往上面添加着新的划痕。

"这样会破坏现场的，不用挠这么多下吧……"

"管他的。而且……你看。"十和田一边看着蓝子，一边把手搭在窗框上——

"砰！"他猛地将窗户往上抬起。

然而，留有约五十厘米宽缝隙的窗户发出"咣、咣"的声音，纹丝不动。

"咦，打不开了吗？"

"看来窗框里好像有个支架，没法再往上抬了。"

"啊，一定是防坠落的措施吧，不让窗户开得太大，以免有人不小心摔下去……咦？"

蓝子皱起了眉头。十和田咧嘴一笑，露出犬齿："注意到了吗？"

"嗯。"蓝子点头，"黑石先生是从这扇窗户跳下去自杀的吧？可是，如果真是那样，黑石先生就是从这条狭窄的缝隙里钻出去的……"

"像深浦先生和三泽小姐那样身材纤细的人倒也罢了，黑石先生那种体格壮硕的人，怎么想也不可能从这条细缝里钻出去。"

"嗯……"蓝子沉思几秒，回答道，"话虽如此，但或许……也不是完全没可能啊。黑石先生确实很胖，但是努力一下，应该也能把肚子收起来吧，毕竟脂肪是软的。"

"你的意思是，黑石先生可能是一边收紧肚子上的肉，一边拼命从这条狭窄的缝隙里钻出去，然后自杀的？"

"嗯。"

"那也太不自然了吧？"

"哪里不自然了？"

"如果是我，就不会这么麻烦，直接从回廊尽头跳下去不就好了。"

"啊？"

见蓝子瞪大眼睛，十和田接着说："就算不勉强自己穿过这里的窗户，走廊尽头的窗户也能打开，而且开启面积更大。黑石先生应该也马上就能想到这一点。"

"确，确实……"

"容易受损的窗框上没有划痕这件事情也很不自然。如果是硬钻过去的，窗框上多少会留下被手或脚刮花的痕迹，但这上面完全没有那种痕迹。"

"嗯……"蓝子双臂交叉抱在胸前。

如果深浦的推理属实，黑石的身体就是强行从这狭窄的缝隙中钻出去的。

但是，现实中大腹便便的人如果想要跳楼自杀，自然不会选择这种连钻过去都困难的地方，而是会选择更容易跳下去的地方，也就是回廊的尽头。

况且就算黑石确实是从这扇窗户跳下去的，窗框上也多少会留下痕迹。但是现在完全找不到那样的痕迹。

"确实很不自然。黑石先生真的是从这里跳下去的吗？"

面对蓝子的提问，十和田举起双手："不知道，现在还不知道。但是唯有一个事实是清楚的，那就是又有一个新的谜题摆在我们面前了。"

蓝子噤口不言，十和田又说："这座眼球堂里全是谜。眼球堂本身的构造之谜，矗木先生死亡之谜，我们被困之谜，现在再加上黑石先生死亡之谜。从根本上来说，这些谜为什么会出现在我们面前，其目的又是什么，这些事情本身就是个谜。但是……"十和田换了口气，继续说道，"我能感受到，在这座眼球堂中提出谜题的主体……他或是她，这个人内心自始至终贯彻着一种思想。那是一种认为人的生死不值一提，犹如无机物般冷酷的思想。倘若真是如此，那么他或是她，为何会拥有那样的思想？那种思想具体又是什么？归根到底，那个主体究竟是谁？坦白地说，我完全想不明白。话虽如此……"

"话虽如此？"

"可以肯定的是，既然这些谜题已经被摆在我们眼前，我们就有作为当事人去解开这些谜题的义务。所以我们必须竭尽全力，找出正确答案。"

蓝子一言不发，但还是点了点头表示同意。

谜——

蓝子想，正如十和田所说，眼球堂里全是谜。

然后，人们正迷失在这些谜团之中。谜究竟是什么？为什么会出现谜？目的是什么？解在哪里？不，最重要的是——创造出这些谜的人，究竟是谁？

但现在，真实——只有神知道。

听着十和田的话，蓝子抱紧自己的双臂，不安地蜷缩起身子。

十和田和蓝子离开一号房，径直朝餐厅走去。

马上就回来——话是这么说，但现在他们已经离开餐厅两个多小时了，再怎么说时间也太长了，可能会让深浦他们担心，搞不好还会受到奇怪的怀疑。

蓝子小跑着跟在步履如飞的十和田后面。

然后，正在两人要进入餐厅的时候，十和田不知为何突然停下脚步，面朝着与餐厅的门相反的方向。

"十和田先生？"

蓝子从侧面探头看着十和田的脸，想知道他在干什么。

而十和田只是隔着鼻尖上的眼镜，一动不动地俯视前方。

"十和田先生，你怎么了？"

没有回答。

蓝子顺着他的视线看，前方是前室的门。

莫非，十和田觉得前室的门可以打开了？

蓝子这么想着，走过去从旁边抓住门把手，试着拉了一下。

——咣、咣。

前室的门还是老样子，无论拉多少次，都只会发出金属零件被卡住的声音，根本打不开。

"果然还是打不开啊，十和田先生。"

但是，听见蓝子的话，十和田却——

"嗯，我想也是。而且……"

"而且？"

"不……没什么。"

十和田丢下这句话，便转过身，滑进了餐厅的门。

"真是的……"

完全搞不懂他的意思。

这个男人一有机会就会做出这种奇怪的举动。真实——连神都无法预测的不可思议的行为。

蓝子脸上露出郁闷的表情，跟在十和田身后穿过餐厅的门。

6

"咦？"

餐厅里只有深浦一个人。

厨房里传来了流水声，想必是平川在那里，但是其他人都不在。

十和田一言不发直接在桌前坐了下来，蓝子只好代替他问深浦："大家都去哪儿了？"

深浦转过头回答道："十和田先生和陆奥小姐离开餐厅后，三泽小姐和造道小姐也回房间了。看样子两人的身体状况都不太好。"

"这样啊。"

蓝子皱起眉头。这种情况下，其实应该尽可能地避免单独行动。

深浦继续说："平川说，今天的晚餐也定在晚上七点。她们两人到那个时间也会再来餐厅的。"

确认了一下时间，已经下午五点多了。

窗外夜色开始降临，感觉日落的时间比昨天早，大概是低垂的云层遮住了阳光的缘故吧。

蓝子停顿了一下，问深浦："三泽小姐和造道小姐应该不要紧吧？"

"据我诊断，她们并没有感冒或者发高烧，应该没什么大碍。大概是紧张和疲劳引起的身体不适吧。"

"这样啊，那就好。"

"早知道会变成这样，就应该带些基础的药来。听平川说，这里连常备药都没有。要是能开点退烧药或者胃药就好了。"

"开药"这个词，让蓝子再次意识到深浦是一位医生。

深浦小口喝着桌上的茶，担心地说："如果到七点她们还没来餐厅的话，或许我们应该去看看情况。"

如果到七点她们还没来餐厅的话，那会是因为身体状况恶化吗？还是——

"怎么了？"

"啊，不，没什么。"蓝子敷衍地咳了两声，转换话题道，"对了，我有一件事想问您。"

"什么事？"

"深浦先生还是认为是黑石先生杀了南部先生，然后自杀了，对吧？"

"没错。"深浦沉着地点了点头，"这样想不是最合理的吗？"

"的确很合理，但是……"蓝子漫不经心地抛出心中的疑问，"黑石先生是那么轻易就会自杀的人吗？"

虽然措辞很委婉，但问题本身却是直接的反驳。

当然，蓝子已经做好深浦可能会生气的心理准备。但是——

"没错……陆奥小姐你指出的这一点很有道理。"深浦表情凝重，长长地叹了口气，"我的想法只能说是现阶段最为合理的，但是如果要问我这个推理是不是一点瑕疵都没有，我也不敢断言。"

"也就是说……您认为自己的想法不是绝对的？"

"没错。所以如果有人提出更好的想法，我就会支持那边。毕竟我的推理中无法自圆其说的部分太多了。特别是陆奥小姐指出的那点，黑石先生的自杀行为，在心理学上是说不通的，这构成了一个巨大的瑕疵。最重要的是……"

"完全没有解释晶木先生尸体的谜题。"十和田突然插嘴道。

"正是如此……"深浦轻轻点头，"暂且不论黑石先生和南部先生的事件，晶木先生为什么会变成那样？谁会做出那种事情？我的推理中完全没有关于这几点的说明。所以作为一个假设，它是不完整的。"

"不过深浦先生，您刚才不是对自己的说法很有自信吗？"

"那是当然。为了平复大家的不安，在那个场合下有必要强势地提出一个有理有据的观点。"

确实，当时看到两具新的尸体，大家都相当动摇。特别是三泽，一看就知道她陷入了恐慌。

在那种情况下，如果认为那些事情都是来路不明的陌生人所为，自己也会面临同样危险的话，三泽肯定会因为恐惧而变成半疯狂的状态。

用一种看似合理的说法，先让大家冷静下来——深浦做出了和昨天的南部同样的事。

"然而话虽如此，如果要我说真心话，其实我自己对这个推理也没有十足的把握。"

深浦垂头丧气的样子，证明他自己也抱有和蓝子、十和田同样的疑问。

过了一会儿，深浦问十和田道："十和田先生您怎么看？"

"我吗？我……"十和田将视线转向斜上方，做出若有所思的动作后说道，"我一直在思考，究竟怎样才能将叒木先生的尸体插到那根柱子上。"

"您的意思是？"

"这座眼球堂里发生的事件，所有的一切，都是从叒木先生那具奇怪的尸体开始的。既然如此，只要解开叒木先生死亡之谜，之后的南部先生和黑石先生死亡之谜，也会像顺藤摸瓜似的全部解开。"

"十和田先生您认为，叒木先生的死，与南部先生及黑石先生的死之间不是毫无关联，而是有着密不可分的联系的？"

"没错。"

"那么，您已经知道他们三人的死之间有什么联系了吗？"

"不，还不知道。"十和田用力摇了摇头，"说来惭愧，我完全想不明白。不过，我总觉得只要解决了通往真相的第一个谜团，一切都会自动解开。"

"这些事件之间是密切相关的……啊，所以您才用了'顺藤摸瓜'这个词？"

"正是。就像多米诺骨牌效应，只要轻轻推动第一枚骨牌，其余的骨牌便会一个接一个地依次倒下。理想的解题过程原本也该如此，先优雅地发起第一次进攻，紧接着才能华丽地推导出最终结论。唯一的问题就是，要知道从哪里、用什么方式发起这第一次进攻。"

"原来如此。"深浦把身体靠在椅背上，从鼻子里呼出一口气，"十和田先生所说的'第一次进攻'，就是插在那根柱子上的鬣木炀尸体之谜？"

"没错。"十和田重重地点了点头，"眼球堂的一系列事件正是由那次冲击开始的，这个谜题，足以称得上是第一次进攻。"

"嗯。所以十和田先生才一直在思考如何将那个插到柱子上的吧？不过，虽然接下来的问题可能又会让讨论陷入来回兜圈子的局面，但我还是想问，那具尸体到底是假的还是真的呢？"

见深浦陷入沉思，十和田顿了一下，说道："昨天，南部先生就这一点提出了几种假说。我认为那些假说都是错误的，不过现在或许可以重新考虑一下。"

"是那四种假说吗？"

"是的。"

蓝子回想起昨天南部提出的那些假说，也就是——

——从下方爬上去，放置尸体的假说。

——从回廊的尽头，投掷尸体的假说。

——使用直升机，从空中放置的假说。

——拉起绳索，通过绳子传送的假说。

"我不会逐一探讨这些假说。不过深浦先生，您有注意到这些假说里提到的'方法'可以分为三种类型吗？"

"三种类型？"深浦挑起一边眉毛。

十和田继续道："嗯。不只是那四种假说，只要想采取某种方法，就一定可以被分为这三种类型中的一种。简单来说，就是'上中下'。"

深浦露出诧异的表情，蓝子也疑惑地眯起眼睛。

十和田来回看着两人，继续说："没错，上中下分别是，'从上面放下去''从旁边移过去''从下面抬上去'的意思，表明了将骉木先生的身体移动到那根柱子尖端时，两者之间的位置关系。"

"位置关系？"蓝子歪着脑袋。

"啊，原来如此，我明白了。"旁边的深浦却轻轻点了点头，"上的意思是，从比柱子高的位置放置上去，使用直升机的假说就符合这种情况。下的意思则相反，是从比柱子低的位置抬上去，适用于从下方爬上去的假说。剩下的中的意思是，从相同高度的位置平移过去，从回廊扔过去和水平拉起绳索的假说都属于这一类。"

"完全正确。"

十和田一边夸张地张开双臂，一边继续说："我最关注的，是其中的'中'，也就是'从相同高度的位置平移过去'的方法。如果那根柱子上的尸体是通过某种诡计被放置上去的，那一定是可以被分到'中'这个类别里的方法。"

"这么说的依据是？"

"很简单，因为只有'中'的方法重力势能不变。"

"原来如此。"

"请问，那个重力势能是什么？"蓝子在旁边插嘴道。

话被打断的十和田霎时露出有些不高兴的表情，但马上继续说明道："蓝子，你应该也在高中物理课上学过的啊。所谓重力势能，是与物体高度有关的能量。一个物体沿着坡道从上往下移动，速度会越来越快，那是因为重力势能转换为了动能。同样的原理也适用于骉木先生的身体。"

"哦……"蓝子含糊其词地应了一声。

"十和田先生的意思是，如果想要移动什么，水平移动是最有效率的。"深浦微笑着补充道。

"嗯，那个，也就是说……高度不变的话，重力势能也不变，重力势能不变的话，就不会消耗能量，所以是最有效率的。是这个意思吗？"

"回答正确。总而言之就是，水平移动会更轻松。"

确实，符合上中下里面中的，有从回廊扔过去和水平拉起绳索两种假说。虽然这两种方法都很异想天开，但假如加上"能够从回廊无比精准地扔过去"或是"绳索一开始就已固定好并且上面挂有吊篮"等前提条件，反而可以说是最高效的方法。

换句话说，继续发掘"中"类型里其他方法的话，其中或许会有让人茅塞顿开的好方法。

那样一来，蓝子沉思片刻，突然蹦出一句："啊！我好像想到了。"

"什么？"

面对一脸惊讶的十和田，蓝子兴奋地说道："新的假说呀。将骉木先生放到柱子上的方法，符合上中下的中，而且还是之前没提到过的。"

"哦？"深浦饶有兴趣地探出身子，"是怎样的假说？请务必让我听听你的高见。"

"嗯。"蓝子微微抬起下巴，解释道，"那个方法就是……用木板。"

"木板？"

深浦眉毛抽搐了一下，蓝子继续说："嗯，细长的木板。回廊到柱子的距离有十五米，准备一根长度超过十五米的木板，从回廊尽头延伸过去搭在柱子上。这样，就能从上面走到柱子的顶端。"

"嗯……"

这是利用了柱子尖端和回廊的高度几乎持平这一条件。如果十五米的距离成了障碍，那么为了跨越这个障碍，只要造一座字面意义上的"桥"就可以了。

然而，深浦面露难色地回答："陆奥小姐，很抱歉，我不得不说这个方法恐怕很难实现。"

"是吗？"

"嗯。陆奥小姐是想在回廊尽头搭一根木板，让木板够到柱子，然后再从上面走过去对吧？"

"是的。"

"那要怎么支撑木板呢？"

"欸？"

"我知道木板一端可以放在回廊上，但是另一端怎么办呢？"

"呃，那个……悬在空中。"

"如果是这样的话，很遗憾，这个方法……"深浦连结论都没说完，就摇了摇头。

十和田补充说明了理由："听好了，蓝子。假设你把一根十五米长的木板架在空中，然后让一个人坐在木板的前端。这种时候，你知道走廊那一端会承受多大的力吗？"

"呃，这个……"

还没等蓝子回答，十和田就开口了，"用杠杆原理来计算的话，大概有七千三百五十牛。反过来说，走廊一侧必须有超过七百五十千克的重物，才能压住木板。"面对沉默的蓝子，十和田继续说，"解决这个难点的方法有两种。一种是将木板另一端搭在回廊对面那根柱子的尖端上。但是这种情况下，就无法用柱子尖端贯穿骉木先生的身体，所以驳回。另一种是准备长度在两倍以上的木板，将其中点放置在回廊，就能像弥次郎兵卫玩具一样保持平衡。但是，这个方法也驳回。"

"为什么？"

"因为根本就没有那么长的木板。要实施这个方法，就需要一根三十米以上的木板，但是眼球堂里有这种木板吗？"

"没有……"

"是吧。因此你的意见被驳回，解决难点的两种补充说明也被驳回。真遗憾啊。"

"哼。"

听到十和田那令人倍感屈辱的说法，蓝子咬住下嘴唇。

"话虽如此……"十和田顿了一下，说，"蓝子，我认为你的想法即使结论是错误的，也是极具魅力的。"

"什么意思？"

"首先，你使用木板的想法，属于上中下里的中，也就是最有可能实现的。然后，如果有木板，而且能固定它，这就是一个谁都可能做到的方法。反过来看，只要将'使用木板'这一限定概念扩展，使其广义化，摸索出不需要木板或者不需要固定的方法就可以了。"

"你的意思是，要想出一种不用木板也能达到同样效果的方法吗？可是真的有这种方法吗？"

"正因为不知道，所以现在才头疼啊。"十和田露出苦笑，但很快又恢复了认真的表情，"但是，毫无疑问的是，优雅的解是存在的。*The book* 中总是记载着令人豁然开朗的定理。因此，在找到那个解之前，我们必须不停地思考。为了不在与神的游戏中败北，我们必须竭尽全力，绞尽脑汁，倾注全部心血，赌上性命也在所不惜。"

——赌上性命。

多么夸张的一句话，但是放在这座眼球堂里却是合理的。

眼球堂里发生的事件，其实就是与神的博弈，而放在棋盘上的，是人的生命。然后，以人类能获得的最尊贵的筹码作为交换，十和田无论如何都想一窥 *The book* 的真容。

没错，这场胜负，是输还是平局——是死还是生——正可谓是神与人之间的游戏。

要拼尽全力生存下去，除此之外人类再无其他战略。这是死亡游戏。

所以——

蓝子在心里一遍又一遍地重复着。

真实——我，绝对不会输。

7

到了晚上七点，餐厅的桌子上已经摆好第三顿晚餐。

令人担心的三泽和造道，也都在七点前平安无事地出现在餐厅。

两人出现在席上，让大家都松了一口气。但从她们连说话都嫌麻烦的表情和苍白的脸色可以看出，她们的身体状况和心情都并不轻松。

前天是西餐，昨天是和食，今天则是中餐。桌上华丽的大盘子里，盛满了色香味俱全的菜肴。

但是，食欲并不是那么容易就能被激发出来的。

挑了少量荤菜和蔬菜放进面前的小碟子，一点一点咀嚼，然后小口小口地喝着白粥——除了十和田还能相对淡定地往嘴里送食物，其他人看起来都只是在勉强自己摄取最低限度的营养。

在身为厨师的平川看来，餐桌上的气氛如此也不是他的本意吧。不过就连他本人似乎也没什么食欲，只是咬了一小口蒸鸡，然后用乌龙茶润了润嘴唇。这也是没办法的事。

最终，饭菜剩下一大半，便被收回厨房了。然后和刚才一样，又到了沉闷的时间。

平川贴心地端出的酒水，今晚也无人问津。

就这样，一段混沌的时间之后，突然，十和田喃喃自语道："建筑学和数学很像……"

突如其来的自白般的话语，让众人的视线都集中在十和田身上。

深浦问道："好突然啊，十和田先生。您说数学和建筑学很像，是什么意思？"

"两者都是关于结构的学问。"十和田顿了顿，又自言自语道，"数学，从根本上来说是对称性的学问。点对称、轴对称，或者平移后能重合、旋转后能重合，这种性质就叫作对称性。而对称性，就是结构本身。再进一步说，结构又是世界的本质、规则，以及形式本身。数学家从数字和图形等常见的概念出发，经过解析环与体等运算规则，最终成功阐明公理系统这一结构，从这一连串的尝试中，孕育出了非对称的概念，也带来了美……建筑一定也是同样吧。一方面，建筑家从屋顶和房间等常见的设计开始，经过解析构造和样式的规则，最终造出西方建筑中那种神圣的完美对称结构。另一方面，为了打破那种完整性，以东洋建筑为代表的非对称性也应运而生。这种对称性和非对称性之间的相互对立、共同发展的局面，也是数学和建筑学的共通之处。"

"我听说在西方，人们从对称性中发现神性，以此为美；在东方，人们从非对称中发现自然，以此为美。"深浦接着十和田的话说，"建筑学不是我的专业，但我记得文艺复兴风格的建筑几乎都是左右对称的。这种倾向在伊斯兰建筑中也很常见，即通过对称样式来表现神的完美性。"

"这可以和数学领域中，希尔伯特[1]为追求数学完备性所进行的尝试进行对比。"

"另一方面，日本的建筑样式就更显暧昧了。虽然也有文化、历史背景的影响，但倾向于从不对称或不完整中发现美这点，或许可以说是一种显著的民族性。"

"据说大云山龙安寺的石庭，无论从哪个角度看，十五块石头中都至少有一块是被其他石头遮住的。这种不完整性的暗示，也正好与

---

1 大卫·希尔伯特（David Hilbert）：德国数学家，20世纪最具影响力的数学家之一。——译者注

哥德尔不完备定理[1]相吻合。"

"这么一想，数学和建筑学果然有很多共通之处。"

"嗯。而且我认为，这些共通之处的根源，正是对'结构'的相同感受性。"十和田推了推玳瑁框眼镜说道。

深浦应了一声，点了点头："康德自然不用说，结构在德国唯心主义以及弗洛伊德心理学领域中是极为重要的因素。这样想来，也可以说所有学科都通过'结构'这个关键词，在暗地里被串联起来了。"

"艺术，也是一样的。"纤细、沙哑的声音——三泽垂着眼睛，从旁插话道，"无论是绘画还是雕塑，艺术都是由那个根源成型的。能够打动人心的东西，正是事物的真容，也就是结构。我们艺术家在写实画中将结构作为现实的隐喻，在抽象画中将结构作为妄想的隐喻来表现。所以和你们二位说的一样，如果数学、建筑学及其他所有学科的根都在地下相连，那么艺术的萌芽一定也生长在同一根茎上。"

"正是。"十和田用力点了点头，"所以，坦率地说，我之所以学数学，只是因为对我来说数学相对容易上手，其实只要能发现结构之美，什么都可以。"

"您是说，就算不研究数学也可以吗？"深浦插嘴道，"这可不像十八年前解决了关于三个正单位分数之和的难题，作为数学家一举

1　哥德尔不完备定理：著名数学家、逻辑学家库尔特·弗雷德里希·哥德尔于1931年证明并发表的两条定理，其出现直接证明了完备性与一致性无法共存于一个数学系统。——译者注

成名的十和田先生会说的话。"

"您知道得真清楚。"

"不仅是数学界，您的事迹在整个学术圈都很有名。'证明了埃尔德什－施特劳斯猜想[1]的天才数学家，不知为何却在到处流浪'。"

"给大家提供了这样的话题，真是惶恐。但是我说的确实是事实。我倾心于数学，现在也是，我至今仍为数学而着迷。但是，即便可能会被误解，我还是要说，对我而言并不是非钻研数学不可。是的……"十和田换了口气，说道，"只要能读到 *The book*，对我来说，什么都可以。所以，我……"

所以，十和田……

蓝子等着他的下一句话，但是不知为何，十和田缄口无言了。

餐厅再次被沉默支配。

滴答、滴答……时针走动的声音，突然在耳边变得清晰起来。

人一旦被关在完全无声的房间里，就会发狂——有这么一句煞有介事的话。蓝子倒是觉得此话不假，因为从刚才开始，每一秒的死寂都在折磨着她。

或许是无法忍受这种如坐针毡的气氛了，平川保持着那种畏畏缩缩的态度，开口道："请问……接下来大家有什么打算？"

1　埃尔德什－施特劳斯猜想：*匈牙利犹太数学家保罗·埃尔德什与德裔美国数学家恩斯特·施特劳斯于1948年共同提出的数论猜想，也称"欧德斯猜想"。*——译者注

有什么打算？这是个模棱两可的问题，但是他真正的意思很明显。

还是准备回各自的房间睡觉吗？

但是，这太可怕了。

继矗木之后，黑石和南部也死了。像昨晚那样，大家各自回房间独自入睡的话，实在是太可怕了。

矗木、黑石、南部三人，都是在睡着的时候变成了尸体——或者看上去像尸体的东西。这唤起了人们对一个人睡觉这件事的恐惧。

短暂的沉默后，造道说："那个……我可以继续待在这里吗？"

她的语气虚弱，大概现在情绪还不太好吧。事实上，刚才的晚餐，她也只是喝了一点汤，几乎没怎么吃东西。

平川瞬间皱起了眉头，回答道："待在这里也没关系。不过，到十一点会自动熄灯，屋里就一片漆黑了……"

"果然是这样。"造道闭上了嘴，再次做出沉思的样子。

另一方面，十和田则斩钉截铁地说："我回自己房间睡。"

"十和田先生，不要紧吗？"

不会有危险吗——蓝子刚想这么说，就被十和田制止了。

"不是一个人的话，我睡不着。所以我要回房间。"

"这样的话……我也回房间吧。"三泽附和道。"大家都在这里，倒是比较安心，不过到时候会变得一片漆黑吧？那也很可怕。既然如此，就算门会自动锁上，也还是一个人待在房间里比较好。"三泽抱着自己的身体瑟瑟发抖，小声说道。

　　蓝子能够理解她的心情。她并不是不害怕一个人待着，但是比起那种恐惧，想一个人独处的欲望更大。也许是太累了，也许是想好好睡一觉，忘掉一切。

　　而且，三泽能够在黑暗中看到"所有的东西"——妄想、噩梦、恐惧，一切。

　　而且，恐怕有这种感觉的，不止她一人。

　　大家一定都是同样的。

　　最终，没有人对十和田和三泽的意见提出异议，大家慢慢解散了。

　　首先是三泽，然后是造道，两人都面色苍白，悄悄离开了餐厅。

　　平川也匆匆地回用人房去了，餐厅的桌前只剩下蓝子、十和田和深浦三人。

　　"我也回房间了。"十和田站起身来。

　　啊，那我也——就在蓝子站起身的瞬间。

　　"等等……两位可以稍等一下吗？"

　　深浦用他平静却极具穿透力的声音叫住两人。

　　十和田停住身体，只把脸转向深浦："怎么了，深浦先生？"

　　"有件事想跟你们两位说。"

　　"有事？是指什么？"

　　"嗯，这只是我的个人看法，不过……"深浦微微颔首，压低了声调，"请小心……和……"

　　"欸？"

　　要小心什么？刚才，深浦说了什么？

对着不停眨眼睛的蓝子，深浦用微弱但清晰的声音，重复道：
"千万要小心造道小姐和平川。造道小姐身为建筑杂志的编辑，对矗
木先生有着强烈的信仰，平川则是矗木先生雇用的用人。或许是我多
虑了，但是我怀疑这两个人可能在矗木先生的指示下，在这一系列事
件中扮演了某种角色。所以，十和田先生、陆奥小姐……我再强调一
遍，请务必小心造道小姐和平川。"

8

她回到房间，猛地栽倒在床上。

她已经精疲力竭，连左手腕的表盘都懒得确认，只是凭感觉认为
应该是十点左右，离睡觉时间还早。尽管如此，她还是困得不行。

所以她就这样趴着，没换衣服，也没去洗澡，只是闭上眼睛。然
后各种各样的疑问令她辗转反侧。

——同样的事情，会发生三次吗？

——事件的中心人物，到底是谁？

——谁又能保证，那不会是我呢？

——接下来？

——所以呢？

——然后呢？

一个接一个涌现出来的问题。

从暗处浮上水面的邪恶形象。

现在，还没有能消除这种形象的白色画布。

所以，她放弃赋予这一切以任何形式。

不管再怎么思考，一切都是徒劳，所以她将一切交给盘旋在脑中的大理石花纹般的旋涡，沉入了名为"无意识"的混沌深渊。

然后——

这短暂的安睡时光，一直持续到有人敲响七号房的门。

* * * * *

虽然宙斯被尊为众神和人类之父，但他也有自己的父亲。

他的父亲是克洛诺斯，母亲名为瑞亚。克洛诺斯和瑞亚都属于泰坦族。

关于克洛诺斯的记载并不一致，但有一种传说是，克洛诺斯是会吃掉自己孩子的怪物。罗马神话中的萨图尔努斯与希腊神话中的克洛诺斯，经常被混淆为同一人物，即"时间"之神。"时间"会赋予一切有"起始"的事物以"结束"，所以也会吞噬自己的子女。幸运的是，宙斯躲过了被父亲克洛诺斯吃掉的命运。

平安长大的宙斯奋起反抗克洛诺斯及其他泰坦族，最终推翻其统治，或将他们关进地狱，或施加以其他刑罚。

克洛诺斯被废黜后，宙斯与弟弟波塞冬和哈迪斯一起重新分配领土。宙斯掌管天空，波塞冬掌管海洋，哈迪斯掌管冥界，只有大地和奥林波斯是三人共有的。

就这样，宙斯成了众神和人类之王。

——摘自托马斯·布尔芬奇《希腊罗马神话》

＊　　＊　　＊　　＊　　＊

12345678

第 IV 章　第四日

1

她躺在回廊尽头，那张精致苍白的脸朝上仰着，失去焦距的眼睛望向空无一物的上空。

从连衣裙下摆露出的纤细修长的四肢，随意伸展着，让人无法移开目光。看似毫无起伏的身体曲线，在她倒下之后，第一次明显地展现出了女性特征。

最醒目的是她那被染得鲜红的半张的双唇，娇艳得仿佛随时都会从中轻吐出一声叹息。

三泽雪。

她是多么美丽啊。

蓝子心里默念着，然后遗憾地长叹了一口气。

嘴唇上点缀着晶莹的红色，仿佛花蕾一般——如果这红色不是来源于她自己，那么这份美丽一定是完美的。

——三泽的左胸，宛如通向虚无的洞窟，突兀地开着一个深深的洞。

血液像从树洞溢出的汁液一样，黏稠地呈放射状顺着她的连衣裙滴落在白色地毯的海洋里。

　　毛绒地毯吸足了血液，渐渐渗出粉红色。所以乍一看，三泽就像是躺在桃红色的草原上，扮演着胸前挂有巨大红色胸针的睡美人。

　　但是，覆盖在她睁大的双眼上的灰色混浊，清楚地表明了她已经断气的事实。

　　死后的三泽，脸上是一副惊愕的表情。

　　蓝子和大家——十和田、造道、平川——一起，隔着一段距离，远远看着那具尸体。

　　"蓝子……最先发现她的是你吧？"十和田的视线仍然停留在三泽的尸体上，问道。

　　蓝子立马点头："嗯……是的。大约二十分钟前……所以是早上七点四十分左右吧，我从回廊往右走的时候，发现了那具尸……三泽小姐。"

　　"然后你就把大家都叫来了？"

　　"嗯，先叫了十和田先生，然后是平川先生，然后是造道小姐。"

　　"大家当时都醒着？"

　　"是的。"

　　十和田和造道，都是在蓝子敲门之后马上就出来了。去叫平川的时候，他已经在厨房里了——虽然看起来有些心不在焉的样子。

　　"还有，到现在为止，你碰过尸体吗？"

　　"没有。"

　　蓝子摇了摇头。因为她知道，即使不通过触碰确认，三泽也很明显已经死了，所以没有必要触碰。

十和田朝尸体走了一两步，蹲下来。

然后将眼睛凑了上去，仔细观察三泽身体的每一处。

"弹痕。是被枪打中的。"

"被枪……打中的？"

"嗯，你看，心脏被一枪射穿，当场死亡。地毯上没有拖移尸体的痕迹，所以她一定是在这个地方被枪击，在这个地方倒下，在这个地方死亡的。"

"是从正面被枪击的吗？"

"从伤口的情况来看，应该是的。"

从正面被枪击。这么说，三泽与开枪的人是面对面的。

十和田用指尖触碰躺在地上的三泽的眼皮，轻轻合上她的双眼，并为她默哀。

"话说回来，三泽小姐的表情似乎相当震惊。是因为自己被击中而震惊，还是因为开枪的人而震惊，又或者这只是人类在面对自己的死亡时，最纯粹的反应呢？"

十和田自言自语了几句后，倏地站起来，转头看向蓝子，一脸严肃地说："然后……另一具尸体在哪？"

——对称性。

昨晚，十和田在席间讨论了数学与建筑学的相似之处。

数学与建筑学的背后，归根结底是结构，是对称性与非对称性，而这正是众多学问与艺术之间所共通的概念——十和田这样说过。

这样想来，眼球堂也是一座极为讲究对称性的建筑。

在平面图中，过前室做一条垂线，将眼球堂的白色容器一分为二，就很容易理解了。除了不规则的柱群和餐厅周围的房间划分有些许差异，眼球堂呈现出近乎完美的轴对称结构。

于是现在，就连尸体也遵循着这种对称性，又出现了一具。

回廊内侧的黑色通风井。

八号房旁边——正好与黑石横尸的地点相对称的位置。

深浦，就躺在那里。

和黑石一样，深浦四肢伸展，仰面朝天。从早晨起就下着的小雨淅淅沥沥地打在他身上，然而，深浦纹丝不动。

他的身体旁边，滚落着一副眼镜。

那副银框眼镜，毫无疑问是昨天深浦一直戴着的东西，但是现在，眼镜架已经扭曲，镜片也摔得粉碎。

然后，以深浦的身体为中点，在与眼镜相对称的位置上，掉着那个东西。

微微泛着黑色金属光泽的物体，"厂"字头形状，长约二十厘米，为了杀人而制造出的道具。

"又是坠楼身亡的尸体……和手枪吗？"十和田喃喃自语。

没错，那是一把手枪，从把手处的银色装饰来看，恐怕和掉在黑石身边的是同一型号。

"发现深浦先生的也是你吗？蓝子。"十和田凝视着窗外，问道。

毛毛细雨，像淡灰色的雾霭一样落在黑色通风井里。虽然是器皿

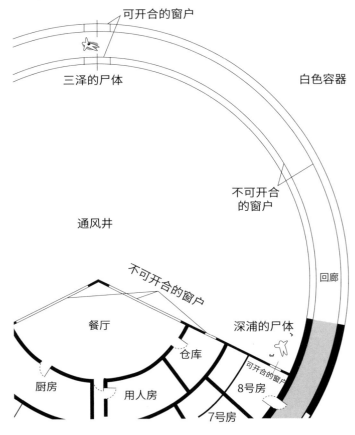

图6　三泽和深浦尸体的状况

一般的构造，却没有积水，是因为在某处设有排水口吗？

蓝子愣了一下，点头道："是的……发现三泽小姐的尸体后，我正想要去叫十和田先生时，从回廊内侧的窗户看到了那个……深浦先生的身体。"

"也就是上午七点四十分之后没多久？"

"是的。"

"那个时候，深浦先生已经死了吗？"

"我想应该是……"

至少蓝子看不出深浦还有生命迹象。

十和田小声"嗯"了一声，继续道："难道深浦先生和黑石先生一样，是从那里掉下去的吗？"

十和田指着正前方通风井的黑色墙壁上那块像榫眼一样的正方形玻璃，说："深浦先生的身体上，看不见弹痕之类的外伤。那具尸体和黑石先生的一样，在窗户的正下方。然后，深浦先生的房间正是有窗户的那个房间。综上所述，深浦先生应该和黑石先生一样，是不小心，或有意地从八号房的窗户掉下去的。我认为这样想是最自然的。不过……"

十和田忽然欲言又止。

"不过什么？"

"不，嗯，没什么。"十和田像要掩饰什么似的，咳嗽了好几声，然后低声说，"总之，尸体又增加了。聂木先生、南部先生、黑石先生，再加上三泽小姐和深浦先生……这到底应该如何解释？"

到底应该如何解释——蓝子无意识地在心里重复了一遍十和田的话。

已经有五个人死了，尸体变成了五具。

如今只剩下四个人，只剩蓝子、十和田、造道和平川了。

而且不知道这已经是第几次了，蓝子"咕嘟"地咽了一下口水。

虽然十和田没有明确地指出来，但是这五具尸体有一个明显的共同点，他们分别是天才建筑家骉木以及骉木邀请来的客人，两位日本最具代表性的天才学者，一位天才艺术家，然后还有一位是权力很大的天才政治家。

十和田从这些共同点中，发现了什么讯息吗？

蓝子一边问自己，一边马上给出了答案。

——他发现了吗？

当然了，这不是显而易见的吗？

对于这样的异常事态，已经没有任何用"一连串偶然"来解释的余地了。很明显，这是有人蓄意引发的事件。

因为只能这么想了。

突然，蓝子的目光落到横卧在通风井里的深浦和黑石的尸体上。

那毛骨悚然的画面让她不由得移开了目光，然而，移开的视线却又扫到了倒在回廊里的三泽和还被插在白色容器中央的骉木。

接二连三的尸体，死者召唤着死者，死亡连接着死亡——蓝子带着痛苦的表情闭上眼睛，做了一个大大的深呼吸。

"没事吧，蓝子？"十和田向蓝子搭话道，"是不是不舒服？别勉强自己。"

虽然让我不要勉强，但这种情况下不能不勉强——面对十和田出乎意料温柔的声音，蓝子回答道："这点小事……没关系的。"

她的嘴角浮现出逞强的笑容。

当然，痛苦的并不是只有蓝子。

造道用手捂着脸，瘫坐在地上，动弹不得。

平川也面色苍白，毫无生气地靠在回廊的窗户上。他的嘴唇颤抖着，连站都站不稳。

十和田似乎察觉到大家的精神状态已经濒临极限，于是指着暗回廊的方向说："继续待在这里，也是有害无益，你们先回餐厅吧。"

"我们先回……那，十和田先生还要去什么地方吗？"

听见蓝子的问题，十和田毫不迟疑地点头道："我要先去一趟深浦先生的房间，再回餐厅。有件事必须确认一下。"

——必须确认的事？那是什么？

惊讶的蓝子想都没想就开口说："我也去。"

"不行。"十和田用力摇了摇头，"蓝子，你现在状态也不好，不要逞强，先回餐厅，冷静一下……"

"我不要！"

"嗯。"

蓝子硬是大声地打断了十和田。

"因，因为……我是十和田先生的跟屁虫，跟屁虫就要有跟屁虫的样子，走到哪儿都缠着你，这是我身为跟屁虫的使命。所以……"

她咧开嘴笑了，表情既像在哭又像在生气，"请让我奉陪到底吧，我也要一起去。"

听到蓝子的话，十和田吃惊地瞪大了眼睛，不过马上，他的嘴角便浮起一抹微笑："哎呀……我知道了，这果然是你的作风。"

"对不起，我任性了。"然后，蓝子转向造道和平川，对他们说，"两位不要勉强，先回餐厅吧，我们调查完八号房，马上就去餐厅。"

"呃……嗯。明白了。"

造道和平川面面相觑，他们脸上维持着诧异的表情，轻轻点了点头。

2

穿过两扇门，十和田和蓝子走进了八号房。

两人已经完全不介意双重门的存在了，不知是因为已经习惯了，还是因为现在根本不是在意这种事的时候。

八号房里，没有一丝凌乱的痕迹。收拾得齐齐整整的床边，孤零零地放着一个黑色皮包，应该是深浦的。

十和田一进房间，就飞快地跑到窗前。

房间右边的墙上有扇约一米见方的玻璃窗，虽然可以通过上下推拉开合，但现在是关着的，设计、构造都与一号房左墙上的窗户完全一样。

换句话说，这扇窗与一号房的窗是相互对称的。

一号房与八号房里各有一扇窗户。两个房间分别位于八个起居室的左右两端，窗户的位置也是左右对称的。

而现在，这两个房间的主人都同样地穿过窗户，坠落身亡——这也是一种死亡的对称性。

但是归根结底，那两人为什么会像这样呈对称形式丧命呢？

是自杀，是意外死亡，还是……

"嗯。"

十和田突然把手搭在窗框上，用力往上拉。

窗玻璃发出"咔嗒咔嗒"的声音，向上滑动，打开五十厘米左右的缝隙后，"嘎"的一声停了下来，窗户无法再向上开启了。

"果然打不开了。这一点，也和一号房完全一样。然后……"说着，十和田轻轻地松开手。

窗玻璃没有恢复原状，而是停留在了那个位置。

"即使松开手也不会回到原位。"

"是卡住了吗？"

"不，只是窗框上的垫片很硬，所以不容易掉下来而已。想往下拉的话还是可以硬拉的，不过，这也太奇怪了。"十和田自言自语道。

"奇怪？哪里奇怪？"

"你不明白吗？"十和田说完，指着整扇窗户。

透明的玻璃窗上，映出远处阴沉沉的灰色雨云。雨点不时地砸在玻璃上，形成转瞬即逝的椭圆形小坑。此时，雨水正从刚才十和田打开的五十厘米的缝隙中，不停地被吹进来。

这是一扇普通的推拉窗，乍一看，并没有什么不对劲的地方。

然而十和田说："到刚才为止，这扇窗户都是关上的。而现在，窗户是开着的。"

"这个一看就知道，因为十和田先生刚才打开了啊。"

这又能说明什么呢？

十和田的话，实在令人难以理解——蓝子一脸困惑地歪着头。

十和田大声叹了口气："我说，你知道为什么一开始窗户是关着的吗？"

"那肯定是深浦先生关上的吧……不，也许从一开始就没有打开过。"

"你自己都回答得这么清楚了，为什么还不明白呢……你刚才说，是谁把窗户关上的？"

"欸？我说是深浦先生……啊！"

没错，深浦关上了窗户，那么关上窗户的深浦本人当时在哪里呢？

——在窗外。

"啊，确实。原来如此，果然很奇怪。"

"你终于反应过来了。"十和田无奈地耸了耸肩，"深浦先生坠落在这扇窗户外面。也就是说，他是翻过窗户之后，掉下去摔死的。但是，假设真是这样，窗户没有开着这个现象就很奇怪，因为这扇窗户是无法自动关上的，然而现实情况中，窗户却是关着的。"

虽然他也会说刻薄的话，还爱挖苦人，总是一副瞧不起人的态度，对周围漠不关心，甚至从根本上就放弃了关心这一行为，永远都是我行我素，虽然这种人在社会上可能会被打上"不合群"的烙印，但是像他这样值得信赖的男人，恐怕再也找不到第二个了。

因为十和田从始至终都是一个正直的人。

这一定是十和田为了在他所说的"与神的游戏"中获胜而竭尽全力的表现。他绝不会使用卑鄙的手段，也不会找借口撤退，而是真挚地、真诚地、正面地投入到这场明知无法取胜的游戏中。

正因如此，十和田才值得信赖。

真实——至少蓝子相信，十和田无论何时都会按照她所期待的那样行动。

所以——

十和田突然在通往餐厅的门前停下脚步。

"……怎么了？"

十和田没有回答蓝子的问题，而是背对着她，蹲下身来。

他眼前是前室的门。

十和田在门的下方检查着什么。

"十和田先生？"

"怎么了？"

"那扇门上有什么东西吗？"

"嗯……"

然而，十和田只是敷衍地应了一声，便继续手上的工作。

蓝子想起来了——说起来，十和田好几次都在前室的门前表现出可疑的样子。

前天下午，他弓着背蹲在前室的门前，和刚才一样，对着门做了些什么。昨天早上和傍晚，他也曾用有些惊讶的眼神盯着前室的门。

然后，现在也是。

不一会儿，十和田若无其事地站起来，将身体转向蓝子——也就是餐厅的方向说："好了，走吧。"

"请等一下。"蓝子张开双手，拦住了正要去餐厅的十和田。

被挡住去路的十和田瞪大了镜片后面的眼睛，抗议道："蓝子，你为什么要妨碍我？"

"我才没有妨碍你。啊，不，我现在确实是在妨碍你。"

"你在说什么啊？"十和田微微歪着头，脚步轻快地挪动了一下身体，想从蓝子的手和身体之间的缝隙穿过去。

蓝子不服输地继续阻拦十和田。

唰——唰——两人重复了好几次这种毫无意义的动作。

"再不适可而止，我就生气了。"十和田的声音听上去已经很生气了，"我要去餐厅。"

"我知道。不过，在那之前请先告诉我。"

"告诉你什么？"

"别装糊涂了，十和田先生。这扇门上到底有什么东西？"蓝子指着前室的门，"前天、昨天，还有现在，十和田先生你都特别在意前室那扇门吧？"面对抿着嘴一言不发的十和田，蓝子更加不依不饶，"你关心的是门锁吗？可是，门不是一直是锁上的吗？而且在我看来，十和田先生似乎还很在意除此之外的什么东西。对，好像是在设置某种机关……那扇门上，到底有什么？"

面对气势汹汹的蓝子，十和田似乎有些诧异，他终于坦白道："也不是什么大不了的东西……"说着，十和田死心似的从裤兜里掏出一个小小的东西，"我只是想确认一下这个怎么样了。"

他把手里的东西拿给蓝子看。

那是——

"什么呀，这是？"

那是一张小纸片。似乎是从某种高级纸的边角处撕下来的，大小在三厘米左右，空白的，上面并没有写什么，真的是毫无特别之处。

"一张纸片。"十和田用拇指和食指夹着纸片，举到面前。

一张纸片？这我当然知道。蓝子愤慨地反问道："不，我是想问，这张纸片有什么意义？"

"这是我从图纸的一角撕下来的。"

"撕下来的？图纸的一角？为了什么？"蓝子眯起眼睛。十和田将纸片递给她，然后从胸前的口袋里拿出一张折好的纸。

那是十和田来这里之前给她看过的眼球堂的设计图。

摊开图纸，确实边缘处被撕掉了小小的一块。

"我找不到其他合适的东西，情急之下就用图纸的一角代替了。"

"哦……"

完全不明白他在说什么。

蓝子露出讶异的表情，含糊地附和着。

十和田顿了一下，说："我前天偷偷把这张纸片夹在前室的门缝里了。"

"夹在门缝里？为什么？"

"为了确认门有没有被打开过。"

——被打开？

面对一脸茫然的蓝子，十和田继续道："所以说，先在门缝里夹一张纸片，如果门被打开，纸片就会掉下去。因此，如果纸片从门缝里掉下来了，就说明门被打开过了。"

"这是……嗯，这个我明白。可是，为什么要这么做呢？"

"因为我想知道有没有人从前室的门进出过。"

"啊。"

十和田对蓝子的反应露出无奈的表情："其实，前天矗木先生的事件发生后，我就有种奇怪的预感，或者说，心里总觉得有些不安。我是这么想的，这次事件本质上是危险的，而那凶恶的一面说不定什么时候就会威胁到我们……所以，为了以防万一，我设下了陷阱。"

"陷阱？"

"话虽这么说，倒也不是什么大不了的东西，但是如果真有居心不良的人存在，那么提前掌握他的行动路线，对我们来说也不是坏事。经过这番考虑后，我决定在前室的门缝里夹一张纸片。"

"那就是……这个吗？"

蓝子把手掌上的纸片举到脸部高度，目不转睛地观察着。

"门的缝隙还不足一厘米，但足够放入一张纸片。所以我便从缝隙间将那张纸片塞进去，只露出小小的一角，这样就不会太显眼。"

"这样就能知道有没有人进出过了。"

"没错。如果有人进入，纸片就会掉下来。"

所以，十和田昨天和今天都是在观察门——确切地说，是门的缝隙。为了确认门缝里的纸片是否掉落，换句话说，为了确认门是否被打开过。

原来如此，蓝子点了点头，继续问道："那么，结果这张纸片掉下来了吗？"

十和田闭上眼睛，缓缓摇了摇头："不……没有掉下来，所以前室的门，从前天开始一次都没被打开过。"

"这就表示没有人从这里进出过，对吧？"

"是的。"十和田缓慢地点了下头，继续道，"这个事实代表的意义只有一个，那就是眼球堂完全变成了 closed circle（孤岛模式）。"

"closed……是封闭的意思吗？"

"没错，这是一个重要的边界条件。如果在这一连串的事件中存在一个心怀不轨的人，那么至少可以保证这个人不是外部的人。"

"确实。但是……"蓝子顿了一下，有些埋怨地问十和田，"十和田先生，这么重要的事为什么不事先告诉我？不，不光是这件事，你总是什么事都瞒着我，太狡猾了。"

"狡猾？别说得这么难听。我倒要反过来问你，我有什么理由必须事先告诉你我所有行为的真正目的？"

"这个嘛……"

"我是否公开我的内心想法，这件事的决定权在于我自己。再说，我可一次都没听你提过'请告诉我前室门上的装置是什么'这种请求。"

"这个嘛，呃……你说得也是。"

这种说法虽然有些过分，但却十分正确——蓝子无法反驳。

"所以说，你的做法等同于是在执拗地窥探我的内心，完全就是种低级趣味。不过……"十和田从鼻子里呼出一口气，"我没有告诉包括你在内的所有人，还有另一个原因。"

"是什么？"

"不想引起不必要的猜测和混乱。"十和田摘下眼镜，用衬衫下摆擦拭起镜片，继续说道，"你们知道没有人从前室进出这件事后，心里会怎么想？会开始疑神疑鬼，认为引发这一系列事件的人，就在剩下的几个人之中。毕竟我们正处在封闭环境中，一个不小心，就会引发彼此之间的怀疑，怀疑又会催生新的怀疑，最终导致恶性循环。"

在只有固定人物的环境中，事件的原因和结果也通常能在那些人物中找到。在这种情况下发生事件，怀疑的主体和被怀疑的对象都只能是自己人。

"你注意到了吗？南部先生和深浦先生为了不让我们陷入那种恶性循环中，一直在设法模糊焦点，所以我也不能辜负他们的好意。"

"所以你才一直没说？"

"是的。"

十和田说得对。

一旦开始对别人抱有某种怀疑，那种怀疑就会绕来绕去，最终反弹到自己身上。这正是疑神疑鬼带来的恶性循环，这种行为无异于自己掐自己的脖子。

所以——

蓝子沉默了。

然后，她左右张开的手臂无力地垂了下来。

"明白了……我现在理解了。真对不起，十和田先生，我好像说了些咄咄逼人的话。"

"你能理解就行。"

蓝子退后一步，给十和田让出道来，问道："十和田先生，这件事果然还是不要告诉造道小姐和平川比较好吧？肯定会引起不必要的怀疑。"

"嗯？啊，是呢，这样比较好。不过……或许已经……"

十和田一脸苦闷的样子皱起眉头，小声念叨着什么。

"咦？十和田先生，你刚才有说什么吗？"

"走吧。"

然而，十和田一个转身，打开通往餐厅的门，消失在双重门之后了。

"啊，等一下。"

蓝子慌忙抓住餐厅的门把手，同时回想起了刚才他的低语。

十和田刚才确实这样说了。

——不过，或许已经是无用功了。

"无用功？"

蓝子自言自语道。所谓的"无用功"到底是指什么呢？

蓝子因为这句令人心慌的话皱起眉头，她匆忙地追上十和田。

无用功——十和田的这句话意味着什么？

这一点很快就得到了解释。

3

蓝子一进餐厅就发现了异样。

造道和平川缩成一团，坐在长桌的角落处。两人的表情都很严肃，尤其是平川，似乎对十和田和蓝子——确切地说，是对十和田深怀戒备，一直用刺人的目光盯着他。

"果然如此。"

十和田用蓝子几乎听不见的声音小声嘟囔道。他与两人保持距离，在桌子的另一端坐下。

什么"果然如此"？——待蓝子带着不安的心情在中间的椅子上坐定后，平川缓缓开口道："十和田先生……我有件事想问您。"

"什么事？"十和田坐在椅子上，双肘支在桌上，将手指交叉在眼前，用平静的语气回应道。

"请如实回答。"平川清了清嗓子，发问道，"十和田先生，您就是凶手吧？"

平川唐突的话语，让蓝子瞪大了眼睛。

十和田是凶手？怎么可能有这么荒唐的事？

平川却用镇定的眼神盯着十和田，继续说道："眼球堂发生的一连串事件，都是您干的吧？"

"怎么可能！"蓝子一边惊叫，一边猛地站了起来。

膝盖撞上了桌子，发出"咣当"的声音。

"你说十和田先生是凶手，这怎么可能呢？"说着，蓝子看向十和田的脸。

但是，十和田半睁着眼睛一动不动，完全没有要辩解的意思。

面对这样的十和田，平川继续质问道："从前天开始，就一直在发生可怕的事情。矗木先生被杀、南部先生和三泽小姐被枪击、黑石先生和深浦先生跳楼身亡……不，他们一定是被人推下去，残忍杀害的。最开始我们一直以为那只是矗木先生的恶作剧，以为那只是在演戏，但是后来，南部先生被杀了，我们才终于明白，这不是什么表演。

"尽管如此，我们还是相信了。相信了深浦先生的话，认为枪是黑石先生带进来的，然后他用枪杀了南部先生……但是现在连深浦先生都被杀了，我们才明白，原来那个说法也是错误的。"

十和田仍然保持着沉默。平川步步紧逼："他们是被人杀害的吧？那五个人都是。绝对没错，这是有人刻意为之的连续杀人事件。而且，一开始是尸体被插在那么高的柱子上，过了一晚，又有人在莫名其妙的地方死掉……简直不可理喻。这种事普通人根本做不到，所以……所以，如此不可理喻的连续杀人案的凶手，只能是您，十和田先生，一定是您干的！"

十和田刚才说的"无用功"这个词的意思，换句话说就是，平川和造道两人已经陷入疑神疑鬼的状态了。

蓝子静静地长叹了一口气。

另一边，平川依然唾沫横飞，喋喋不休："我从造道小姐那里听说了，十和田先生，您似乎是一个在世界各地流浪的颇有才能的数学家啊。想必智商也很高吧！魔术之类骗人的诡计，对您来说肯定是信手拈来。这样一想，所有的事就都解释得通了。这一连串我们无法理解的现象，全都是您的魔术，都是障眼法。"

平川身体前倾，不停地质问十和田。

造道虽然没有开口，却始终用锐利的目光瞪着十和田。

然而即便如此，十和田还是面无表情，连一句辩白的话都没说。

平川似乎对十和田始终无视他们的态度感到不耐烦，他怒吼道："十和田先生，您差不多该说实话了吧？这起事件是您一手策划的吧？事到如今隐瞒也没用了。好了，快承认吧，是您干的！快说啊！"

但是——

"那个……"趁着平川喘气的间隙，蓝子举起右手插话道，"两位，可以听我说一句吗？"

"怎么了？陆奥小姐。"

"那个……我觉得，十和田先生不是凶手。"

蓝子心想，没错——

这个男人是个奇人，但不是凶手。

这个男人是个怪人，但是，真实——他绝不可能是凶手。

平川向蓝子投来刺人的视线。

"陆奥小姐，你在说什么？难道你想袒护十和田先生吗？"

"我不是这个意思。"

"是吗？你是十和田先生的助手，也就是说，在这次的事件里，你也担任着助手的角色吧？"

"不是的。"

"你是共犯吗？"

"不是这样的，平川先生，你稍微冷静一点。"蓝子举起双手，一边安抚平川一边说，"这样下结论太武断了。当然，我十分理解平川先生你们这种不安的心情，我也能理解，在这种走投无路的情况下，很容易觉得周围的人都对自己抱有敌意，但是……请你们冷静一点，拜托了。"

一瞬间，平川的话中断了。

蓝子抓住这个空隙，紧接着说："我再重申一次，十和田先生不是凶手。至少我是这么认为的。嗯，他是这群人当中最古怪的一个，所以会被这么想也是没办法的事。但即便如此，我也觉得十和田先生不会是加害者，不过他倒是可能会成为受害者。"

"可能会成为受害者，是什么意思？"

"十和田先生也是一位优秀的学者。"

"啊？"

见平川皱起眉头，蓝子继续道："被杀的人，都有一个共同点吧？最开始的矗木先生、南部先生、黑石先生，然后是三泽小姐和深浦先生……他们都是世界闻名的优秀学者、政治家、艺术家。这么看来，可以说这一系列事件的目的，就是要杀害这些天才。反过来看，现在我们几个又如何呢？"

身为厨师的平川，以及身为编辑的造道，他们作为厨师或编辑都是一流的，这是事实，但是要说举世闻名，倒也并非如此。

至于蓝子，就更不用说了，作为记者，她甚至都算不上是一流的。

"我们当中只有十和田先生是世界闻名的数学家，先不管谁是凶手，既然十和田先生有可能被选为目标，那么我想他就不可能是凶手。"

"不，这种事谁说得清啊？"平川用力一挥手，抗辩道，"就因为这样，我才认为十和田先生是凶手。不也很合理吗？"

"你的意思是？"

"十和田先生的目的，就是要杀掉除自己以外的天才。没错……就像矗木先生不承认建筑学以外的一切，十和田先生也不承认数学以外的一切。"

"这是……"

就在蓝子正要反驳的时候，十和田突然开口了："不可能的，这是不可能的，绝对不可能。"

他的语气十分强硬。

然而平川面对这样的十和田，依然寸步不让："事到如今，您也不必否认。您是数学家，正是因为您不承认数学以外的东西，才杀死了其他几位天才。"

"所以我才说，你的话不对。"

"为什么？难道您有什么证据吗？"

"我没有证据。但是 *The book* 里绝对不会出现这么丑陋的定理，所以你说的事情是不可能的。"

—— *The book*。

十和田心醉的神之书。

或许是被这个不合时宜的固有名词削弱了气势，平川的嘴巴像金鱼似的一张一合，然后仿佛失去全身力气一般，"啪"的一屁股跌坐回椅子上。

夹在一言不发的十和田和无话可说的平川之间，蓝子冷静地斟酌着措辞："你现在应该明白了吧，十和田先生就是这种人。虽然被人怀疑也是没办法的事，但他绝对不是会夺去五个人性命的人，这点我可以保证。顺便再说一下，平川先生你可能并不信任我，但是实话告诉你吧，我其实根本不是十和田先生的助手。"

"欸？是这样吗？"

"是的。"蓝子笑着点了点头，"我只是个对这个叫十和田只人的奇怪男人纠缠不休的记者罢了。自称是他的助手，也不过图方便，其实是一个彻头彻尾的谎言。对不起，之前骗了你。"

"原······原来是这样吗？"平川嗫嚅道。

"嗯。所以，虽然我多少会有些偏袒十和田先生，但要说我跟这个人合伙策划谋杀案，那是绝对不可能的。我没有动机，做这种事对我也没有好处，说到底我根本就不想被卷进这种麻烦事里。"

"我明白了。陆奥小姐，还有十和田先生，"造道代替说不出话来的平川开口了，"非常抱歉，刚才怀疑你们。不，其实我现在也不敢说完全排除了你们的嫌疑，但是总觉得把你们认定为凶手还是太草率了。"

"只要能在一定程度上消除你们的怀疑，就足够了。"蓝子冲造道笑了笑，点头道，"如果我和十和田先生有什么可疑的举动，直接把我们抓起来就是了。十和田先生跟他外表看起来一样，不擅长做粗暴的事，我想造道小姐和平川先生两人一起的话，应该马上就能制服他。"

造道轻轻地笑了。

蓝子也面带微笑，将身体转向十和田："就是这样，十和田先生，请千万不要做出会引起大家怀疑的奇怪举动哦。"

"我知道。"

十和田难得听话地点了点头。

平川和造道终于放松了一直紧绷的上半身，解除了警惕的姿势和视线，但仍然与十和田保持着一些距离，将身体靠在椅背上。

气氛稍微缓和了下来。

然而，马上——

"可是……"造道喃喃地说，"如果不是十和田先生，也不是陆奥小姐，那这起事件的凶手到底是谁？他为什么要这么做？又是怎么做到的呢？"

造道的话，换言之，就是——

——那五个人是何时死的？

——那五个人是怎么死的？

——为什么尸体会变成那样？

——是谁夺走了他们的性命？

当然，对于这一系列问题，他们还没能找到一个明确的答案。

但是，十和田像在回应造道的疑问一般，也喃喃地说："'判断一个问题是否有进攻的价值，就看它是否能够发起反击'，这是我尊敬的一位数学家的名言。此外，G.H.哈代也曾说过，'优雅的证明，是必然性与效率性之结合，同时具有高度的意外性'。我认为这些话都是真理。现在这起事件正向想要查明真相的我们，发起强烈反击，所以毫无疑问，在这起事件中也隐藏着一个结合了必然性与效率性，同时具有高度意外性的定理，而那个定理正是……"顿了一下，十和田说道，"*The book* 上所记载的东西。"

4

时间就像冰冷的刀锋在皮肤上划过一般，倏忽而过。

长桌的一端，并排坐着造道和平川，另一端——原本是聂木的座位，坐着十和田。

坐在中间，靠近十和田那一端的是蓝子。

现在，眼球堂里剩下的只有这四人了。

谁都没有说话。

不是不想说，而是不知道还能说什么。

人们在鸦雀无声的餐厅里，各自凝神倾听着这片寂静，又像是被不断从身旁流逝的时间割裂了身体，只能静静地伫立在那里。

人们各自用手表确认时间。

然后看着指向正上方的时针，露出同样惊讶的神情。

啊——已经到这个时间了。

但是，正如爱因斯坦所证明的那样，时间并不是绝对的。是快是慢，完全取决于主观意识。不仅如此，即使是同样的主观时间，也会因个人所处状况而显示出差异。时间，是相对的。

因此，时间的价值——密度，也必然会因人而异。

现在，在这里流逝着的，是速度快得可怕、密度高得惊人的时间，犹如泥石流一般，势不可挡的时间团块。它以迅疾的速度掠过、冲撞、斩断、碾碎人们的身体，然后转瞬间离去。

因此，尽管人们只是伫立在原地，却仍然在一点点被消耗。

在时间的折磨下，人们又将迎来夜晚。

前天是骉木，昨天是南部和黑石，今天是三泽和深浦。必定有人会被杀死的夜晚。

这种情况下，他们真的能保持平静吗？

"你……不害怕吗？"

十和田突然小声地问蓝子。

因为这句只有她能听到的低语，时间的流逝发生了变化。

蓝子回答道："要说怕还是不怕的话……嗯，怎么想都觉得害怕。"

"也是。倒不如说，在这种情况下还不害怕的人，才更让我感到害怕。"

"是呢。十和田先生也会害怕吗？"

"当然。"十和田点头。

他的玳瑁框眼镜顺势从鼻子上滑落，落在了上嘴唇上。

十和田飞快地用习以为常的动作把眼镜推回鼻梁上——仔细一看，眼镜的鼻托少了一只。蓝子现在才知道他的眼镜在鼻子上一直待不稳的原因。

蓝子抿嘴笑着，问十和田："难道……是因为觉得我可能会是凶手吗？"

"凶手？蓝子你吗？开玩笑吧。"

"那当然了，不过从十和田先生的角度来看，也没有理由断定我不是凶手吧？"

"哼……确实，可能性并不是零。"十和田用鼻子哼了一声，继续说道，"但是，如果这种微乎其微的可能性就是正确答案，而且我本人也将面临死亡的命运的话，那么我只想说，希望在临死之前你能告诉我所有的真相。我一直认为，死亡对我来说并不是多么可怕的事，也不是多么悲伤的事，但是如果能在活着的时候知道自己死亡的真相，倒也不是一件坏事。"

"你是说，死了也无所谓吗？"

"至高无上的独裁者所著的 *The book* ⋯⋯只要能窥视到其中一丁点内容，那么面对死亡时的悲伤与恐惧便都是微不足道的。"

蓝子突然想起来。

——从出生到死亡，我们不过是一直在神准备好的棋盘上跳舞。如果我们做了坏事，那么神得两分；如果我们不做应该做的善事，那么神得一分。而且，人类没有办法在这个游戏中得分。

——但是，只要一直行善，即使我们无法得分，也能把这场比赛拖成零比零的平局。

这就是神的游戏的规则。

十和田一定在遵循着规则，想要把这场与神之间的较量拖入平局。

所以，蓝子嘴角浮起微笑，真实——这是发自内心的。

"话说⋯⋯"十和田抬头，眯起眼睛看向窗外，"好大的雨啊⋯⋯"

蓝子也跟着看向窗外。

餐厅那扇大窗户的窗帘被系在两侧，玻璃窗外面，可以看到黑色通风井的全貌。但是，仿佛要给那黑色涂上一层漆似的，现在无数白色竖线正在窗外交错乱飞。

那是雨。上午的绵绵细雨，现在变成了倾盆大雨。

"越来越大了。"

黑石和深浦的尸体，现在一定被淋得惨不忍睹。

"毕竟是山里，可能天气比较多变吧。"

"也许吧。"十和田点了点头。

蓝子悄悄问道："十和田先生……你说，矗木先生为什么要选在这种地方建造眼球堂呢？"

听到这个问题，十和田轻轻地摇了摇头："这个嘛，我也不知道。不过，也只有偏远的深山里，才能找到这么宽阔的一片土地。这应该是原因之一吧。"

"这里这么偏僻，地价应该很便宜吧？"

"大概吧。听说这一带土壤含有大量水分，既不适合盖房子，也不适合种田。"

"是吗？"

"山顶和山麓，各有一个大湖。你还记得我们爬山路的时候，也看到过稀稀落落的池塘和沼泽吗？这一带都是湿地。"

湖沼地带，还有湿地。

即使地价再便宜，在地基这么松散的地方盖房子，施工起来也一定困难重重。为了防止山崖崩塌，需要采取各种措施，所以工程费用总额也会相应地增加。换言之，矗木将眼球堂建在这里并不是因为地价便宜，而是有其他必须选择这里的理由。

如果是这样，就更令人费解了。

矗木的用意，究竟是什么？

将眼球堂建在这片土地上的真正用意。

对了，说到眼球堂……

巨大的白色容器，和被包在里面的黑色建筑物，还有无数的白色柱子。

晶木将这个建筑物，命名为"眼球堂"。

象征着眼白的巨大容器，还有象征着黑眼珠的建筑物。

宛如一颗眼球，所以叫作眼球堂。但是——

"为什么呢？"

"什么？"十和田突然抬起头，"你说什么'为什么'？"

"咦？莫非我刚才说什么了？"

"说了。你说了句'为什么'，所以我才问什么'为什么'。"

难道刚才，无意中将心里的话说出来了？

蓝子面红耳赤地摆摆手，敷衍地回答："那个，这个……其实也没什么大不了的。我只是在想，为什么眼球堂是眼球呢？"

"为什么眼球堂是眼球？我完全不明白这句话的意思，是指建筑物的名字吗？"

"是的，是的。"蓝子连连点头，"眼球堂名字的由来，一定是根据建筑物的形状而来的，这个我知道。虽然知道，可是……我在想，真的只是这样吗？"

"真的，只是这样吗……"

十和田紧抿着嘴，蓝子继续说："嗯。怎么说呢，那个……我总觉得，这个名字还有什么更深层的意思。你想，大家不是常说'人如其名’吗？的确，眼球堂从平面图来看是一个眼球的形状，不过我觉得这不一定只是外观上的问题吧，虽然我自己也说不清楚。”

——蓝子把想到的事情，一股脑地说了出来。

蓝子的话既抽象又含糊不清，然而静静倾听着她的话的十和田，过了一会儿——

“难道说……”

突然，他从胸前的口袋里掏出什么东西，猛地摊开来，凑到眼睛跟前。

“十和田先生，怎……怎么了？这么突然。”

“别说话，闭嘴！”

“什……”

十和田言辞简短地制止了蓝子，继续用他那瞪得像圆盘一样的眼睛看着那张纸片。

那是一张折叠之后放在口袋里的纸片。

纸片一角被撕掉了一小块，纸质看上去很高级。

——是图纸。

十和田不知在想什么，突然打开眼球堂的图纸，开始死死地盯着它。

他到底在干什么？

蓝子惊讶地眨了眨眼，十和田到底在想什么？

但是，十和田一副“谁也别打扰我”的态度，让蓝子也不好再去搭话。

然后——

五分钟，不，十分钟过去了，他还是一动不动地盯着图纸。

终于，十和田抬起头来："不好意思，谁有可以写字的东西？"

"可以写字的东西吗？"

"嗯，铅笔也行，圆珠笔也行，什么都可以。"

"那个，自动铅笔可以吗？"长桌另一端，传来小小的声音。

视线一转，只见造道手里拿着一支自动铅笔。工作勤勉、随时随地都在取材的她，现在胸前的口袋里似乎刚好放着书写工具。

"很好。借我一下。"

"好的。"

经由蓝子，她的自动铅笔被传到十和田的右手中。

于是，十和田开始在图纸上画线。

一条，又一条，先是纵向的直线，然后是横向的。

十和田到底在画些什么？

蓝子惊讶地看着十和田，过了一会儿，十和田从鼻子里呼出一口气，抬起头来。"原来如此……"他只说了一句话，声音平静却有力。

"这到底是怎么回事？"蓝子皱起眉头。

十和田像是在回应她似的，微微扬起嘴角："欧几里得曾经以五个命题为基础，建立了几何学。这件事，我之前跟你讲过吧？"

"嗯……嗯。我记得……"

欧几里得在论述几何学时，提出了五个命题，作为最基本的假设，也就是几何学的五项原则，不需要证明的大前提。

"是五大公理对吧？"

"没错。在古典几何学中，一切都是以五大公理，换句话说，就是那五条常识为基础构筑起来的。但是到了十九世纪，这些常识发生了巨大的变化。"

"是因为当时第五公理……平行公理受到质疑吗？"

"正是。第五条常识——'过已知直线外一点，只能作一条直线与已知直线平行'，罗巴切夫斯基对它产生了怀疑，然后亚诺什证明了这点，第五公理的骗局得以暴露出来。也就是说，这根本不是常识，只是单纯地为了方便而添加上的假设。于是，平行公理跌下宝座，以余下的四大公理为基础构建起来的新几何学诞生。这便是球面、伪球面上的非欧几何学。"

"嗯……"

突然，滔滔不绝地讲着几何学的十和田，面对困惑地歪着头的蓝子，却露出有些开心的笑容继续道："这则轶事揭示了什么？那就是，始终对公理本身报以怀疑的重要性。我们理所当然地信赖常识，并安心地将全身心都交付给常识，然而我们真的可以毫无根据地相信常识作为础石的坚固程度吗？这种怀疑主义，孕育出了之后逻辑学中的哥德尔不完备定理、物理学中的爱因斯坦狭义相对论、社会学中的阿罗不可能定理、哲学中的维特根斯坦逻辑哲学论、政治学中的马克思论、艺术领域中布拉克和毕加索的立体主义。我想说的是什么呢？很简单。公理、公设、基础，还有常识……只要摆脱这些先入之见，我们的眼前，就随时能开启一片新天地。"

"先入之见……新天地？"

"没错。然后，在这座眼球堂里，最重要的就是颠覆常识。也就是说……"

"也就是说什么？"蓝子催促十和田道。

十和田张开双臂，像发表宣言似的高声说道：

"也就是说……我全都明白了。这座眼球堂里的谜题背后隐藏着怎样的解答？换句话说，是谁，又是如何制造了如此扑朔迷离的事件？一切的一切……都明白了。"

问：根据以上边界条件，针对眼球堂内发生的多起杀人事件，回答以下问题。

1. 描述事件中使用了什么样的诡计。
2. 说出实施杀人行为的人物的名字。

第 Ⅴ 章　眼球堂之谜

12345678

1

"发生什么了？"

见气氛非同寻常，造道和平川都抬起头，用讶异的目光看着十和田。

蓝子也露出疑惑的表情，问道："那，那个，十和田先生……"

"怎么了？"

"你说'一切都明白了'，是什么意思？"

"字面意思。"十和田用右手中指轻轻推了推眼镜的中梁，脸上露出愉快的笑容，"从前天开始困扰着我们的一连串事件……也就是被贯穿身体的蟊木先生、被枪杀的南部先生和三泽小姐，还有坠楼身亡的黑石先生和深浦先生，所有的谜题都解开了。我刚才的话，就是这个意思。"

"这么说，该不会凶手也……"

"那是当然，我已经知道凶手是谁了，也就是说……问题全部解决了。"

蓝子哑然地看向造道他们。

他们也呆呆地张着嘴，看着对方的脸，或者蓝子的脸。

——十和田解开了眼球堂里的所有谜题。

——当然，他也知道了设下谜题的人的名字。

也就是说，他已经知道，这一连串事件的凶手是谁。

"是……是谁？"蓝子猛地站了起来。

膝盖重重地撞上桌子，但是她完全无暇在意，继续向十和田追问道："凶手是谁？他是怎么做出这种事情的？还有……为什么要这么做？不，更重要的是……我们能离开这里吗？"

"好了，好了，你冷静一点。"十和田举起双手，制止蓝子道，"我只是一个人，发声器官也只有一个，所以不可能同时回答一个以上的问题。而且做事要讲究顺序，所谓'证明'，原本就是要循序渐进、反复推论的东西。就像登山，只有顺着山麓到山顶的路线，一步一步、踏踏实实地走上去，才能征服高峰。所以，现在先冷静下来。"

"好，好的。"

确认蓝子老实地坐下以后，十和田说了句"很好"，然后接着说道："那么，开始证明吧。"

2

"证明的第一步，首先是……"十和田竖起食指，在头顶上画了一个水平的圈，"解开回廊之谜。"

"回廊？是指那个回廊吗？"

听到蓝子的问题，十和田点了点头："没错，正是围绕这座建筑物一周，直径约四十米，北侧被称为明回廊，南侧被称为暗回廊的回廊。那个回廊里，其实隐藏着一个巨大的谜。"

"谜？"

"嗯。不过，在切入谜题的核心之前，有必要先整理一下事件的受害者。"十和田咳嗽一声，继续说道，"在这次的事件中，有五名受害者。分析这些人的死法后，大致可以将其分为三种类型。蓝子，你知道是哪三种吗？"

"啊？"这个唐突的问题，让蓝子额头上浮起了小小的皱纹，"那个……你的意思是被贯穿身体、被射杀，还有坠楼吗？"

"没错。曩木先生是被柱子刺穿，南部先生和三泽小姐是被射杀，然后黑石先生和深浦先生都是坠楼身亡。也就是说，可以将死因分为被刺穿、被枪杀、坠楼而死这三种类型。很厉害嘛，蓝子，先奖励你一分。"

"谢，谢谢……"

蓝子不知这算是夸奖还是嘲讽，纳闷地点了点头。

十和田继续说道："其次值得关注的是死亡的对称性。例如，被枪杀的有两人，坠楼的也有两人，人数相同。以天为单位来看，前天一人被枪杀、一人坠楼，昨天也是一人被枪杀、一人坠楼，构成了同样的排列组合。从这些事件中可以窥探到一种对称性的结构。那么……我们试着这样思考一下。或许这座眼球堂里，运行着某种与杀人有关的系统。"

"杀人……系统？"

"是的。而且这个杀人系统是双系统，两种系统每天各只运行一次，从性质上来说，不就能确保每天有一人被枪击，一人坠楼而亡吗？"

杀人的系统——系统、性质、对称，以及结构。

十和田说的这些词，听起来和杀人事件毫无关联。

十和田到底想表达什么？

十和田顿了一下，继续说道："那么，我们首先来看系统之一的牺牲者，也就是坠楼身亡的两人。牺牲者分别是谁？"

"黑石先生和深浦先生。"

"分配给他们的房间分别是什么？"

"一号房和八号房。"

"这两个房间独有的特征是什么？"

连珠炮似的问题——蓝子迟疑一下，回答道："那个……都有窗户。"

"两起坠楼事件还有几个共同点，你知道吗？"

"欸？……都有一把枪掉在地上？"

"还有一个。"

"呃，那个……啊，尸体都在窗户的正下方。"

"不错，连续获得五分，太棒了，无可挑剔。"十和田满意地笑了笑，继续说道，"然后，面对这种相似的状况，我们之前是怎么推理的呢？也就是……"

——是不是打开房间的窗户，从那里跳下去自杀了？

"从结果推导原因时，大多会以现场情况作为线索。比如，我们看见一具尸体，旁边有毒药的话，就会觉得是服毒身亡；头部有肿块的话，就会觉得是被击打身亡；胸口有刀伤的话，就会觉得是被刺死的。但是，根据情况推测出的，不一定就是正确答案。推测终究只是推测，并不能保证它一定是事情的真相。"

"也就是说……我们那个推理，是错误的？"

"没错。"十和田用力点头，"黑石先生和深浦先生看上去是从自己房间的窗户跳下去的，这完全是一个错误的理解。换句话说，这是假象，完全不代表真实情况。所以，那个推理是错误的。"

餐桌的另一边，造道发问了："您说推理是错误的，有什么依据吗？"

十和田将身体转向造道，回答道："比如，八号房的窗户是关闭的。跳楼之后再爬回去自己关上窗户，这种事几乎不可能发生，所以深浦先生是跳楼自杀这一说法并不现实。此外，两个房间的窗户都只能打开五十厘米左右，体型壮硕的黑石先生特地从那么狭窄的缝隙里钻出去自杀这种说法，也很缺乏说服力。"

"可是，有没有可能是有人之后关上了窗户，或者强行把黑石先生推下去了？"

"你的观点，是怀疑这两人的死是他杀？"

"是的。"造道点了点头。

"确实，自杀不可能的话，那么就是他杀，这种思考逻辑是合理的。如果根据某个假设演绎出来的结论是错误的，那么假设就是错误的，这种推理方式，和所谓的'反证法'是同样的。但是……"十和田轻轻摇了摇头，"这也不对。"

"不对吗？"

"嗯。那两人的死，不是他杀。"

"为什么？"

"因为窗框上没有痕迹。"十和田换了口气，说，"所谓他杀，就是在被害者看来，是在非自愿的情况下被剥夺了自己的生命。在可能被人杀害的情况下，被害者通常会采取什么样的行动呢？"

"大概……会抵抗吧。"

"没错。会为了不被杀死而拼命抵抗。要将处于这种激动状态下的人从小小的窗户缝隙间推出去，按常理来说，必定会在软木窗框上留下什么瑕疵或者摩擦痕迹。然而，窗框上却没有一丝这样的痕迹。也就是说……"

"不是他杀……"

"没错。当然，也许有人会猜测是先用安眠药让他睡着，再推下去的。但是这种情况下，仍然必须将黑石先生硕大的身体塞进窗户的缝隙中，那么还是会在窗框上留下某种痕迹吧。从根本上来说，我不认为凶手会特地做这么麻烦的事。所以很难认为两人的死是他杀。"

"可是……"蓝子像要盖住十和田的话似的追问道，"不是自杀，也不是他杀……那究竟是怎么回事呢？"

"这个嘛，怎么说呢。"十和田嘴角弯起一丝弧度。

蓝子心想，啊——我知道十和田的这个表情。

当十和田露出这种恶作剧似的笑容时，就说明他已经看透了一切。

然而，十和田——

"先不说这个……"他仿佛在卖关子似的，岔开话题，"我在意的还有另外两点。第一点，黑石先生和深浦先生两人坠落的地点几乎是左右对称的理由是什么？对此，很容易就可以推断出，是因为他们穿过的窗户是左右对称的，也就是说他们的房间一号房和八号房本来就处在左右对称的位置。然后，再仔细想想就会发现，这种左右对称的位置，其实是由更大的结构，也就是眼球堂本身的对称性引起的。"

对称性——究竟是什么？

关于这一点，十和田之前解释过。

——点对称、轴对称，或者平移后能重合、旋转后能重合，这种性质就叫作对称性。

没错，也就是说，对称性是——

"还有一点，就是存在于这座建筑中各个地方的，某个显眼的局部构造。"

"局部构造？"

十和田对歪着脑袋的蓝子说："双重门。"

双重门——也就是设置在前室、各起居室以及去往餐厅的通道上的那种两扇平行排列的门。

"眼球堂里处处可以看到双重门，但不可思议的是，并不是每个地方都是双重门，以及窗户不知为何也不是双重的。从建筑学角度来看，设置双重门的目的有几种。例如，在一定程度上维持室内温度，即为了保温。例如，隔绝室内外的声音，即为了隔音。此外，出于防尘、防菌的考虑，气压不同的空间之间的气闸室也会使用双重门。然而，在这座眼球堂中，双重门的用途却不是这些。这里的双重门，是出于其他原因……而且是出于某个出乎意料的原因，而被设置的。"

那个，出乎意料的原因是——

蓝子不由得将身体前倾，十和田却又轻巧地转移话题道："那么，让我们重新回到最初的讨论。还记得我之前提到过几何学中欧几里得的五大公理吗？所谓公理，是事物立足的基础，用通俗的语言来说，就是'常识'。就像几何证明是以公理为起点而构建的一样，人类的生活，大都建立在常识的基础上，眼球堂也是同样。也就是说，眼球堂的存在，建立在五条常识的基础上，而我们一直在以这五条常识为起点思考问题。蓝子，你知道它们分别是什么吗？"

蓝子沉默片刻后，摇了摇头。

十和田这种水平的思考，恐怕已达到常人无法理解的高度了。

"是吗？"十和田脸上流露出些许遗憾，但很快又恢复了平时那种胸有成竹的表情，"眼球堂的五条常识，是这样的：一、眼球堂存在于地球上，所受重力的方向总是竖直向下的。二、眼球堂处于孤岛模式，即完全封闭的状态。三、眼球堂里不存在未知的通道或隐蔽的房间。四、眼球堂的一切，都能被我们看见。五、眼球堂作为不动的东西存在于此。

"这是乍一看觉得理所当然的五件事，但是正因为觉得理所当然，所以才有必要先将它定义为不证自明的东西。就连蓝子也没能想到这一层吗？"

"是的，很遗憾。"蓝子一脸抱歉地低下头。

"好吧。不过，你已经给我足够的启发了。所以问题就是，只要我们还在被这些常识束缚，就永远无法解开眼球堂之谜。这就好像在被欧几里得五大公理所束缚的几何学中，三角形内角和被限定为一百八十度一样。常识剥夺了我们在推理中的自由思考，导致结论被收束为单一的可能性。换句话说，常识如同铁箍，钳制了我们的思考。"

"常识的……铁箍。"

"是的，铁箍就是那种用来固定木桶的金属环，没有它，木桶就会漏水，所以这个部件非常重要。只考虑这点的话，铁箍似乎是必不可少的东西。但如果想要破坏木桶，那么最先成为阻碍的也是这个铁箍。现在，对于需要发散思维的我们来说，名为'常识'的铁箍就是阻碍，使得我们无法打破狭小的木桶。所以……"

"所以什么？"

面对蓝子的反问，十和田露出他那胸有成竹的笑容回答道："我们要打破常识的铁箍，把刚才的五条常识中的一条，从脑海里驱逐出去。这样一来，几何学就被拓展了，令人眼花缭乱的非欧几何的世界，便会在我们眼前展开。"

"那……那么，你说的……从五条常识中驱逐一条，是指哪一条呢？"蓝子咽了口唾沫，问道。

十和田顿了一下，回答道："第五条，眼球堂作为不动的东西存在于此。把它去掉，也就是说……"

也就是说——

"眼球堂会动。"

会动？眼球堂？

听到这异想天开的想法，蓝子瞪大了眼睛，一眨不眨。

建筑物会动？这个庞大的建筑物会动？

人们心里都在想，怎么会有这么荒唐的事情？但是十和田确实说过——常识的铁箍，剥夺了自由的思考。

换言之，打破常识的铁箍后，一个崭新的世界就会展现在人们眼前。不合常识的构思，正因为其不受常识限制，才促进了自由的思考，而这种自由的思考，正是揭开眼球堂秘密的关键。

原本，在建筑家翡木炀所构筑的世界中，"会动的建筑物"这个看似荒唐的想法就算不上脱离常识。被誉为翡木成名作的东京湾品川可动桥，正是一座巨大的可活动的桥。

所以即使眼球堂会动，也不是什么异想天开的事。

但是即便如此，仍然存在不明确的部分。

蓝子问十和田："那，眼球堂是怎么动的？"

"怎么动的？"十和田挑起眉毛，"这一点，结合我刚才说过的话，应该已经很清楚了。"

"对不起，我还不太……"

"是吗？真没办法。那就给你一个提示吧。双重门都设置在哪里？"

"双重门……"

双重门设置在哪里？

蓝子闭上眼睛。

有双重门的，是前室与回廊相接的地方，以及回廊与八间起居室相接的地方。此外，还有回廊与餐厅相接的地方。

共同点是——回廊。

蓝子突然有些兴奋地说："啊！对了，全都在面向回廊的地方。"

"没错。作为奖励再给你几个提示吧。双重门的位置在哪里？为什么夜里双重门会被锁上？这些双重门存在的理由是什么？以眼球堂会动这一事实为催化剂，重新思考这些疑问，那么，会得到什么？"

蓝子再次闭上眼睛。

有双重门的位置，正如刚才所说，是面向回廊的地方。

夜里，为什么双重门会被锁上？那是因为有锁上的必要，锁上是因为不希望门被打开，不希望门被打开是因为——

"啊。"

——因为不想被人看到门的后面。

换言之，双重门存在的理由，是为了隐藏门后发生的事情。

如果以眼球堂会动为前提来思考的话——

"啊……啊……"

"明白了吗？"十和田露出满意的笑容。

蓝子瞪圆眼睛，张着嘴巴，连连点头："明白了，嗯，我明白了。"

然后，蓝子深吸一口气，兴奋地对同样激动的十和田说出了答案："回廊是会旋转的，对吧？"

——圆。

那是与一个固定中心等距的所有点的集合。

因此，圆是以任意一条通过圆心的直线为对称轴的轴对称图形，或者说是以中心为对称点的点对称图形，同时，绕圆心旋转任意角度都能和原来的图形重合，也是旋转对称图形。

在这座眼球堂里，回廊是一个圆。

也就是说，眼球堂的回廊也是旋转对称图形。

所以，回廊会动，也就是——转动。

——为什么？

这个理所当然的疑问的答案，蓝子已经知道了。

没错，那是因为回廊本身，就是杀人系统。

"没错，是旋转！回廊会旋转。"十和田重重地点了点头，继续说，"让我们回到那两名可怜的牺牲者，也就是黑石先生和深浦先生的事件上来。在生命中的最后一晚，他们身上分别发生了什么？详细经过只能问凶手本人，但可以肯定的是，他们首先被叫到了回廊。具体方法是……对了，比如事先把便条放到房间里这样的方法，或许可行。"

"门锁呢？门难道没有上锁吗？"

十和田回答了平川的问题："没有。恐怕眼球堂里各个房间的门锁……不，甚至包括眼球堂整体的运作，都可以被凶手远程操控。正因如此，前天晚上和昨天晚上，只有可怜的牺牲者们能离开房间，去到回廊。"

"这么说，前室的门也是？"

十和田点头道："当然，也是凶手通过远程操控锁上的。这个先暂且不谈，总之他们离开房间，去了回廊。在那里，他们看到了什么？那就是，令人震惊的东西，不应该出现在那里的人……也就是，凶手。他们看到凶手的真面目后大惊失色，惊慌失措地逃跑了。但是，前室的门是锁住的，餐厅的门也打不开，想去其他房间求助，但房门都被锁上了。结果，他们只能逃进唯一没有上锁的地方，也就是自己的房间。他们气喘吁吁地打开自己房间的门，慌慌张张地冲进去，然后……就死了。"

"死了？"平川露出讶异的表情，"怎么会死呢？是被凶手抓住了吗？"

"不，因为他们就那样从十米高的空中坠落下去了。"

"坠落？为什么？"平川歪着头，依然一副不解的样子。

十和田解释道："他们以为门的另一边是自己房间，然而那边并不是房间，而是通风井。"

"通风井？可是，怎么会……啊！"平川拍了一下手，"原来如此，'回廊会旋转'是这个意思啊。"

是的——回廊旋转起来，会怎么样呢？

回廊往右转的话，暗回廊上的门就会整体向左偏移。当然，黑石的房间，也就是一号房的门，也会往左移。往左移动后，门的另一边是什么呢？是外面，也就是通风井处。同样，回廊往左转，便是深浦的房间，也就是八号房的门外，对着通风井了。

也就是说，凶手通过旋转回廊，在一号房和八号房的门后设置了一个巧妙的陷阱。

十和田继续说明道："回廊的旋转，一定是从牺牲者走到回廊的时候就开始了吧。旋转的速度想必极为缓慢，甚至令人无法察觉，一秒钟最多也就移动两三厘米。但是，即使这样，也只需要两分钟就能转动三米远。"

"旋转三米的话，门的另一侧就会变成通风井……"

"没错。"

听到蓝子的喃喃低语，十和田轻轻地点了点头。

"但是牺牲者们没有注意到回廊的旋转，如果是白天，或许能够注意到明回廊外的景色在移动，但实际上回廊的旋转发生在深夜，而且是深山里的黑夜，连月光都没有，实在很难察觉。"

"没有月光……啊，莫非……"蓝子也拍了一下手，"所以，眼球堂才建在山的北面吧？"

"没错。"

"山的北面？"

看见造道露出惊讶的表情，蓝子解释道："在北半球，月亮出现在天空南方。可是我们所处的位置，南边的天空被高山遮挡住了，所

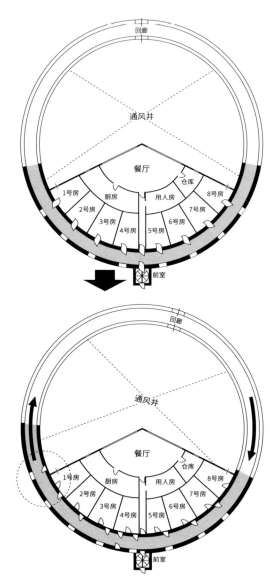

图7　回廊旋转图

以看不见月亮。如果有月亮，或许可以凭借微弱的亮光发现回廊在移动，但可惜现实情况并非如此。"

"原来是这样啊。"

"顺便一提，太阳也是同理。而且，这与眼球堂的另一个谜有很大关系，这个稍后再做解释。"十和田补充道，"总之，没有察觉到回廊正在悄悄转动的牺牲者们，惊慌失措地打开自己房间的门。当然，他们以为那里还是双重门。两扇门之间的空间原本就是漆黑一片，更何况从明回廊跑回暗回廊的他们，眼睛还没能完成暗适应，也就是还没有适应黑暗。于是他们毫不怀疑地纵身一跃……根本没有意识到，那是在通风井上方的十米高的空中。就这样，他们遵循万有引力定律，掉了下去，当场丧命。"

不是他杀，也不是自杀。

谜底终于揭晓了。

没错，这是意外死亡。

当然，从某种意义上来说，这样的蓄意谋害几乎与他杀无异。但是，凶手并没有直接对他们下手，从这一点来看，这还是属于事故的范畴。

"就这样，把他们逼上绝路的回廊杀人系统，又缓缓转回原来的位置，第二天早上，我们便从上方俯瞰到牺牲者的尸体了。"

"那……那把枪呢？"平川问道，"尸体旁边有一把枪，那把枪到底是怎么回事？"

十和田立刻回答："当然，那并不是牺牲者们的东西。那把手枪是牺牲者们掉进黑暗的深渊之后，把他们逼死的人从上面扔下去的。为了让我们误以为是他们使用了手枪。"

"也就是说，枪的主人是……"

十和田接着平川的话往下说道："是凶手，两把枪都是。正是这两把枪夺走了另外两名牺牲者，也就是南部先生和三泽小姐的性命。那么……"十和田深吸一口气，继续说道，"证明进入第二步，解开眼球堂之谜。"

十和田做了个和刚才相反的动作，将手伸到身前，指了指下方。

眼球堂之谜——

蓝子"咕噜"地吞了口唾沫。

"话题回到南部先生和三泽小姐。他们两人都是被枪杀的，对这一事实的判断可以成为解题的线索。被枪杀就意味着有枪手，那么，'开枪打死他们的人是如何出现在现场的'便会成为问题。凶手出现在现场，即眼球堂内的具体方法……"十和田竖起右手的食指、中指、无名指，示意道，"可以想到的有三种可能。一、从前室入侵；二、从回廊的窗户入侵；三、从一开始就在眼球堂内。其中，第一种可能性很快就能排除，因为没有凶手经过前室的痕迹。"

说完，十和田放下无名指，竖着的手指变成两根。

能断言凶手不是从前室入侵的理由蓝子很清楚，因为十和田设下的陷阱，夹在前室门缝里的纸片，并没有掉下来。

造道和平川不知道这件事，正一脸茫然，十和田却毫不在意地继续道："还剩两种可能性。其中，'凶手从一开始就在眼球堂内'这条也可以排除，因为我们搜查过整栋房子，并没有人。"

"请等一下。"十和田正要弯起中指，平川却低声问道，"凶手在我们之中的可能性呢？"

十和田过了一会儿才回答："可能性不能说是零，但我想应该不可能，因为如果是我们当中的某个人所为，这之后的话就完全接不上了。"

"这之后的话？"

"就是动机。"十和田用左手推了推鼻尖上的眼镜，说道，"我们之中，谁也没有做这种事的动机。还有一点，我们几个如何能够灵活运用眼球堂这个建筑本身的结构呢？结合以上条件来看，虽然不能说你提出的那个可能性为零，但现在我们有另一个更切合实际的假说，所以我觉得，应该优先采用这个假说。"

对十和田来说，这是很少见的有点含糊不清的措辞。

但确实，在场的人，谁也没有犯下这种大规模杀人案的动机。

平川发出沉吟。十和田继续说道："还有其他的间接理由。其实，昨天我看到回廊的窗户开了一条缝，蓝子，你还记得那件事吧？"

"嗯，我记得。"

蓝子点点头，回想起了一件事。

昨天下午，回廊尽头的上下推拉式窗户的下端打开了一点点，冷风从外面吹进来，发出嗖嗖的声音。

"窗户有缝隙，这就表示在某一个时间点，窗户曾经被打开又关上了。如果回廊里的人是凶手，就没有必要打开窗户。既然如此，为什么回廊的窗户会开着呢？这一事实，暗示着有人曾从那里出入。"

"哦……"

"所以说，凶手在我们之中的可能性非常小，而且也可以排除'凶手一开始就在眼球堂里'的可能性。"

说着，十和田折起中指，只剩下一根手指还竖着。

"这样一来，便只剩下一个最可疑，也是最切合实际的可能性，那就是……"

"凶手是从回廊的窗户入侵的。"

"没错。"

听了蓝子的话，十和田用力点了点头。

"可是……"这次是造道提出了疑问，"凶手是从回廊的窗户入侵的，就说明他爬上或者爬下了这座十米高的黑色建筑物，对吧？没有梯子和绳索，他是怎么做到的呢？"

"确实，这也是眼球堂的谜团之一。"十和田答道，"但实际上，只要揭开眼球堂的另一个更大的秘密，这个问题也就迎刃而解了。关于这一点，有两个提示，第一个是眼球堂的位置。"

位置——也就是眼球堂所在的地方。

"在深山里……是这个意思吗？"

十和田回答蓝子道："是的。但是'深山里'还不是最重要的条件。眼球堂位于山北的斜坡，且四周是湖沼地带，山顶和山麓都有巨大的湖泊，这些才是最重要的。我们只觉得这里荒凉偏僻，但这个地理位置正是解开眼球堂之谜所不可缺少的要素。"

"呃……"

完全不明白他想说什么——面对嘴巴一张一合的蓝子，十和田继续说道："第二个提示是眼球堂内壁是用白色大理石做成的。精心打磨过的大理石表面具有某种特性，你知道是什么吗？"

"是很滑吗？"

"可惜。很滑这点倒也没错，但更准确地说应该是表面就像沾了水一样，反光性强。"

"就像沾了水一样……"

"反过来说，也就是……很难判断表面是不是湿的。"

"嗯，确实。"

蓝子用力点了点头。

她有过在大理石泳池边滑倒的经历。

那个时候，除大理石很滑之外，她还学到了另一件事。那就是大理石即使是湿的，也看不出来。

"把这两个提示，与另一个问题结合起来试试，也就是，骉木先生的尸体是如何被放置到柱子上面去的？关于这个手法，我们之前选择了'从旁边移过去'这个分类出发来讨论。因为从旁边，也就是从水平方向移动的话，不需要消耗重力势能……好了，这样一来，材料就齐了。"

——眼球堂位于山北的湖沼地带，山顶和山麓都有巨大的湖泊。

——大理石即使是湿的，也看不出来。

——骉木的尸体，是从水平方向被放置到柱子上的。

"以这些材料为基础，挑战眼球堂的白色容器之谜，一个假说便浮现出来。"

"假说？"

"是的。而且，这是一个能够解释袅木先生尸体之谜，和凶手如何攀登十米高的墙壁之谜的假说。"十和田重重地点了点头。

蓝子回视着他歪歪扭扭的玳瑁眼镜框和伤痕累累的镜片后面，那双闪闪发亮的眼睛，问道："是什么样的假说？"

十和田的视线也没有从蓝子身上移开："这个眼球堂里，会积满……水。"

——会积水？

——这个眼球堂里？

十和田对一脸愕然的蓝子说："也难怪你会这么吃惊，毕竟这是一个规模庞大到让人难以置信的诡计。不过，只要能想到眼球堂里会积水，一切就不难解释了。"

"你……你说会积水，那水……到底在哪里？"

"眼球堂的眼白部分。直径一百米的圆，去掉直径四十米的黑眼珠后余下的部分。"

"能积多少水呢？"

"一直到回廊和白色柱子尖端的下方，也就是约十米深的水。"

"也就是说……"蓝子声音沙哑地问十和田，"从大理石墙壁爬上回廊窗户的方法是……"

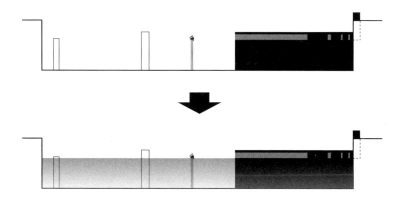

图8　积水前后的眼球堂

"不是爬上去，而是游过去。凶手游到了回廊的窗户。"

"可……可是，那样的话现场应该会很湿吧？爬上回廊的时候地板会被打湿……"

"明回廊地毯的绒毛很长，水分都会被吸干的。"

"这么说，那具骉木先生的尸体是……"

"那只是凶手沿着水平方向游到柱子顶端后，放置在上面的假尸体罢了。假尸体很轻，对于擅长游泳的人来说，并不是什么难事。"

"怎么会……"干燥的喉咙里感到灼烧般的疼痛，但蓝子还是继续问道，"可……可是……最根本的问题是，那么多水，到底是从哪里来的？"

十和田面不改色地回答："很简单，从山顶附近的湖里引过来的。"

"湖？"

"是啊。盛在白色容器里的水，其水源就是山顶的湖泊。'水往低处流'，眼球堂正是利用这个原理来引水的。"

"那排水呢？"

"排到山脚下的湖里。取水和排水，两者都是利用天然的高低差实现的，连水泵都不需要，只要有阀门就行，真是个简便的方法。"

"我还是不敢相信，那么多的水……真的能马上蓄好再排掉吗？"

"确实令人难以置信。但是，眼白部分用于蓄水的话，其容积估算下来约为六万立方米。确实是很庞大的量，但反过来说，如果一秒钟的取排水量能达到六立方米……也就是六吨的话，只需大约三小时就能完成。"

"一秒六吨……即使这样，也还是很庞大的量啊。那么大的取排水口，到底在哪里？"

"大概是在那些白色柱子根部的背后吧。每根柱子后面的取排水口可能很小，但柱子毕竟有很多。合计起来，便能够确保每秒钟取水的量在六吨左右。"

"原……原来如此……"蓝子生硬地点了点头。

十和田所说的眼球堂之谜，其答案大致是这样的。

——凶手每晚在白色容器里蓄水，然后在那满而不溢的水面上游泳，来往于柱子顶端和回廊的窗户之间。

他游着把尸体放在柱子上，又游着闯进眼球堂内部。

犯罪结束后，再把水抽干。白色容器被打湿的痕迹，与大理石本身光滑的表面混在一起，难以分辨。

取水和排水各需要三个小时左右，通宵运转的话，中间便可以确保留出一个小时左右的时间。只要有这一个小时的时间，就能完成让回廊旋转的杀人诡计。

多么庞大的一个装置啊，但是尽管如此，有些地方仍然存疑。

蓝子试图与十和田争辩："可是，十和田先生，这样的话，凶手不就无处可去了吗？"

"什么意思？"

"凶手不在这栋房子里，也就是说，他白天藏在白色容器的某个地方，对吧？"

"是啊。"

"但是我们并没有看到凶手，当然，白色柱子后面是有死角，但……十和田先生，难道你是想说凶手白天就一直藏在那个死角里吗？"

"白色柱子后面，确实有一处狭窄的死角，但是如果真藏在那里，凶手白天就得蜷缩在狭窄的死角里一动不动，这怎么想都不合常理。毕竟这起事件持续了四天之久，我不认为凶手能站那么长时间。凶手也是人类，必须睡觉，还需要有个像样的能遮风挡雨的空间。"

"你说得没错。不过，既然如此，那凶手到底藏在哪里呢？"

蓝子问道。十和田沉默了一秒，故弄玄虚地扬起嘴角："凶手果然还是藏在白色容器里的。"

"呃,可是……那里并没有可以让凶手待着的死角吧?"

"不,有的。"

"咦?"

"当然有了。白色容器里有一个死角,宽敞到足够让凶手躺在里面遮风避雨。"

——这是什么意思?

蓝子反问道:"你说有死角?哪里?死角在哪里?"

但十和田没有马上回答她的问题。

他夸张地咳嗽了好几声,然后重新戴好眼镜,端正坐姿,才终于开口道:"现在看来,这或许才是眼球堂最大的谜题。其实只要仔细研究图纸,就很容易就能解开,但是就连这件事我也是刚刚才想明白的。这样一想,晶木建筑的设计是多么缜密啊……真是忍不住拍案叫绝。"

"十和田先生,你突然在说什么啊……"

但十和田仿佛没听见蓝子的话,自顾自地继续道:"我应该早点注意到的。为什么这座眼球堂的白色柱子是二十七根?换句话说,为什么只差一根就是镍的原子序数二十八?所谓完全数,是指'除了自身以外的约数之和,恰好等于它本身'的数字。另外,将这二十七根柱子的数量按种类划分的话,具体如下,十四根、六根、四根、两根、一根。只要细柱子从六根变成七根,这些数字就能凑齐完全数二十八的约数,这难道仅仅是偶然吗?还有一点……你们看这个。"

十和田拿出图纸,面朝大家。

上面画着眼球堂的平面图和立面图——在那之上，十和田又添了许多线，那些线条纵横交错着，细致得简直不像徒手画出来的。

那些线是——

"格子？"

十和田立即回应了蓝子的喃喃自语："没错。纵横间隔都是五米。"

那是重合在眼球堂平面图上的等间隔格子。直径为一百米的眼球堂上，画满间隔为五米的格子，变成了二十乘二十的方格纸，覆盖在眼球堂的平面图上面。

十和田继续说："我一直都觉得，这个立面图很奇怪。看，分布在各处的柱子从某些角度规整地重叠在一起了，对吧？如果柱子真的是随机分布，应该不会这样。所以我突然想到，难道这些柱子的位置，正好在格子的交点上吗？于是我像这样画上格子再一看，果真几乎所有柱子都在格子的交点上。但是……也有例外，有几根柱子不在格子的交点上。"

十和田所说的"例外"，从图纸上就能明显地看出来。

中央偏左一点的地方，有四根没有位于格子交点上的柱子密集地排列在一起。此外，右下方也有一根同样没在格子交点上的柱子。它们分别是三根粗柱子，一根细柱子，还有一根四棱柱。

"数一下就会发现，不在格子交点上的柱子总共五根。竟然也只差一根就是完全数，即碳的原子序数六。而且按种类来分的话，每种柱子各有三根、一根、一根。同样，只要细柱子从一根变成两根，

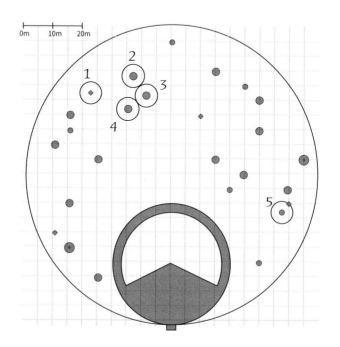

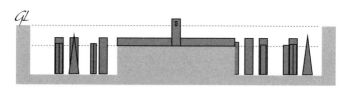

图9　格子图

就能凑齐完全数六的约数……这是偶然吗？不，不是什么偶然。从完全数这个数学概念上来看，这是不完美的，但这些不完美，正是揭开矗木炀在这座眼球堂里设下的最大秘密的关键。"十和田顿了一下，说，"你还记得我刚才说的五条常识吗？"

"嗯，嗯。我记得是……眼球堂存在于地球上，所受重力的方向总是竖直向下的；眼球堂处于孤岛模式，即完全封闭的状态；眼球堂里不存在未知的通道或隐蔽的房间；眼球堂的一切，都能被我们看见；眼球堂作为不动的东西存在于此。"

"没错。第五条的不动性已经被排除，所以现在还剩四条，但是就连这四条常识中，也有值得怀疑的地方。"

"有值得怀疑的地方……也就是说，还有可以剔除的部分吗？"

"没错。"

"是哪一条？"

听见蓝子的疑问，十和田点了点头，将除右手的大拇指以外的手指张开，给蓝子看。

"第四条。"

"第四条，也就是……"

——眼球堂的一切，都能被人们看见。

舍弃这个常识，也就是——

"眼球堂为什么要建在北面，另一个原因就在这里。因为如果太阳光照进来，形成影子，我们就会看到那个东西的存在。不过……话说回来，这座建筑的名字'眼球堂'，还真是把建筑物的特性表现得淋漓尽致，我实在是佩服。"

"不仅是因为它的平面图看起来像眼球一样吗？"

"嗯。这座眼球堂，不仅是形状，就连性质上也和眼球有很大的共同点。这一点，用跟眼珠，也就是'眼'字相关的惯用语来思考就明白了。比如说，眼睛会转动，眼睛里会有泪水，眼神会游移不定。"

"啊……"

确实——

眼花缭乱——这是回廊会旋转的暗示。

眼含泪水——这是白色容器能蓄水的暗示。

眼神游移——这是凶手游过水面的暗示。

"还有一点，眼球有一个重要的医学特性。这大概是所有脊椎动物的眼球所具有的共同特征，而且这个特性有时还会引起错觉。"

人类的眼球所具有的某种医学特性？

"那是什么？十和田先生。"

听到蓝子的问题，十和田指着自己的眼球回答道："眼睛里，有盲点。"

盲点……盲点……

这个词在众人心中一遍遍地重复着，十和田继续道："眼底视网膜上的神经纤维，在一点汇聚成视神经束，与大脑相连。由于那一点没有视觉细胞，因此也没有感光能力。这个点被称为盲点，在日语中，也引申为'本该注意到却看漏了的东西'的意思。"

"盲点，也就是理应被看见，却没能被看见的东西。"

"没错。"

"你是说，这种盲点也存在于这个眼球堂里？"

"正是。"

见十和田点头，蓝子立刻反问道："哪里？哪里有盲点？"

然而十和田只说了句"稍等"，就抬起右手搪塞她道："蓝子，你知道龙安寺的石庭吗？"

"石庭？我不太清楚，不过，昨天十和田先生好像和深浦先生谈到过这个……"

"龙安寺是一座位于京都的临济宗寺院，以名为'方丈庭园'的石庭而闻名。在二百五十平方米左右的地面铺一层白砂石，用扫帚细细耙出纹路，上面放着十五块石头，这便是所谓的'枯山水'。有趣的是，这些石头无论从哪个位置看，都只能看到十四块。"

"剩下的一块去哪儿了？"

"哪儿也没去，只是总有一块会隐藏在其他石头的后面，所以我们只能看到十四块。"

"有一块……总是隐藏着。"

"十五的月亮是满月，因此在日本，十五这个数字是完整的象征。然而石庭里明明有十五块石头，却永远只能看见十四块。为什么？这是为了体现不完整性的价值。所谓事物在完成的瞬间就开始崩坏，既然如此，就不要完成，让它保持不完整的状态吧，它所反映的就是这种思想。这也是东洋常见的非对称性、非交换性的一个例子。然后……"十和田清了清嗓子，"反过来说，眼球堂的柱子也和这个完全一样。白色容器中只能看到二十七根柱子，离完全数还差一根。不在格子交点上的柱子只有五根，离完全数也还差一根。"

完全数、盲点、还差一……

"啊……原来是这样。"蓝子睁大眼睛，脸上现出笑容。

看着她的反应，十和田高兴地说："你终于理解了吗？没错，这座眼球堂是眼睛，所以里面有盲点。而这个盲点处，其实还有一根柱子，加上这一根，眼球堂的柱子就是二十八根，其中没有在格子交点上的有六根，正好是完全数。"

"但是，盲点处的那根柱子，是看不见的，因为它在盲点上。"

"为什么看不见呢？"

"因为被其他柱子挡住了。"

"回答正确。"十和田的脸上也露出笑容，"江户川乱步在短篇《致命的错误》中这么写道，'我认为再没有比盲点更可怕的东西了。'通常提到的盲点，是用于视觉现象上的词语，但我认为，意识上也存在盲点，也就是'大脑的盲点'。眼球堂里的这个盲点，既是被其他柱子隐藏的视觉盲点，也是利用了'图纸上没画所以那里什么都没有'这种错误心理的大脑盲点。多么巧妙的骗局啊，我真是发自内心地叹服。"

"确实……"

"那么，被其他柱子隐藏的盲点处的柱子在哪里呢？"十和田用自动铅笔在眼球堂的图纸上唰唰地画了几条线和几个圈，然后，用手指示意给大家看，"在这里。"

十和田伸出食指，指尖对着图纸中间稍微偏左上角的一点。

那里，确实是——

"凶手，就藏在这里的细柱子上。"

那个地方，无论从建筑物的哪个角度看，都在粗柱子的后面，无法被看见，当真是——视觉、意识以及大脑的盲点。

"骉木先生是以擅长用建筑表现数学主题而闻名的建筑家。"造道叹息道，"而且，他也经常在建筑中加入一些出人意料的动态结构。其中最具代表性的建筑物就是东京湾品川可动桥。这座眼球堂也是，用柱子的数量表现完全数这一数学概念，让回廊可以旋转，这些都在最大程度上反映出骉木炀的建筑理念。正可谓是，集大成之作。"

"你说得没错。"十和田叹了口气，平静地说，"这样一来，证明就进入了最后的环节。也就是，凶手是谁？"

没有人说话。

因为所有人都已经很清楚凶手是谁了。

正因如此，十和田脸上才会带着些许悲伤的神情，说道："眼球堂里，有各种各样的装置，这些全都是凶手通过无线设备进行远程操控的吧。能够自由控制双重门的锁，或是在白色容器中蓄水、放水，还能让回廊旋转。只要想想有谁能做到这些事情，凶手是谁，自然也就不言而喻了……"

说到这里，十和田暂时闭上了嘴。

因为他不想说出那个人的名字。

所以——

"凶手是……"蓝子代替他，说出了那个显而易见的结论，"能做到这些事的，只有既是这座眼球堂的设计者，同时也是其所有者的人，也就是骉木炀。除了他，没有其他人了。"

十和田什么也没说，只是点了点头。

"骉木先生杀了那四个人吧？"

"嗯……"

"一旦发现那根细杆上的尸体是假的，结论就只有一个了。"

"是的。事到如今，我反而惊讶于为什么我们没能早点断定这件事？为什么尸体被暴露在野外，却没有乌鸦和虫子聚集起来？这样一想，明明是很容易就能解开的谜题。"十和田顿了顿，继续说道，"骉木先生大概是以这样的顺序将犯罪计划付诸实施的吧。也就是……

"第一天晚上，确认所有人都睡着后，锁上房间的门。在眼球堂里放满水，游向盲点。举着事先准备好的假尸体游到细杆的尖端附近，放置好。再回到盲点，把水抽干。

"第二天晚上，仍然是在所有人都睡着之后，把一部分房间的门锁上，放水，游向回廊的窗户。把黑石先生引到回廊，悄悄让回廊

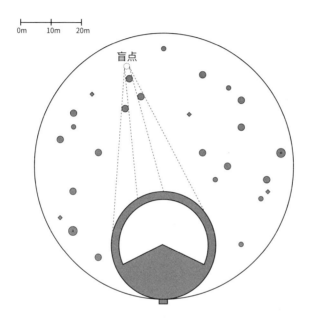

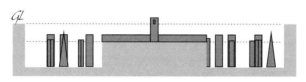

图10　盲点

略微向右旋转，同时用枪威胁黑石先生。确认逃走的黑石先生从一号房的门内跌落到通风井后，回到回廊。在六号房开枪打死南部先生后，把枪从一号房的窗户扔下去。再次从回廊的窗户游回盲点，把水抽干。

"第三天晚上，在所有人都睡着后，把一部分房间的门锁上，放水，游向回廊的窗户。把深浦先生和三泽小姐叫出来，悄悄让回廊略微向左旋转。先开枪打死三泽小姐，确认逃走的深浦先生从八号房的门内跌落到通风井后，把枪扔下去，回到回廊。然后，从回廊的窗户游回盲点，把水抽干。

"第二天和第三天被射杀的尸体位置没有呈现对称性，可能是因为南部先生没有应邀去回廊而是留在房间了，也可能只是单纯地想让第三天的尸体出现在回廊上。嗯，恐怕是前者吧。"

"原来如此。不过，也可以选择一开始就用枪杀死所有人吧？"

"当然有这种选项。不如说，这个选项要简单多了。但是他没有这样做，其中应该有什么深意吧。不知道是为了演出效果，还是为了扰乱搜查，又或者是为了美学，真相只能直接去问问他本人了。"说着，十和田静静地站了起来。

"十和田先生……你要做什么？"

十和田瞥了蓝子一眼，回答道："去确认一切的真相。"

"确认？去哪里？"

"去哪里，这还用问吗？"十和田轻轻推了推玳瑁框眼镜的中梁，回答道，"当然是盲点。"

3

去盲点。

那个白色容器里的还没见过的第二十八根柱子——盲点。

十和田说得轻巧，但是怎样才能去到那里呢？

蓝子疑惑地眨了眨眼睛："十和田先生，那个……去确认一下是可以，但是到底要怎么去呢？"

"怎么去？当然是从回廊的窗户下到白色容器里，然后走过去了。"十和田站起身，径直走到窗边，若无其事地回答道。

蓝子继续问道："不，所以我才问你要怎么下去啊。回廊的窗户有十多米高，你该不会要跳下去吧？"

"怎么可能。那样的话，不就步入黑石先生和深浦先生的'后尘'了吗？"

"既然这样……啊，莫非是要在眼球堂里装满水，然后游过去？"

"不可能的。眼球堂的系统，只有矗木先生能操控。"

"那你到底要怎么办呀？"蓝子有些不耐烦地对十和田说。

十和田摸着窗边的窗帘，露出有些复杂的笑容回答道："用绳子下去。"

"绳子？这里有那种东西吗？"蓝子一脸讶异地看向平川。

平川一瞬间浮现出惊讶的表情，然后缓缓摇了摇头："不，我想大家也已经确认了，这里并没有能让人滑到下面的绳索……"

"你看，十和田先生，平川先生也说，这里没有那种东西。"蓝子埋怨十和田道。

然而十和田不为所动，握住带有光泽的薄薄的窗帘——

"是啊，没有绳子，那怎么办呢？很简单，自己做就行了。"

十和田狠狠地拽了一下，"啪"的一声，薄薄的窗帘从窗帘轨道上脱落，轻盈地飘落到地板上。然后，十和田突然动手将窗帘撕成了好几根细长的布条："要是早点发现就好了，这窗帘是丝绸做的。"

"十，十和田先生？"

十和田无视一脸哑然的蓝子等人，眨眼间就做好了几十根细长的窗帘带子，现在又开始将它们的两端紧紧绑在一起。

"你们知道吗？把相同粗细的绳子系在一起时，平结是最简单的，而且还能保证强度。具体方法是……"

"那个，十和田先生，你在干什么……"

"一看就知道了吧，我在做长长的绳子。"

"绳子……"

终于理解了，如果将几条细绳一样的窗帘带子系在一起，确实可以代替长绳。十和田想用它从回廊下去。

"用窗帘吗？"

蓝子一脸不安地看着十和田手上的动作。

把窗帘这种东西做成绳子，真的没问题吗？

十和田似乎从蓝子的表情中察觉到了什么，他一边快速地继续手头的操作，一边说明道："这个窗帘，是用上等的丝绸做成的。丝绸这种面料，虽然不耐磨，但拉伸性很强。所以，只要确保绳子的粗细达到一定程度，就能够支撑人类的体重。"

"所以，你是说这个没问题？"

"嗯，不用担心，你看，做好了。"

回过神来，四人眼前已经出现了一条长长的绳子。

"长度应该有将近三十米，这样就可以去眼球堂底部了。"

十和田拿起的，是一根由几条被撕裂的窗帘连接而成的、带有光泽的丝绸绳子。

蓝子试着用双手握住其中一端，使劲拉扯。

咻——丝绸绳子发出低吟般的声音，但尽管她使出全力，绳子还是纹丝不动，保持着原样。

确实，如果用这根绳子，说不定可以从回廊下去。

但是，还有一个问题。

"可是……这条绳子要绑在哪里呢？"

如果想使用绳子从回廊尽头的窗户下去，就必须把绳子系在什么地方或挂在什么地方。

但是，回廊的窗户上没有把手，回廊本身也没有可以系绳子的钩子或突起物。

而且，如果让人拉住绳子来支撑，也会是一项危险的工作。

那么该如何固定这根丝绸绳子呢？

面对蓝子的追问，十和田突然闭上了嘴。

"怎么了？"

蓝子惊讶地看着他的脸。十和田的眉头间刻着几道深深的竖纹。看着他因痛苦而扭曲的表情，蓝子……明白了。

十和田已经想好了问题的答案。虽然想到了，却在犹豫该不该说出口。

过了一会儿，十和田说："我自己也清楚，这不是什么值得被夸奖的方法……"

"不值得被夸奖，是什么意思？"

"因为，这无疑是对死者的亵渎。"

"亵渎……"

蓝子不明白他话里的意思，一脸困惑。十和田继续说道："所以，这个工作由我一个人来做，你们只要看着就好。"

"那个，十和田先生，你到底想干什么？"

十和田背过脸去，过了一会儿，才小声回答："我要把南部先生扔到通风井里……"

雨，不知何时停了下来。

方才还厚厚地垂在眼球堂上方的云层，现在已经变成斑驳的白色云朵，从某些地方的缝隙间还能看到蓝天。

从回廊尽头可以看到，外面的景色格外清爽。

与此同时，在蓝子等人的注视下，十和田正独自完成那项工作。

不知道这种事在人道主义或伦理上是否被允许。

但是谁都明白，为了与这起事件的主谋鑫木见面，为了质问一切的真相，现在别无他法。

十和田去六号房，将南部的尸体拖了出来。

过了快两天，尸体似乎已经开始腐烂，皮肤表面浮现出诡异的泥土般的颜色。

十和田把手伸到南部尸体的腋下，默默地将尸体拖到回廊尽头，再把刚才做好的丝绸绳子系在尸体腰部。

然后，十和田使出全力，将尸体从回廊内侧的窗户扔了下去。

虽然知道会发生什么，蓝子还是忍不住闭上了眼睛。

南部的尸体消失不久后，蓝子听见了"砰"的一声巨响。下面的通风井里，南部的尸体变成了什么样子——她不敢像十和田那样再次确认。

绳子另一端在十和田手中。

十和田把它扔到与南部尸体位置相反的外侧窗外，从上方看了看，确认那一端已经触到白色容器的底部。三十多米长的丝绸绳子，正好能横跨回廊。

"很好。"

十和田反复拉动绳子，确认绳子的拉力足够后，微微点了点头。

这样就可以顺着丝绸绳子下去了。

南部身材高大，比十和田和蓝子重得多。也就是说，可以用南部当秤砣，来固定绳子。

其实本来不应该用人的身体，应该选择其他东西的。

但是眼球堂的设施基本都是固定住的。餐厅的桌子和椅子、仓库的洗衣机和烘干机、起居室的床、矗木房间里的制图台和真皮椅子，全都被固定在地板上。

因此十和田才想到利用南部尸体的重量，去到白色容器底部这个办法。

蓝子问十和田："十和田先生，你真的要去盲点吗？"

"当然了。我去盲点和矗木先生谈谈，你们在这里等着。"

"我也要去。"蓝子仿佛要盖过十和田的话似的，抢着说道。

但十和田立刻摇头："不行，你们就在这里等着。"

"为什么？"

"对方可是那个矗木炀啊？怎么想都太危险了……"

对方可是可以毫不犹豫地杀死四个人的矗木，而现在正是要去跟他对峙。说不定矗木还持有手枪，说不定盲点处还设有什么陷阱。既然不知道前方有什么危险在等着，十和田的话就不是威胁，而是实实在在的危险警告。

但是蓝子极力争辩道："有危险这种事，我早就知道了，可我还是想去。十和田先生自己去，不也一样危险吗？"

"那也不行，我不想让你去危险的地方。"

"嗯……"

"再说了，你没有理由特意跑去盲点。"

"理由？当然有了。"蓝子挺起胸膛，"因为我是记者啊。"

"啊？"

十和田露出蓝子从未见过的瞠目结舌的表情。

　　蓝子对着这样的十和田，连珠炮似的说道："我为什么从两年前开始就一直缠着十和田先生不放，其中的理由，十和田先生应该清楚吧？那是因为，十和田先生你是我的取材对象。就算现在被卷进事件，这点也是不会改变的。如果十和田先生要去盲点与骉木先生对决，我有义务与你同行，见证那里发生了什么，再写成文章，以纪实文学的形式公之于世。这是……对，这可以说是我的使命。怎么样，这足以构成理由了吧？"

　　十和田依旧表情不变，看着蓝子的脸，眨了两三下眼睛后，终于转过脸，凶巴巴地对蓝子说："随你的便。"

　　不过，他的嘴角，看上去似乎带着一抹笑意。

　　"谢谢您！"

　　蓝子用力地朝十和田深深鞠了一躬。

　　确认十和田已经下去后，蓝子把手搭在丝绸绳子上。

　　"墙壁被雨淋湿了，所以很滑，你下来的时候要格外小心。"白色容器底部传来十和田的声音。

　　"知道啦。"

　　蓝子一边回答，一边往下看。数十米的高度，让蓝子感觉尾椎骨已经开始隐隐作痛。

　　"陆奥小姐，你要小心啊。"蓝子从回廊探出去半个身子时，造道出声道。

　　造道和平川两人都没有下去，而是决定在回廊等十和田他们回来。

平川也从造道身后探出头来："为了保险起见，我们也都紧紧握着绳子呢，请放心下去吧。"

"谢谢。"

蓝子为了掩饰从下半身涌上来的那股躁动不安的恐惧感，强作笑脸点了点头。她用双手紧握住触感柔滑得几乎要从指间溜走的绳子，双脚跃入空中。

黑色建筑物的墙壁，正如十和田所说，被雨水打湿了。

不过，黑色涂料的质感有些粗糙，只要足够小心，应该不会滑倒。

蓝子徐徐地、一点一点地、慢条斯理地，用蜗牛般缓慢的动作将身体往下降，几分钟后，终于把脚踩在了眼球堂白色容器的底部上。

"花了好长时间啊。"十和田笑着对松了一口气的蓝子说。

蓝子也竭力挤出笑容，回应十和田："就像十和田先生说的那样。我可是格外小心呢。"

4

蓝子他们朝十和田在图纸上标记的位置走去。

眼前耸立着三根巨大的粗柱子。十和田从左边绕过去，一边仰望林立于白色容器中的白色柱群，一边迈着轻快的小碎步往前走。

他那样子走路竟然还不会滑倒……每走五步就有一步差点摔倒在大理石地面上的蓝子，努力追赶着十和田。

盲点，真的存在吗？

十和田根据完全数的知识和图纸，推测出那个位置有一根细柱子，且那里是视觉盲点。

话虽如此，推测终究只是推测。

推测错误的可能性，也不是没有。

然而——

"蓝子，你看那个。"

走在前面的十和田停下脚步，用拇指示意了一下前方。

前面是——

"啊……"

风吹着蓝子的脸颊，她深深地吐了一口气。

三根巨大的白色柱子后侧的盲点上，静静地伫立着第二十八根细柱子，它正巍然耸立在那里。

位于盲点的白色柱子，和其他细柱子一样粗细，但是仔细一看，它顶端的样子和其他柱子不同。

那里明显有什么东西。

蓝子低声说："红的？"

"嗯，好红啊。"十和田似乎觉得那红色很刺眼似的，眯着眼睛，仰望上方回答道，"只有柱子顶端是红色，还能看到像是窗户的东西，也就是说，那里有房间。"

"房间？这么说，难道那里就是……"

——晶木所在？

在蓝子的注视下，十和田轻轻点头道："大概吧……"

蓝子咽了口唾沫，继续问道："怎么才能爬到那上面去呢？"

"在这边。"走到盲点柱子的正下方，十和田回过头，招了招手，"你看，这里有入口。"

蓝子一边克服着脚下不停打滑带来的焦躁心情，一边快步走到十和田身边。

十和田指着柱子的侧面。

"啊……确实。"

那里有一个勉强能钻进一个人的狭窄开口。

探头一看，柱子内是中空的。在那狭小的空间里，有一段已经露出钢筋的螺旋式楼梯，向上延伸着。

楼梯似乎一直通向红色的顶端。

蓝子使着眼色，问十和田："要爬上去吗？"

十和田一脸严肃地点点头，重新戴好眼镜："当然。但是，要小心。"

蓝子点了点头，仿佛在说"不用你说我也知道"。确认蓝子准备好后，十和田敏捷地将身体滑进狭窄的开口，顺着螺旋式楼梯向上走去。

咚——咚——咚——

十和田和蓝子踩着台阶的声音，交替回荡在中空的柱子里。

明明已经尽量轻轻地迈出腿，那脚步声却依然在耳边格外响亮。

如果被曼木注意到——

不，骉木应该已经注意到了吧，也就是说——

骉木，是在等待着。

骉木，真实——就在那个红色房间里，静静地，等待着蓝子他们的到来。

蓝子抬起一直低着的头。

从她仰望的地方，透出一道朦胧的光，在迎接他们二人。

——那是一间极其狭窄的直径不到三米的房间。

房间内侧与红色的外侧不同，只有灰色的混凝土裸露在外，着实有些煞风景。圆柱形的墙壁上有两扇窗户，从其中一扇窗户可以看到白色容器弯曲的侧面，从另一扇窗户可以看到三根粗柱子高高耸立着。看不见黑色建筑物，当然是因为这里是被外面三根柱子遮挡住的盲点区域。

房间被随风飘动的红色窗帘隔成两半。

透过薄薄的窗帘看去，似乎有人蹲在那里。

既不是十和田的，也不是蓝子的，而是未知的第三人的气息——

十和田往蓝子那边看了一眼，小声说："我先进去……"

蓝子轻轻点了点头，用沙哑的声音回答："请一定要小心啊。"

十和田慢慢抓住像竹帘一样垂下来的窗帘下摆，一口气掀了起来。

然后——

十和田盯着里面看了一会儿后，说："怎么会这样……"他用右手捂住嘴，发出一声呻吟。

从十和田身后探出头往窗帘里张望的蓝子，很快就明白了那声沉痛的呻吟的原因。

窗帘的另一边是——矗木。

健壮的体格、浅褐色皮肤、略显凌乱的背头下，是M字形的发际线，还有那像鹰喙一般弯曲的鼻子。

但是他那双圆睁的眼睛，已经蒙上一层浑浊的暗灰色，没有了生气。

"啊——"

蓝子也发出痛苦的呻吟，移开了视线。

从那具用手枪射穿自己太阳穴的矗木的尸体上，移开了视线。

十和田回到蹲在柱子底下的蓝子身边问："没事吧，蓝子？"

十和田少见地说出了温柔体贴的话。

"嗯……嗯，我还好。"

但蓝子还是眉头紧锁，低着头。

已经不是第一次看到被枪杀的尸体了，就凄惨程度而言，和南部的尸体也没什么两样，但是蓝子实在没有心情察看矗木的尸体，也无法勉强自己去看。

所以，调查窗帘后侧的任务交给了十和田。蓝子先行回到柱子下方，一边眺望白色容器的景色，一边等待着。

十和田站在蓝子旁边，用衬衫下摆擦了一会儿眼镜，然后低声说道："我简单调查了房间，矗木先生肯定是死了，大概……是自杀。还有，他身后放着这几天的食物和饮用水，有动过的痕迹，所以可以肯定，矗木先生从最初那晚开始就一直待在这里。"

蓝子没有出声，只是轻轻点头附和。

"我还发现了两个奇怪的东西。"

"奇怪的东西？"

十和田给抬起头的蓝子轻轻递过去。

那是一个扁平的白色信封。

"你看看。"

蓝子接过信封，查看里面。

里面放着一张折成三折的信纸。

蓝子猛地看向十和田的脸，他却什么也没说，只是点了点头。

蓝子缓缓做了个深呼吸后，展开信纸。

为证明建筑学的优越性，而赌上自己人生的全部所进行的尝试，如今终于成功了。信奉物理学、政治学、心理学、绘画艺术的诸位，全都落入我的手中，由此可见建筑学是至高无上的。现在，我要在此高声向神宣布证明的完结，同时，作为其归宿的建筑学之至上性也已证明完毕。

——矗木炀

蓝子小心翼翼地将信纸折好，放回信封，交还给十和田，然后叹着气说："这是遗书吗？"

十和田"嗯"了一声，微微点了下头："应该是，而且也是 Q.E.D.。"

"Q...E...D？"

"Quod erat demonstrandum，也就是'证明完毕'。是写在证明最后，表示证明已经顺利完成的符号。简而言之，矗木先生在这封遗书里，高调地公布了自己杀害南部先生他们的事实，以及建筑主义的胜利。"

确实，这封遗书是矗木事先周密计划这一连串杀人闹剧，并且付诸实施的证据。

同时，这封遗书证明了，所有事件都是依照矗木的意愿发展的，因此，建筑学的优越性——即建筑主义的至上性也不言而喻。

所以，这正是为了宣布"证讫"而留下的遗书。

十和田把遗书放进口袋，随后又从另一个口袋里拿出了一样东西给蓝子看。

"还有一个，是掉在房间角落里的。"

"这是……"

塑料制成的细长的小型装置。

上面排列着数字和带箭头的按钮。

"遥控器吧……眼球堂的。"

"嗯。数字按钮用来控制各个房间的门锁，箭头用来控制回廊的旋转。"

蓝子长长地叹了口气，心想，真是不可思议，控制如此庞大的建筑物的，竟然是这么一个小的手心就能容纳得下的东西。

但是不管怎样，这样一来，十和田提出的关于眼球堂之谜的假说，就已经通过所有的物证得到证实了。

也就是说，十和田解开了眼球堂之谜。

于是，蓝子对十和田说："十和田先生，你终于解开眼球堂之谜了呢。"

然而，十和田依然一脸严肃。

意味深长地沉默了几秒后，他自言自语似的低声说："嗯。大概吧。"

第 Ⅵ 章　尾声

"电话接通了！警察说他们会尽快往这边赶来。"回廊上的造道大声喊道。

十和田抬起头看着黑色墙壁上方，朝从十米高的地方探出头来的造道喊道："前室的门也开了吗？"

"是的，门上的锁也都解除了。这下我们终于可以离开眼球堂了。"造道兴奋地用力挥着手。

她的身后，传来平川的声音："十和田先生和陆奥小姐怎么办呢？要继续拉着绳子爬回这里吗？"

十和田瞥了蓝子一眼。

你想怎么做？面对他视线背后隐藏的提问，蓝子轻轻摇了摇头。

十和田立刻抬起头回答："不，还是算了。与其硬着头皮上去，不如在这里等警察拿更结实的绳子或绳梯来。"

对，这才是明智的。

事到如今再回头看这条丝绸绳子，竟不明白自己为什么敢将性命托付给这种东西。它看起来是那么脆弱，细得令人难以置信。

十和田从盲点下来后，马上用遥控器进行了几个操作。

虽然没有说明书，但遥控器的按钮上贴心地用粗大的字体写着"开启电话""关闭电话""前室门锁""前室门锁解除"以及"放水""排水"等。所以，很容易就能理解那些功能。

事实上，在那之后，回廊里的平川和造道确实马上成功拨通了报警电话，并且也确认前室的门锁被解除了。

也就是说，大家终于从这个眼球堂以及羼木炀的束缚中获得了解放。

蓝子叹了口气，靠着黑色建筑物的墙壁，一屁股坐在白色大理石的地面上。

容器底部的表面，还残留着雨水，或者是昨晚放进来的水，微微打湿了蓝子的衣服。

"突然就往地上坐，也太没礼貌了。"站在原地的十和田对蓝子说，"不过可以理解，你现在一定累得不行吧。"

然后，他用中指推了推玳瑁框眼镜。

十和田的语气，一如往常。

不知为何，这语气让人格外怀念。

蓝子放下心来，俏皮地对十和田说："不用你多管闲事，让我一个人待会儿。"

"是多管闲事吗？嗯，那就好。"

十和田发出有些奇怪的笑声。

咻——咻——

闭上嘴后，耳边传来了微弱的声音。

是风穿过眼球堂的白色柱子和黑色建筑物时，发出的声响。

蓝子仰望天空，将身体交托于那悠长的音色之中，然后她把视线投向似乎要从白云的缝隙间破茧而出的蓝天。

突然，十和田开口了："骉木先生……为什么要自杀呢？"

"啊？突然说什么呢……"

"骉木先生用自己的死，为证明自己的信念这件事画上了句号。但是这对于证明来说，并不是必要的过程，为证明而死这一行为，没有必然性。尽管如此，骉木先生还是自杀了，为什么骉木先生要自己选择死亡呢？"

"那是因为……"蓝子伸了个大大的懒腰，回答十和田，"反正这些犯罪行为，迟早会被警方查明。虽然这个装置规模很庞大，但只要警察一调查，其中的诡计马上就会被识破。如此一来，骉木先生是凶手的事也会马上败露，他会作为杀人犯被逮捕，最后肯定会被判死刑。这种事情……骉木先生应该无法接受吧？"

"所以，在变成那样之前，自己选择了死亡。"

"是的。而且……我还有一个想法。"

"嗯……？"

"或许，骉木先生……是想成为神吧。"

"神？"

"没错。他以建筑主义思想为手段，试图占据比任何人都要优越的地位，最后，甚至还想自己占据神的位置。"

"嗯。"十和田歪着脑袋，闭上眼睛，发出沉吟。

过了一会儿，他嘟囔着回答道："对于这种见解，我无法同意也无法否定，因为我完全无法理解想要获得'至高无上的独裁者'这种无聊头衔的人的心情，所以也无法判断是非对错。但是，我觉得那一定……也是某种意义上的真相吧，毕竟他可是那个骉木炀啊。"说完，他轻轻点了点头。

蓝子向十和田问道："十和田先生……"

"什么事？"

"你觉得骉木先生他成为神了吗？"

"成为神了吗？"

"嗯，身为人类的骉木先生，在肉身死亡之后，真的成为神了吗？就像赫拉克勒斯一样……"

希腊神话中半神半人的英雄赫拉克勒斯，作为人类出生，在经历了无数磨难之后，终于成为神。

与赫拉克勒斯不分上下的建筑学界的巨人骉木炀，也会在死后，坐上神的宝座吗？

听完蓝子的问题，十和田又沉吟了一声，像是在搪塞似的回答道："我无法评价死后的世界，因为我既没见过，也没去过那个世界。不过虽然很冒昧，但我知道一种用来类推彼岸世界的真相的说法。也就是……"

——神是存在的。

因为数学是无矛盾的。

——恶魔是存在的。

因为人类无法证明数学的无矛盾性。

这种绝不正面回答问题的作风，是十和田的一种韬晦。

但是，蓝子能够理解。虽然没有明说，但十和田一定是这么想的。

螵木，没能成为神，更别说恶魔了。

所以，仿佛在与他呼应似的，蓝子也沉默不语。

风轻抚着蓝子的脸。

云层间，蓝天逐渐展露出来。

蓝子舒了口气，轻轻闭上眼睛，不一会儿，她就在眼球堂的中心，平稳地、浅浅地睡着了。

（完）

＊　＊　＊　＊　＊

"好久不见，十和田先生。"

"啊，蓝子，你来了。来这边坐吧。"

"谢谢。话说这个房子，是十和田先生住的地方吗？好气派啊。"

"看起来是这样吗？"

"也没有啦。"

"真有眼光。这是我现在借住的朋友家，他去MIT出差了，不在家，所以我才能在这里悠然自得地享受京都的冬天。"

"然后，就像邀请人来自己家一样，写信把我叫来了？尽管这里是别人家。"

"嗯，就是这么回事……比起这个，我们很久没见了吧。那件事不是已经过去半年了吗？"

"事件发生在初秋，嗯，现在已经五个月了呢。"

"五个月啊倒也没有多久。不过，还真是不容易啊。"

"确实很不容易呢，要面对警察什么的。"

"取证吗？那个确实麻烦。媒体也相当缠人。"

"本来是在跟踪十和田先生的我，没想到反而变成了被记者追着跑的人。"

"哦，原来你知道自己是跟踪狂啊……不过，名字和长相就这么莫名其妙地被曝光，实在是太不方便了。"

"就是说啊。"

"别说得事不关己的样子。我是在说，事情变成这样不都是你的错吗？"

"关于这一点，我已经反省过了。毕竟，我只把十和田先生和我的角色，用了真名。"

"托你的福，我现在无论去哪里都会被不明就里的人纠缠，其中还有搞错我本职工作的，这种人最不礼貌了。你试过突然在拉巴斯的大街上被人拉住吗？'是十和田先生吗？你是十和田先生吧？十和田先生是侦探吧？好厉害！请给我签名'……真是服了。"

"玻利维亚吗？你还是到处流浪啊。"

"那是当然。不然钱就该存下来了。"

"还是老样子呢……所以，现在是暂时回国吗？"

"嗯。打算在日本待上两个月，再去非洲一带。但是……在那之前，我想见见你。蓝子，不，陆奥小姐现在已经是人气作家了，我一直想着，必须当面好好祝贺你一下才行。"

"哎呀，谢谢您。"

"那本小说，我也看了。"

"真的吗？"

"《眼球堂谜案》，陆奥蓝子著，K社出版。我倒是觉得很新鲜，毕竟已经有十几年没读过书了。"

"你能特意买来读，我真是受宠若惊。光是这样，我就觉得努力写这本书是有价值的。因为那本书在某种意义上，就是为十和田先生写的。"

"别说奇怪的话了。不过，不拍马屁地说，那本书确实写得很好。要在短时间内写完那么多东西，也挺不容易的吧？"

"嗯，说辛苦也挺辛苦的。不过，那毕竟是无限接近于纪实小说的东西，我只是把想起来的内容写下来罢了。"

"什么时候出版的来着？"

"十一月。"

"这么说，实际上执笔的时间还不到两个月，果然了不起。"

"谢谢夸奖。"

"卖了多少？"

"呃，嗯，我只能说，挺多的。还有人找我说想拍成电影。看来社会大众都很想知道那起事件的真相。

"以诺贝尔物理学奖得主为首的四名天才，被同样是天才的著名建筑家杀害于山间的奇异宅子中。

"而书本身，还是那个天方夜谭似的事件的当事人之一——我写的。听起来就会很畅销吧？哎呀，虽然自己这么说不太好，但是，不畅销才怪呢。"

"话虽如此，这也不能动摇我对你文采的评价。"

"就算再怎么夸奖，也不会把买书的钱给你报销哦。不过，多亏了你，我也终于成为作家了。"

"从三流记者毕业了？"

"虽然我自认为不是三流……算了，总之就是这样啦。"

"你喝咖啡，还是红茶？"

"咖啡就好。"

"要蓝山，还是摩卡？"

"摩卡……那个，把别人家搞得这么乱，真的可以吗？"

"没关系。"

"我觉得这应该是由房主来说的话，而不是借住的人。"

"不要在意这些细节。我是得到房主允许可以自由使用这些东西的特别房客。给，还很烫，你小心一点。糖在那边的罐子里，一汤匙的量是六克，二十四千卡路里，一百千焦。"

"谢谢。"

"好喝吗？"

"嗯……这咖啡好香啊。"

"是吧。这可是一磅[1]一万日元的超高级货，换算下来一百克大概要两千两百日元，对了，关于你写的那本小说。"

"怎么了？"

"你把大部分登场人物的名字，都替换成青森的地名了吧？"

"嗯。因为十和田先生和我的名字都碰巧跟青森县的地名重合，所以我就把其他人的名字也统一了起来。十和田市、陆奥市、南部町、黑石市、三泽市、深浦町、平川市，飗木是深浦町的地名，造道则是青森市的地名。我自己始终把这部小说看作是虚构作品，所以才让全部登场人物的姓氏都和青森相关。通过这种现实中根本不可能出

---

1 一磅等于四百五十克。——译者注

现的情况，来特意强调其虚构性。而且，这样做也能让人搞不清原型到底是谁。"

"知道这次事件的人一读，马上就知道是谁了。算了，这个暂且不论……还有某个人物的名字也是真名，而且也和青森的地名有关，你不觉得这个偶然很有意思吗？"

"某个人物？"

"神。那位大建筑家的孩子，同时也是著名的天才数学家，善知鸟神。除了你我之外，另一个以真实姓名登场的人物，而且也和青森的地名很有缘，青森市有个神社，就叫善知鸟神社。"

"哦……"

"要不要再喝点咖啡？"

"不用了，还有一半呢。"

"好吧。总之，我觉得从这种统一名字的方式中，也能感受到你的才能。"

"谢谢……"

"对了，如果有跟踪狂追到家里，你会怎么办？"

"啊？什么？能再说一遍吗？"

"我——是——说，如果有跟踪狂造访你家，在外面嘎吱嘎吱地疯狂按门铃，你会怎么做？"

"那个，太突然了，我完全不明白你什么意思。不过……硬要我回答的话，总之先无视他吧。毕竟是个危险人物，所以最起码我自己绝对不会从家里出去。"

"这样啊。嗯，你也是这么想的，我也一样。"

"发生什么事了？难道遇到跟踪狂了？"

"除了你，我没有遇到过其他跟踪狂。"

"那到底是怎么回事？"

"没什么大不了的，只是……仔细想想，还是觉得很奇怪而已。"

"奇怪？"

"嗯。就像你说的，不可能有人会满不在乎地同意危险人物登门拜访，还特地跑到外面去。那也太奇怪了，相当奇怪，看来还有没被解开的谜。"

"那个，十和田先生想表达的意思，我完全不明白。"

"我之前跟你说过……证明，就像是被关在一个漆黑的房间里，在摸索房间的过程中，慢慢地便能逐渐看清事物的轮廓。房间的构造和物品的所在，这些都能模模糊糊地感知到。然后某个瞬间，只需一个小小的契机，所有的一切都会变得明了，就像找到房间的电灯开关一样。随后，一切便会暴露在灿烂的光芒之下。这才是证明，是有资格被记载在 *The book* 里的定理。"

"……"

"可是……我在想，或许当时我操之过急，省略了完成证明的过程中必须履行的一系列程序。证明本来是寻找能够照亮整个房间的灯光的程序。尽管如此，我却留下一个未解的谜，就这样将它完成了。打个比方，就相当于在房间被完全照亮之前，离开了房间，那并不能称作是完整的证明。从中诞生的东西，自然也不是定理。换句话说，这种东西不可能被写在 *The book* 上。"

"也就是说？"

"总而言之就是……我的证明，果然是有误的。"

"我的证明……推理是有漏洞的。就像灯光没能充分照亮房间，在角落里留下了黑色的阴影一样。"

"有漏洞吗？"

"是的。那个时候，我是这样推理的。各房间的门锁可以通过遥控器自由控制，曩木先生——为了方便，就直接用书里的名字吧，他利用这点，自己进出回廊，把想要杀害的人叫到回廊，相反地，再让没必要出现的人无法去到回廊。就这样，被选中的牺牲者一到晚上就会被引到回廊，或是遭到枪击，或是被逼入回廊的陷阱里。但是仔细想想，马上就会发现这是极其不自然的。"

"为什么这么讲？"

"因为我不认为牺牲者们会轻易离开自己的房间，跑去回廊。那个时候我说，凶手或许是使用'事先把便条放到房间里'这样的方法，将他们引到回廊的。但这是不可能的。先不管便条上写了什么，牺牲者会自己跑去危险的回廊这种事，实在有些难以想象。尤其是第三天晚上，所有人都抱着极大的警惕心，不可能因为一张便条就毫无防备地到回廊去。再说，便条是怎么被放进他们房间里的呢？不管怎么说，这个想法本身都是不合理的。"

"原来如此，听你这么一说，好像确实是这样……不过，现实情况就是受害者们都去回廊了吧？"

"嗯，被害者出现在回廊里，这是事实。所以，一定有某种方法，能让他们离开房间。能够让抱有警惕心的人离开房间的方法，大概只有一种。"

"什么方法？"

"让不会唤起他们警惕心的，也就是除聂木先生以外的人，直接去叫他们。"

"其他人？也就是说聂木先生有共犯？那个人是谁？"

"当然是活到最后的人当中的某一个。"

"……"

"幸存者中的两人……这里也用书里的名字，造道女士和平川，他们都不是。为什么呢？因为他们两人都是第三天晚上，深浦先生高度警惕着的人。也就是说，这两人中不管谁去叫深浦先生，想把他引到回廊，都是不可能的……这样一来，就只剩下两个人了。然而，其中一人，也就是我自己，自然也不是，这一点我很清楚。"

"然后呢？"

"哎呀，别着急。从结论上来说，我们通过排除法将嫌疑锁定在了一人身上。虽然对我来说，这是难以置信的结论，但是在数学的世界里，经常会诞生让人一时难以接受的结论。比如，根据连续统假设，世界上存在着无限种无穷集合。"

"比如，将某个球体分割成有限部分，然后利用这些部件可以重新组成两个半径和原来相同的完整球体？"

"巴拿赫–塔斯基定理啊。这也是那类结论中的一个。或者还有，所有自然数之和是负数。"

"应用 ζ 函数，当然会得出这个结果，不过在我眼中，这反而是最为自然的结论。认为自然数之和趋于无穷大，是把经验上的简单相加与数学上的'总和'概念相混淆的人所特有的想法。在我看来，只觉得滑稽。"

"你说得没错。直觉这种东西，也是经验带来的一种先入之见。所以，即使这个结论从直觉上令人难以接受，但只要它得到了正确的证明，那么就应当将它视为事实，同时也是符合 The book 标准的定理。正因如此，我现在才必须陈述这个结论，在证明的末尾写下真正的Q.E.D.。"

"原来如此。那么，结论是什么？"

"剩下的一人，即骉木先生的协助者，那就是……"

"那就是？"

"你——陆奥蓝子。不，是善知鸟神。"

"呵呵……"

"确实，是会让人忍不住笑出声的答案吧。但是，你是骉木先生的亲生女儿善知鸟神，这一连串事件中骉木先生的共犯。这样想的话，推理的瑕疵就能被修复，一切也就说得通了。正因如此，我才不得不承认这就是真相。"

"真是异想天开呢。我是凶手，而且还是那个男人的女儿……呵呵。但是，我能理解你的证明过程，根据排中律，也只能得出这种结论了。而且，十和田先生的话，应该已经准备好能够巩固这一证明的其他要素了吧？"

"是的。嗯，虽然都很简单，但我粗略准备了……足足五个。首先第一个是骉木先生对你的态度。你不是受到正式邀请的人，骉木先生却爽快地接受了你的到来。我当时还心想，那位以性情古怪出名的骉木先生竟然如此宽容大量。现在也明白为什么了，因为你是骉木先生的女儿，同时还是他的共犯，所以这并不是什么不可思议的事。"

"原来如此。第二个呢？"

"为什么骉木先生能正确地掌握四处流浪的我的住所？不是炫耀，但理论上来说，我是个无家可归的人。"

"事实上也是呢。"

"能用航空信准确无误地将邀请函寄到我手里，简直是奇迹。但是，骉木先生却做到了。为什么他能做到呢？那当然是因为当时你和我在一起。一直跟在我身边的你，把地址告诉了骉木先生。"

"阿塞拜疆真是个好地方呢。那么第三个呢？"

"那个时候眼球堂里天才的人数，建筑学天才骉木先生、物理学天才南部先生、政治天才黑石先生、绘画艺术天才三泽小姐以及心理学天才深浦先生。不觉得很不舒服吗？差一个就是完全数了，居然只有五个人……但是，这就对了，因为天才还有一个，那就是数学界的大天才，善知鸟神。这样一来，天才的人数就是完全数六，是个稳定的数字。"

"不好意思，我想打断一下，这跟我的理解不一样呢。十和田先生，我一直是把你算作天才之一的。"

"你说我是天才？别傻了，我怎么可能是天才？"

"不用谦虚也可以的哦，这可是来自本人的评价。"

"我以前也提到过，天才可以分为两种，一种是普通的天才，另一种是异常的天才。所谓普通的天才，就是对自己是天才一事有所自觉，并且被他人敬畏为天才的人。"

"那么，异常的天才呢？"

"对自己是天才一事有所自觉，并且选择隐藏锋芒的人。异常的天才，通常会隐藏自己的才能，默默无闻地生活，然后在不被人知晓，同时也不被人忌惮的状态下，发挥自己的才能。要说哪一种更可怕的话，当然是后者，也就是异常的天才。那就是，你。"

"……"

"不管怎么说，成为天才的必要条件是，'对自己是天才一事有所自觉'。在这一点上，我不同，我从来没有认为自己是天才，也不可能这样认为。"

"你要这么想，也无所谓。反正我是认可的。"

"请容许我郑重地回绝这个评价。"

"哼。虽然还是有无法释怀的地方，不过也行吧。总觉得再说下去会变成来回兜圈子。不过十和田先生，不知道为什么，你是这个世界上唯一能让我源源不断产生兴趣的人。这一点希望你能明白。对我来说，这种感情究竟是什么呢？总有一天我也想自己证明一下……然后，第四个是什么？"

"年龄符合。你和善知鸟神都是二十五岁。没想到善知鸟神竟然是女性……不，也许这才是不必要的公理和成见吧。"

"我知道十和田先生五十亿零三十八岁的时候也很吃惊呢。心想，这个人在说什么啊？"

"没办法，因为那就是主观事实。"

"呵呵……不过，我觉得那是非常符合十和田先生风格的令人欣慰的发言。那么，最后呢？"

"哦，第五个……嗯，这可以说是决定性因素了。你的名字。"

"我的名字吗？"

"没错。读你写的那本小说时，我一直觉得很奇怪。登场人物名全都和青森的地名有关，但其中却有三个人物的名字是真名。"

"我不太明白你在说什么。"

"意思就是，这是一个很好的掩饰手法……你的全名是什么？"

"全名吗？陆奥蓝子啊。"

"用罗马字写呢？"

"MUTUAIKO……"

"巧妙地调换一下顺序呢？"

"……"

"你不回答的话，我来说。那就是……'UTOUKAMI'，善知鸟神。你的名字，是善知鸟神这个名字的字谜……也就是说，陆奥蓝子和善知鸟神是同一个人。从两年前开始，你就已经大胆地把提示摆在我面前了。

"……十年前，我读了你十五岁写的论文后深受打击，决定开始流浪生活。因为我清楚地知道，自己的天赋绝对比不上你。我因为自己的渺小而受挫，所以才决定赌上自己的人生，借助各种各样的人的力量，一边继续研究，一边在世界各地旅行……然而，造成这一切的原因，善知鸟神本人，竟然就在离我这么近的地方。真是做梦也没想到。而且一起旅行了两年之久的人，最后竟然染指了如此大胆的犯罪。

"你是如何成功实行那场犯罪的，姑且，也先说明一下吧。简单地说，你和骉木先生是共犯关系，而且掌握主导权的，恐怕是你。第一天夜里，骉木先生在眼球堂里放满水，游过去将尸体放置在细杆上，然后便去了盲点。无事可做的你，喝得酩酊大醉。也是，咕咚咕咚地喝了那么多威士忌，不醉才怪呢。

"你的重头戏第二天才开始。接下来两天的夜里，骉木先生会放好水，游过来，出现在眼球堂里。而你则扮演把牺牲者叫出来的角色。就这样，第二天晚上和第三天晚上，在你们二人联手下，一人被射杀，仓皇逃走的另一人坠楼而死。在保持对称性的前提下，你们花了两天时间杀了四个人。南部先生没从房间里出来这件事，大概是你们唯一的失算吧。最后，你在盲点杀死骉木先生，并伪装成自杀。一切结束后，你在骉木先生身旁，留下他事先写好的信。大致上，就是这样。"

"嗯……原来如此。"

"顺便说下那封信，我本来以为那一定是骉木先生的遗书，但仔细阅读就会发现，那不是遗书，而是单纯地表示证明完毕的宣言。也就是说，蟲木先生自己只是把那个当作宣言来写的。然而，从结果来看，它最终起到了遗书的作用。那封信，恐怕也是你让他写的吧？简而言之，为了能将所有罪行推给蟲木先生，为了能将他的死伪装成自杀，你早已计划好了一切。这样一想，我真是后悔莫及，搜查眼球堂的时候，真应该好好检查一下你行李箱里的东西，想必会发现一些有趣的东西吧？"

"手枪或者遥控器之类的吗？不过真遗憾啊，因为我知道，如果把穿过的衣服放在上面，十和田先生就不会检查里面了。但当时还真是有点忐忑呢。"

"毕竟我也有最低程度的体贴。"

"话虽如此，十和田先生以外的人可就不一定了。不过十和田先生，你有一个错误。我的确考虑过，最后在盲点杀死父亲，然后伪装成自杀。但实际上呢，我并没有下手，父亲自己死了。没错，他真的是自杀。回到盲点的父亲，最后这样说道：'接下来，只要将我的脑髓献给神就可以了，这样我也能成为神了。'所以，我便由他去了。想不到父亲竟是如此肤浅的男人。"

"无论怎么贬低已死之人，你参与了犯罪这个事实也是丝毫不会改变的……算了，总之就是这样，我的得力助手兼跟踪狂陆奥蓝子，也就是善知鸟神，教唆蟲木炀在那座眼球堂中完成了一桩宛如艺术品般精巧的罪行……这个证明，现在还存在什么瑕疵吗？"

"没有了。整体上我觉得非常优雅……虽然我想这么说，但十和田先生，你是不是还缺少了一个重要的论证啊？"

"你是指？"

"动机呀，我的动机。关于这一点，十和田先生完全没有提及吧？"

"Why吗？但是，这和犯罪行为本身的论证应该没有关系吧？只要解开Who和How，谜题就解开了。至于犯罪主体是怎么想的，这种事从一开始就毫不相干。"

"确实是这样。不过，既然是十和田先生，一定也已经有关于Why的结论了吧？"

"嗯……我确实有一些想法。"

"果然。那你直接说出来好了。"

"关于这点……我没什么自信。"

"没有自信也没关系，我会好好倾听的。"

"是吗？那好吧，说来有些大言不惭，但是……你的动机，恐怕是为了证明数学的优越性。我一直以为，那起事件是骉木先生为了证明建筑学的优越性而引发的，但实际上，考虑到他那种疯狂的性格，身为建筑天才的骉木炀，想要攻击并杀害其他天才，这似乎也不是完全不可能的。但是，这个构想是错误的。事实上，这是另一个天才善知鸟神，试图通过杀害其他四个天才，加上骉木炀这个建筑学天才，来证明数学世界凌驾于他们的世界之上。正因如此，同样身为数学家的我，才没有被杀。当然还有个原因是，我并没有能被称为天才的才能。总之，直到最后，我都搞错了幕后主使。"

"原来如此。"

"话虽如此，如果这起事件是你们父女二人所为，那么就还有些细节令人费解。那就是，你的父亲矗木炀，为什么会盲目地服从你这个鲁莽的计划？"

"哦……"

"这起事件的舞台，是名为眼球堂的巨大建筑物。为什么矗木先生愿意投入大半资产，来建造这样一个异想天开的大道具？还有，为什么他能如此从容地做出杀人这种毫无道理的行为？归根到底，为什么矗木先生会对你言听计从？"

"所以呢？"

"坦白地说，虽然这一点我实在想不明白，但是结果中必定有原因存在。所以我猜测，矗木先生出于某种原因，无法违逆你。能够作为提示的事实有，比如，你被称为千年一遇的天才；比如，矗木先生的妻子，善知鸟礼亚，很早就过世了；比如，你和善知鸟礼亚像是一个模子刻出来的……没有奉承的意思，你确实是位非常美丽的女性；再比如，矗木炀那种疯狂的性格，近年来似乎愈演愈烈。把这些事综合起来思考的话……"

"综合起来思考？"

"我好像有些明白了……"

"呵呵……原来如此。现阶段，十和田先生的推理最多只能到达那个层面啊。不过，这个问题的解，就像无限猴子定理中，随机生成的无穷字母里可能包含着的莎士比亚全集一样，虽然不知道到底在哪里，但它确实存在。这样不也挺好的吗？"

"是吗？"

"是呀。不过只有一点可以清楚地告诉你，其实事件本身并没有什么明确的目的。尽管证明数学的优越性，确实是一件很重要的事。对了，十和田先生了解希腊神话吗？在希腊神话里，全能的神宙斯，躲过了被父亲克洛诺斯吃掉的命运，并最终打败了父亲。这次的事件，最终也不过是在模仿神话故事罢了，仅此而已。"

"全能的神吗……我认为这才是妄想的产物。不过，如果按照你的说法，你是在把自己比作宙斯吗？"

"这个嘛，怎么说呢。

"一开始，我把计划告诉父亲时，他非常震惊。但父亲也很高兴，说这才是证明建筑学优越性的伟大尝试，或许应该说是'狂喜'吧。毕竟父亲已经成为我的狂热信徒了，'违逆'这种选项，在父亲身上并不存在，他毫不犹豫地投入了大半财产。"

"就这样，矗木炀设计、修建起了那个杀人装置——眼球堂。"

"杀人装置吗？嗯，对父亲来说或许是这样吧。不过，在我看来，那是'神之眼'。因为能在那座公馆里观察所有人类动向的，只有神。所以，那个不是杀人装置，而是神的感觉器官。"

"神之眼，也就是'神之视角'吗……"

"嗯，就是这么一回事。顺带说一句，父亲的建筑主义……那个奇怪又陈腐的思想，最终也不过是因为憧憬万能的神之视角而诞生的东西。不过，用神之眼睛观察之后，我真是惊呆了。人类还真是不合逻辑、令人厌恶的生物啊。说实话，我觉得自己果然还是无法理解。当然，十和田先生除外。"

"但是，不甘心的应该是你吧？毕竟，你可是善知鸟神……也就是，'神'。"

"为什么？就像十和田先生之前说的那样，这场游戏只有神能取胜，人类所被允许的最优选项，也只是平局。十和田先生读了 *The book*，达成了平局，我们都没有输给对方，仅此而已。而且，我暂定的目的，'对数学世界的优越性的证明'，也完成了。数学比物理学、艺术、心理学、政治学以及文学都更优秀这一点，已经得到了充分的证明。"

"文学？原来如此。所以你才把这个故事写成小说？"

"是的，正如我所预期的那样，那本书成了畅销书。因此，数学比文学优越这一点很容易就得到了证明。不过，我写小说的理由未必只有这个。"

"那本小说相当狡猾，为了扰乱读者，有时会出现并非来自你的主观感受……没错，有些章节里，视角会转移到跟你不一样的、左手腕戴着手表的人身上。"

"第二天晚上和第三天晚上。"

"是的，只有那个时候不是你，而是三泽女士的视角，这就是所谓的叙述性诡计。而且，作为主要视角以及凶手，你内心的真实想法也被刻意隐藏了，真是恶劣至极。"

"是吗？哎呀，只是无伤大雅的文字游戏而已，并不影响对作品中'问题'的解答。故事读起来就像是以我的第三人称限制视角进行的一样，不是吗？而且，那同时也是我的'神之视角'。那两个'问题'，也不是面向读者，而是面向十和田先生你一个人的。也就是说，小说世界最终还是公平地基于十和田先生的推理而完结。"

"的确如此。而且如果仔细阅读就会发现，你内心的真实想法，其实也以委婉的形式写出来了。"

"你果然注意到了。"

"嗯。小说是文学作品，那个故事里登场人物的所思所想，都是人造的、虚构的产物罢了。但是，唯有以'真实——'这个词开头的句子不同。小说里偶尔出现的那句略有违和感的'真实——'，不正是你当时感受到的最为'真实的'心情吗？"

"不愧是……不愧是你。目前，在数十万的读者中，发现这个细节的，只有十和田先生一个人。果然，十和田先生和我想的一样呢……不过我要补充一句，就算这件事被十和田先生识破，对胜负关系也没有任何影响。"

"不单是因为那只是个文字游戏，还因为我和你一样，都是数学家吧？"

"嗯，数学已经赢了。而我们在这个名为数学的领域里，怀着同样的目的战斗着。换句话说，我和十和田先生，是生活在同一个世界的同胞。"

"别把我们相提并论。我和你不一样，我不是杀人狂。"

"也许，你只是'暂时还不是杀人狂'。"

"不过……既然你是这么想的，那今后，在脱离数学的世界里，我也有可能会被你杀死吧？"

"怎么说呢。我既不肯定，也不否定。"

"这样啊……算了，要杀就杀吧。"

"咦？就算被我杀掉也无所谓吗？"

"完全无所谓。如果有一天被你杀了，我当然会为自己的死感到悲伤。但只要能证明你就是凶手，那么这种悲伤与找到证明方法时的喜悦相比，根本不值一提。"

"呵呵呵，说真的，十和田先生真是个有趣的人啊。"

"有趣？不。我只是过于正直罢了。"

"过于正直？对于什么？"

"对于人的生存方式。是的，正因如此，我要对你说一句话。我曾经说过，'我没有资格议论神。硬要说的话，我是有些质疑神的存在的'。你还记得吗？"

"嗯，当然。"

"我决定，于现在这个时间点，收回那句话。"

"收回？啊，你终于肯承认神是存在的了吗？"

"不，正好相反。神不存在。"

"……"

"多亏你，我才重新确信了这个事实。在这个混沌的世界里，没有神，有的只是人，仅此而已。"

"只有，人……"

"是的。存在于这个世界上的，只有人类而已。我是……当然，你也是。"

"……"

"怎么了？"

"不……没什么。总之，十和田先生是想说这世上没有神，是吗？哼……偏偏是在我本人面前这么断言。那么想必这个命题也是有依据的吧？"

"依据吗？那当然是有的。如此明显的依据，你自己居然都没有意识到，实在是有些滑稽。"

"原来如此。那么十和田先生所说的依据，能马上拿出来给我看看吗？"

"这个，做不到。"

"做不到？啊，呵呵……不存在的东西，确实没法给我看呢。"

"不是的。我的意思是，依据本身并不能在物理意义上展示出来，但作为替代，我可以把那个依据所在的地方展示给你。"

"啊？那就赶紧告诉我吧。你所谓的依据在哪里？"

"好吧。依据就在……"

"依据就在？"

"这里。"

"呵呵……你在开玩笑？十和田先生指的那个，不是自己的额头吗？"

"是啊。你说得没错。"

"什么意思？"

"'只'存在于'人'的大脑之中。*The book*，不是一直都在这里吗？"

"……"

"……"

"……"

"对了，你……要不要再来点咖啡？"

（真实——完）

文库版后记

最初的出发点，是图纸。

我非常喜欢图纸。建筑图纸自不必说，机械设计图、电路图等详尽细致地记录着什么东西的图，也总是会吸引我。现在，我也是一有时间就盯着地图看。或许是因为以前在大学专攻建筑才有了这种嗜好，但我觉得从根本上说这应该是"血脉"使然。

我的祖父曾经是负责绘制邮票印版的工匠和图案设计师。虽然他英年早逝，但我常被亲戚们说继承了他的"血脉"。事实上，我虽喜欢画画，但比起写实的东西，我的确更擅长抽象的设计。因为是理科生，大学便选择了建筑系。后来，走上社会后，长期从事与图纸几乎无缘的工作。但机缘巧合之下，我以小说家的身份出道，也因此，能够再次以真挚的态度面对图纸。

眼球堂这座建筑物，不用说，实际上是不可能建造出来的。

无论在法律上、施工技术上，当然还有金钱上都很困难，完全不现实。因此，即使在脑海里想象过，也不曾落实在图纸上。

然而，踏入小说世界的我，却得以将它图纸化了。

这是一项愉快得令人不敢相信的工作。毕竟仅凭想象力就能创造出一般情况下不可能出现的建筑，这怎可能不愉快。通过这项工作，我重新认识到，人是一种既能从文字出发展开想象，同时也能借助图纸激发出更大想象力，并为之欢欣雀跃的生物。

本作《眼球堂谜案》，是我的处女作。虽然自己这么讲不太好，但这本小说能够获奖，就像天上掉馅饼一样。文笔拙劣，作为推理小说也算不上杰作。但是，唯有一点我可以自信地说，这座建筑一定会让读者兴奋不已。这种建筑在现实中是不可能存在的，但正是在不可能存在的建筑里，发生的不可能发生的事件，才会让读者的心雀跃不已。

从那之后过了三年多，我的处女作就这样顺利地发行了文库本。

对于这件无比荣幸之事，我在此深表感激。同时，该系列的第二部作品《双孔堂的杀人》将紧接着于二〇一六年十二月出版，之后的"堂系列"也将陆续文库化。真的太感谢了。感谢之余，由讲谈社TAIGA出版的新系列《失觉侦探》也将于二〇一六年十一月发行，若能够一起欣赏，将是我莫大的荣幸。

总之，堂系列的着眼点，首先是"建筑的荒唐无稽"。暂且不论把它放在推理要素之前究竟是对是错，只要对奇妙图纸感兴趣的读者觉得有趣，并愿意继续读下去，对于身为作者的我来说，便没有比这更开心的事了。

周木律

二〇一六年八月

北京市版权局著作合同登记号：图字 01-2023-0099

图书在版编目（CIP）数据

眼球堂谜案 /（日）周木律著；萧鸮译 . -- 北京：
台海出版社，2023.6
ISBN 978-7-5168-3547-0

Ⅰ . ①眼… Ⅱ . ①周… ②萧… Ⅲ . ①长篇小说 - 日
本 - 现代 Ⅳ . ① I313.45

中国国家版本馆 CIP 数据核字 (2023) 第 068823 号

眼球堂谜案

著　者：[日]周木律		译　者：萧　鸮	

出 版 人：蔡　旭　　　　　　　　　插画绘制：铃木康士
责任编辑：员晓博　　　　　　　　　封面设计：李宗男

出版发行：台海出版社
地　　址：北京市东城区景山东街 20 号　　邮政编码：100009
电　　话：010-64041652（发行、邮购）
传　　真：010-84045799（总编室）
网　　址：www.taimeng.org.cn/thcbs/default.htm
E - mail：thcbs@126.com

经　　销：全国各地新华书店
印　　刷：北京盛通印刷股份有限公司
本书如有破损、缺页、装订错误，请与本社联系调换

开　　本：880 毫米 ×1230 毫米　　　1/32
字　　数：275 千字　　　　　　　　　印　张：12.25
版　　次：2023 年 6 月第 1 版　　　　印　次：2023 年 8 月第 1 次印刷
书　　号：ISBN 978-7-5168-3547-0

定　　价：68.00 元